Bons baisers de Mesménie

FABIENNE
BETTING

Bons baisers de Mesménie

J'AI LU

À tous les Mesmènes de ce monde…

1

Deux heures du matin

C'est une drôle d'heure pour commencer à chercher du boulot mais je n'arrive pas à trouver le sommeil, alors autant m'y atteler tout de suite. D'abord, je mets le cap sur le frigo pour y prendre une bière. Tiens, il ne doit y avoir aucun nuage là-dehors, car la lune suffit à éclairer l'appartement sans que j'aie à allumer le plafonnier. Tant mieux, je n'ai aucune envie de voir les murs lépreux de la cuisine.

Sandrine a raison de dire que la pièce a besoin d'un bon coup de peinture. Elle a raison aussi pour l'installation de la cabine de douche dans la salle de bains, la réparation de la chasse d'eau et la fixation des étagères du salon. Elle n'en parle plus depuis un bout de temps, mais elle lance les petits regards et les petites réflexions dont elle a le secret pour me le rappeler. Et je vais m'y mettre, bien sûr. Il faut juste que je trouve cinq minutes dans mon emploi du temps de ministre.

— Aïe !

Au moment où je me suis penché pour prendre ma Kro dans la porte du frigo, un éclat de verre s'est planté dans mon gros orteil et je pisse le sang sur le carrelage. Pas la peine de chercher, ce sale éclat est forcément un morceau du verre en cristal qui m'est tombé des mains hier soir, quand je faisais la vaisselle. C'est à cause de lui que l'engueulade avec Sandrine a commencé. Enfin, pas vraiment une engueulade. Avec Sandrine, il est impossible de s'engueuler pour de bon. Ce n'est pas de sa faute : elle est handicapée du sens de la scène de ménage. Même quand on a le prétexte du siècle pour une bonne vieille engueulade, avec les verres et les assiettes qui volent, on en vient toujours à une discussion sérieuse et raisonnable à la fin de laquelle je me sens invariablement fautif et minable. En ce moment, les discussions sérieuses et raisonnables débouchent en général sur mon avenir professionnel. Ou, plus précisément, sur l'inexistence de mon avenir professionnel.

— Merde, merde, merde !

— Qu'est-ce qui se passe ?

La voix endormie de Sandrine me parvient de la chambre.

— Rien. Rendors-toi.

Une douleur sourde envahit mon orteil et je boitille jusqu'à la salle de bains pour panser mon pied blessé. Opération délicate qui demande une souplesse que je ne possède pas. Tant bien que mal, j'arrive à emmailloter mon doigt de pied dans un morceau de coton entouré d'un sparadrap.

J'avais l'intention d'allumer l'ordinateur pour parcourir les sites de recherche d'emploi, mais le courage m'a abandonné. À la place, je me jette dans le canapé et je feuillette *L'Équipe* que je n'ai pas encore eu le temps de lire hier. Aucun risque de trouver une offre d'emploi dans ces pages-là. Je regarde les derniers résultats de foot, de tennis, de rugby. Mes paupières commencent à se fermer. Je pose le journal sur la table basse et j'y vois le *20 Minutes* que Sandrine a rapporté du métro. Machinalement, je l'ouvre pour m'assurer que dans ce canard-là non plus, il n'y a pas de petites annonces et, oh surprise !, il y en a quelques-unes. Une en particulier me parcourt le corps comme un courant électrique. Elle dit :

Recherche traducteur pour le mesmène vers le français. Rémunération très bien.

Elle est suivie d'un numéro de téléphone.

La Mesménie. Ce terrain vague encore moins connu que le Bhoutan ou le Belize, qui ne devrait pas mériter le nom de pays. Cette verrue, ce comédon coincé entre la Russie et l'Estonie. Comment en parler avec objectivité ? Le plus simple, je crois, c'est d'imaginer le verre qui m'a échappé des mains tout à l'heure pour se fracasser sur le carrelage de la cuisine. Mettons que ce verre, c'était l'ex-URSS. Quand il a explosé, le cul du verre, la partie principale, est devenu la Russie actuelle ; les deux ou trois plus gros morceaux ont formé l'Ukraine, la Biélorussie ou le Kazakhstan ; les plus petits ont donné naissance à la Lituanie, la Lettonie et l'Estonie. Et puis il y a eu de minuscules éclats, assez sournois pour se soustraire à la vue, pour se cacher le long des plinthes et sortir, à 2 heures du matin, entailler le gros orteil d'un innocent buveur de bière. Eh bien, la Mesménie, c'est cet éclat de verre : invisible, nuisible, vicieux.

La Mesménie est le plus laid pays du monde. Même son nom est vilain. Je l'aurais inventé, je n'aurais pas fait pire. Là-bas, on a l'impression que l'homme et la nature se sont concertés pour effacer toute beauté : une végétation quelconque, d'un vert uniformément chiasseux, pousse sur un terrain quelconque, ni vraiment plat, ni tout à fait vallonné ; en automne, les feuilles pourrissent sur leur branche sans prendre de jolies couleurs rouges et dorées comme elles le font partout ailleurs ; en hiver, la neige tombe du ciel déjà grisâtre et recouvre toute chose d'un voile de poussière déprimant. Dans les villes, il n'y a que des rues étroites et rectilignes bordées d'immeubles en béton, gris et carrés, avec des grandes portes noires et des petites fenêtres carrées, comme les yeux du fourbe dans les films d'espionnage des années 1950, ceux en noir et blanc. Les passants ne s'y promènent pas : ils marchent d'un pas pressé en regardant le sol jonché de papiers gras et les eaux d'égout qui s'écoulent le long des trottoirs en répandant leur abominable odeur.

À la vérité, je ne suis jamais allé en Mesménie, et je n'en ai même jamais vu de représentation, ni en film ni en photo. Toutes les descriptions que je peux faire de ce pays, toutes les déductions que je peux faire sur son architecture et sur ses habitants, c'est grâce à Malislovna Jerona.

Mali. Depuis combien de jours, depuis combien d'heures, n'ai-je pas pensé à elle ? Elle évoquait toute la misère de son pays natal avec des sanglots dans la voix. Il suffisait de l'entendre décrire ses paysages, ses villes et ses villages, pour savoir qu'on n'aurait jamais, au grand jamais, envie d'y mettre les pieds. Elle-même s'était enfuie, car elle ne supportait plus toute cette laideur.

Malislovna enseignait le mesmène à la Sorbonne à l'époque où je préparais un diplôme en littérature et civilisation russes. Elle avait obtenu ce poste grâce à un programme d'échange international destiné à promouvoir les nouvelles cultures baltes. Certaines personnes s'indignaient de l'existence même de ce programme, arguant que son coût était sans commune mesure avec son apport éducatif. Comme la plupart des étudiants envoûtés par les jupes trop courtes de Malislovna, je n'étais pas d'accord avec cet argument que je jugeais mesquin et réactionnaire. À l'heure où nous construisions ensemble l'« Europe de demain », disions-nous, comment ne pas tendre la main à ces pays tiraillés entre la domination russe et leur volonté d'indépendance ? N'était-il pas de notre devoir à tous, citoyens européens et citoyens du monde, de nous ouvrir à leur culture, à leur langue, à leur mode de vie, de nous en imprégner et de les promouvoir, chaque fois qu'une occasion se présentait à nous ? Et, à notre modeste niveau, n'avions-nous pas l'obligation de prendre la défense de cette jeune et jolie Mesmène, venue de sa contrée lointaine nous apporter un peu de son savoir ?

Richard et moi, nous en parlions souvent le soir, dans les bars, en sirotant tout l'alcool que nous avions les moyens de nous payer. La peur que les pisse-froid universitaires nous retirent notre professeure préférée nous tenaillait les tripes et nous rédigions mentalement la pétition que nous ferions circuler, nous peaufinions l'appel à manifester que nous lancerions si le pire arrivait.

Au début ce n'était qu'un passe-temps de nos fins de soirées trop alcoolisées et, pour Richard, l'affaire en était restée là. Moi, en revanche, je m'étais pris au jeu. Petit à petit, Malislovna était devenue l'objet de tous mes fantasmes. Je rêvais d'elle chaque nuit, je pensais à elle à chaque minute où j'étais éveillé, je croyais apercevoir sa silhouette à chaque coin de rue, entendre sa voix dans chaque lieu public.

Peu à peu, je m'étais mis à suivre tous les cours qu'elle donnait, pas seulement celui auquel j'étais inscrit et qui ne représentait qu'une malheureuse petite heure par semaine. Je négligeais les autres matières, je négligeais les autres filles ; en dehors de Richard, je négligeais les copains. Elle était devenue mon obsession.

J'étais en admiration devant le sérieux avec lequel elle nous enseignait sa langue. Elle ne devait pas être beaucoup plus vieille que nous, vingt-deux ou vingt-trois ans peut-être, et pourtant elle savait déjà ce que le mot « professionnalisme » voulait dire. Il n'existe pas de dictionnaire mesmène-français ou français-mesmène, pas de méthode de grammaire mesmène, pas de livre en mesmène tout court. Le mesmène n'est pas une langue, c'est à peine un dialecte ou un patois parlé par une poignée de paysans dégénérés. Pourtant Malislovna se donnait du mal pour nous en inculquer les rudiments : il fallait la voir arriver toutes les semaines avec les tonnes de feuillets qu'elle avait photocopiés pour nous ; elle s'inspirait des méthodes de langues qui existaient dans le commerce pour l'allemand, l'anglais ou l'espagnol et nous dressait de longues listes de noms, d'adverbes, d'adjectifs, de verbes conjugués à tous les temps, de règles grammaticales complexes. Son français étant laborieux, elle nous parlait en mesmène, en articulant de son mieux et en répétant deux ou trois fois les phrases compliquées. Si, après plusieurs tentatives, nous n'avions toujours pas compris, elle se creusait la tête pour mimer ce qu'elle voulait nous dire. Sur ce point, ses détracteurs pouvaient dire ce que bon leur semblait, Malislovna ne volait pas un centime de son salaire.

Pendant des mois, j'avais cherché le moyen de l'aborder. Je ne savais rien d'elle : ni où, ni avec qui elle habitait, ni ce qu'elle faisait de ses loisirs ; jamais je ne l'avais croisée au cinéma ou dans un bar autour de la faculté ; jamais elle ne venait en cours avec un roman sous le bras ou un sac de sport. Tout au plus l'avais-je vue arriver ou repartir avec des amies ou au bras d'un homme, jamais le même, ce qui me laissait penser qu'elle n'avait pas de petit copain attitré. Et j'étais sûr qu'elle avait repéré l'élève assidu que j'étais, toujours au premier rang, les yeux rivés sur elle. Parfois, elle regardait dans ma direction avec un sourire amusé que j'interprétais comme un encouragement. Après deux ans de ce régime, j'avais donc saisi mon courage à deux mains et, à la sortie d'un cours, je m'étais lancé :

— Excusez-moi, j'aimerais vous inviter à prendre un café, si vous avez un peu de temps.

Elle m'avait fait un charmant sourire et, avec un petit accent venu tout droit de son pays, elle m'avait répondu :

— Je moi pas pense c'est une bonne idée.

Elle avait rejoint une copine presque aussi jolie qu'elle, elle lui avait glissé quelque chose à l'oreille et elles s'étaient toutes les deux retournées dans ma direction en éclatant de rire. Je les avais regardées s'éloigner en silence.

Je ne savais pas dire « salopes » en mesmène.

Après cette scène, j'avais abandonné mes études pour me consacrer pleinement aux soins de mon ego blessé. Ce n'était d'ailleurs pas un changement fondamental dans ma vie puisque je n'allais déjà plus beaucoup en cours, hormis ceux de mesmène.

Richard, en bon copain, avait tout fait pour m'aider à noyer mon désespoir dans le whisky, si bien qu'aujourd'hui encore il a un faible pour cette boisson. Un soir, chez lui, alors que nous nagions déjà dans ce liquide ambré, ce con a piqué mon portable pour répondre à un appel de ma mère. Il adorait ma mère, mais il aimait encore plus me charrier avec son côté envahissant. Il hurlait de rire quand elle m'appelait chaque matin pour être sûre que mon réveil avait sonné et que j'étais en cours. Je m'étais précipité sur lui pour essayer de lui arracher l'appareil, mais j'étais trop saoul pour être efficace aussi m'étais-je résigné à écouter la conversation. Je pouvais facilement la suivre dans sa totalité tellement l'organe maternel monte dans les aigus quand elle parle au téléphone. Ça donnait à peu près ça :

Richard (pâteux) : Bonjour, madame Lagrange, vous allez bien ?

Ma mère (surprise) : Richard, c'est vous ? Où est Thomas ?

Richard (pâteux) : Il est à côté de moi, mais il ne peut pas vous répondre maintenant.

Ma mère (inquiète) : Mais pourquoi ? Il est malade ?

Richard (pâteux et pouffant) : Non, madame. Il est seulement malheureux.
Ma mère (inquiète et surprise) : Malheureux ? Pourquoi serait-il malheureux ?
Richard (pâteux et chuchotant) : C'est à cause d'une fille qui veut pas boire un café avec lui.
Moi (pâteux et découragé) : Putain, Richard, tu fais chier...
Ma mère (indiscrète) : Qu'est-ce qu'il dit ?
Richard (pâteux et réprobateur) : Il dit que je suis une putain qui fait chier.
Ma mère (inquisitrice) : C'est qui, cette fille ?
Richard (pâteux) : C'est une Mesmène qui porte des jupes tellement courtes qu'on dirait des ceintures.
Ma mère (choquée) : Richard, vous êtes saoul ?

Les conséquences de ces révélations ne se firent pas attendre. Dès le lendemain matin, ma mère me rappela pour me supplier d'aller voir un psychiatre. Elle ne pouvait pas admettre que son fils unique puisse s'être fait jeter par une Mesmène à jupe courte et qu'il dilue son chagrin dans quelques verres de whisky. Avec son goût du mélodrame, elle préférait penser que j'étais en pleine dépression après avoir été piégé par une femme fatale. Incapable de résister à ses assauts répétés, j'avais fini par accepter d'aller voir le docteur Hardecker.

Je ne sais pas quel diagnostic il a posé sur moi lorsque je l'ai rencontré pour la première fois, Hardecker, mais je me souviens très bien du mien sur lui. J'avais affaire à un charlatan, incapable de se rendre compte que je n'avais rien à faire dans son cabinet. Comme il n'avait, quant à lui, rien à me raconter, je parlais de la Mesménie pour combler le silence de nos séances. Il m'écoutait d'un air distrait, puis me prescrivait des cachets que je n'allais même pas chercher à la pharmacie. Je ressortais de son bureau assez soulagé, ma conviction première s'en trouvant chaque fois renforcée : j'avais affaire à un charlatan.

Et c'était exactement ce que j'avais répondu un jour à sa secrétaire, une jolie petite ronde qui m'accueillait avec un grand sourire lorsque je lui refilais un chèque pour son escroc de patron. De sa voix chantante, elle me demandait invariablement :

— Ça s'est bien passé, aujourd'hui, monsieur Lagrange ?

Alors un jour je lui ai livré le fond de ma pensée, en souriant moi aussi largement :

— C'est un con, votre patron.

— Allons, allons, il ne faut pas dire des choses pareilles, monsieur Lagrange. Ça ira peut-être mieux la prochaine fois ?

— Mais je vais bien, la question n'est pas là. Je dis juste que votre chef est un nul.

— Il fait un métier difficile, vous savez.

— Je ne dis pas le contraire, je dis juste que lui, en particulier, n'est pas bon en la matière. Plein de gens sans son diplôme seraient bien meilleurs que lui. Tenez, vous par exemple, je suis sûr que vous savez écouter les autres.

J'avais parlé sans arrière-pensées, juste parce que l'idée m'avait traversé l'esprit, et pourtant j'avais tapé dans le mille. Sandrine, car c'était elle, rosit de plaisir en me dévorant des yeux. Je crois pouvoir dire sans me vanter que c'est à ce moment précis qu'elle était tombée raide dingue de moi.

Moi, en revanche, je n'étais pas tombé amoureux. Pas comme j'étais tombé amoureux de Mali en tout cas. Avec elle, j'avais senti une envie violente qui me brûlait de l'intérieur. Sandrine m'avait fait l'effet d'une thérapie. J'étais le mal de gorge, elle la pastille Drill ; moi le coup de soleil, elle la Biafine. Voilà comment ça marchait : je pouvais parler de n'importe quoi, de ma déception avec Mali ou de mon échec universitaire, ses grands yeux pleins d'adoration passaient sur mon ego blessé leur douce pommade anesthésiante. Lentement, sans que je m'en rende compte, je me suis retrouvé accro. Elle était ma drogue et j'avais besoin de doses de plus en plus fortes alors, un jour, saisi d'une impulsion soudaine, je l'ai invitée à dîner.

À partir de là, je pris l'habitude de réserver le dernier rendez-vous de la journée pour passer la soirée avec elle. Quand j'avais fini de m'épancher, Sandrine me parlait un peu d'elle, de sa vie déjà trop bien rangée, de sa famille, de ses deux amies. Je réalisai assez vite qu'elle était introvertie, complexée par son physique de ronde. Ce n'était pas difficile à deviner vu la manière dont elle se cachait derrière des pulls amples et des jupes longues. J'aurais voulu pouvoir la rassurer, lui expliquer qu'elle avait du charme avec son doux visage et ses lèvres pulpeuses, mais je ne trouvais pas les mots. Je l'ai donc simplement embrassée un soir, au moment de la quitter. Il y avait quelque chose de tellement naturel, de tellement rassurant dans cette relation avec une fille simple et gentille qu'au bout de trois mois je m'étais installé chez elle et avais définitivement arrêté de fréquenter Hardecker.

Tout ça, c'était il y a quatre ans. Maintenant je suis là, à 2 heures du matin, en train de relire pour la dixième fois cette petite annonce à la syntaxe étrange (*Recherche traducteur pour le mesmène vers le français. Rémunération très bien*). Et comme un crétin de moustique qui ne résiste pas à la tentation d'aller se cramer les pattes sur une lampe à pétrole, je sais déjà que je ne vais pas résister pas à la tentation d'appeler ce putain de numéro.

2

Le lendemain matin

Je suis réveillé par la porte d'entrée qui claque ; Sandrine part au travail. Son rituel du matin est immuable, rythmé par l'émission *Télématin*. Elle boit son café dans le canapé, pendant le journal de 7 h 30, et puis elle prend sa douche, elle se lave les dents au moment de la météo de 7 h 54. Elle écoute le journal une seconde fois, en s'habillant et en se maquillant. Ensuite elle traîne un peu, range des babioles, relit le courrier de la veille, en écoutant un truc du nom de *Bloc-Notes*. Elle quitte l'appartement à 8 h 45 précises pour arriver au boulot à 9 heures.

Elle bosse toujours chez Hardecker et cet exploiteur exige qu'elle soit ponctuelle pour ouvrir le cabinet alors que lui-même se permet des retards allant parfois jusqu'à une heure, d'après ce que me raconte Sandrine.

Dans mon demi-sommeil, je repense à notre discussion d'hier soir. Comme elle le fait de plus en plus souvent ces derniers temps, elle a insinué que je valais mieux que mon travail de serveur chez McDo, qu'il était temps pour moi d'avancer dans la vie, de me trouver un travail d'adulte dans lequel je pourrai enfin m'épanouir. Elle a raison, évidemment, je ne peux pas continuer ce boulot de misère toute ma vie, sans parler du fait que je vis pratiquement à ses crochets, même si elle a le tact de ne jamais en parler. N'empêche que trouver un job épanouissant quand on a seulement le baccalauréat en poche, c'est comme attraper un rhinocéros avec un filet à papillons : en théorie, il suffit d'avoir un filet assez gros mais, en pratique, c'est une autre affaire et je ne sais pas comment m'y prendre.

C'est pour cette raison que je n'ai pas trouvé le sommeil hier soir. Il fallait que je fasse quelque chose, que je cherche n'importe quoi pour me sortir d'affaire. Et j'ai trouvé la petite annonce. Le retour en Mesménie. Le trou noir qui m'attire et auquel je suis incapable de résister. Je dois me lever pour téléphoner à l'auteur de cette ligne mystérieuse. *Recherche traducteur pour le mesmène vers le français. Rémunération très bien.*

Je m'accorde encore cinq minutes de repos parce qu'après la nuit que je viens de passer, je les ai bien méritées.

Le camion poubelle qui passe dans la rue me réveille sans ménagement. 11 h 37. Merde ! Je n'ai plus une minute à perdre. Je ne pourrai pas finir la journée sans savoir qui se cache derrière la petite annonce mal rédigée. Je crois que je viens de rêver de Mali. En tout cas, elle occupe toute ma tête à présent. Je pense à sa voix, à son accent et je ne peux pas m'empêcher de penser que c'est elle que j'entendrai à l'autre bout du fil. Je compose le numéro. La voix masculine qui me répond n'a aucun rapport avec celle de mon ancienne professeure, et je ne sais pas trop si je suis déçu ou soulagé. Sans doute un peu des deux.

— Allô ?

— Bonjour. Je m'appelle Thomas Lagrange et j'appelle au sujet de l'annonce parue dans *20 Minutes*.

— Vous *parler* mesmène ?

Il s'est mis à chuchoter, comme s'il était pris en faute et, avec son accent, je suis presque sûr qu'il n'a pas conjugué son verbe. L'affaire me paraît plutôt louche et la raison me conseillerait de raccrocher. La raison n'étant pas dans la pièce, je réponds à sa question.

— *Dashi*.

Ça veut dire « oui » en mesmène. J'ai voulu faire du zèle, mais je regrette aussitôt : s'il enchaîne dans cette langue, il va se rendre compte que mes connaissances sont plutôt rouillées.

— Vous pouvoir venir tout de suite ? Vous rien dire au bureau devant. Juste demande parler Sergeï.

Comme je le pensais, il ne conjugue pas ses verbes, mais au moins il m'a parlé en français. J'aimerais bien savoir pourquoi je ne dois rien dire à l'accueil (car le « bureau devant » est sans doute celui de l'accueil). La question me semble délicate à poser par téléphone aussi je me contente de lui demander l'adresse et il me donne celle de la Maison de la nouvelle culture balte, dans le XVIIe arrondissement. Pour moi, c'est à l'autre bout de Paris. On habite dans le XIIIe, à deux pas du psy de Sandrine et à trois pas du McDo où je bosse. Autant dire que je peux abandonner l'idée d'être à l'heure pour mon service de l'après-midi. Tant pis, Martial, rouquin boutonneux d'un mètre soixante-cinq, vingt-deux ans, responsable de fast-food et plus grand arrogant que la terre ait jamais porté, fera la gueule une fois de plus.

Deux changements de métro et cinq minutes de course à pied plus tard, je me retrouve devant la Maison de la nouvelle culture balte. Les lettres MNCB sont peintes en blanc et en demi-cercle sur la vitrine et, en dessous, je vois quelques livres joliment présentés : il y en a un sur la pêche au gros au large des côtes estoniennes, un autre sur l'agriculture en Lituanie, un troisième sur l'effondrement de l'ex-URSS. Sur les murs intérieurs, j'aperçois des cartes géographiques et, au milieu de la pièce, une jeune femme assise derrière un bureau élégant, en bois bien lustré, qui est sans doute le « bureau devant » auquel faisait référence Sergeï. Si j'étais passé dans la rue par hasard, j'aurais pensé à une agence de voyages. À l'évidence, la maison a pignon sur rue, ce qui est rassurant. Je pousse la porte.

— Bonjour, je peux vous aider ?

La jeune femme, dont le badge indique qu'elle s'appelle Anna, est souriante, avenante, très professionnelle.

— Bonjour, j'ai rendez-vous avec Sergeï.

Elle a l'air un peu surprise, mais décroche son téléphone, compose un numéro et parle rapidement dans une langue que je ne comprends pas. La réponse est brève et elle raccroche.

— Vous pouvez y aller. Deuxième porte à gauche.

Je m'engage dans le couloir, je toque à la porte indiquée et j'ouvre, sans attendre la réponse.

— Toi Thomasss ? Rentre, rentre. Tu fermes la porte.

L'homme qui m'accueille doit avoir une quarantaine d'années, il est blond, avec un gros visage suant et couperosé. Quand il se lève pour me serrer la main et vérifier que j'ai bien fermé la porte, je peux voir qu'il me dépasse d'une tête, qu'il a un gros ventre et de longues pattes très fines qui lui donnent une allure d'araignée. À côté de lui, j'ai l'impression d'être aussi épais qu'une demi-frite de chez McDo. Le premier mot qui me vient à l'esprit en le regardant, c'est « mafia ». La bonne impression que m'a faite la boutique en prend un coup et ma méfiance ressurgit.

— Moi Sergeï. Nous asseoir pour discuter, oui ?

Son visage s'éclaire rapidement d'un grand sourire qui lui donne un air presque enfantin. Aussitôt pourtant il reprend son air sérieux et inquiétant. Je m'assieds en face de lui, du bout des fesses.

— C'est à vous que j'ai parlé au téléphone ?

J'ai dû parler un peu fort, car il roule des yeux terrorisés et il met un doigt devant sa bouche en mimant un « chut » un peu naïf.

— Toi pas parle fort, pas les autres entendre nous.

Il soupire puis se cale dans son fauteuil.

— Alors, toi parles mesmène ? C'est pas beaucoup de monde parler mesmène. Comment tu sais ?

Je m'accroche pour comprendre son français, d'autant que son accent s'ajoute à ses fautes de conjugaison. Je me dis pourtant que son français doit être meilleur que mon mesmène.

— Je l'ai appris à l'université, pendant deux ans. À la Sorbonne. Je voulais me spécialiser en littérature et civilisation russe et j'ai pris mesmène en option. Je ne vous ai pas apporté mon CV…

— Non, non, pas besoin CV.

Il rit, avec un mouvement de la main prouvant son mépris pour les documents officiels.

— Moi juste vouloir savoir si tu bien parles mesmène.

— À vrai dire, je ne le *parle* pas très couramment. Je sais bien le lire et l'écrire, mais nous faisions peu d'exercices oraux et je n'ai pas eu l'occasion de pratiquer depuis l'université.

Je dis ça pour écarter le danger le plus immédiat, celui qu'il se mette à parler en mesmène. Pour le reste, je verrai plus tard.

— Moi pas parle non plus. Moi venir Estonie. Pas apprendre mesmène en Estonie. Langue très difficile, mesmène.

J'essaie de ne pas lui montrer mon soulagement : depuis mon entrée dans le bureau, j'avais peur de subir un entretien en langue étrangère. Le fait qu'il me donne spontanément des renseignements sur sa personne semble indiquer qu'il n'a rien à cacher. Il ne doit pas être de la mafia, après tout. Il ne faut pas toujours se fier aux apparences et il y a de grandes chances que, malgré son allure suspecte, ce qu'il me propose soit tout à fait légal et officiel. Reste le problème de la traduction en elle-même, mais je m'en tirerai toujours si j'ai un peu de temps devant moi. Je suis impatient de savoir ce qu'il attend de moi.

— Vous pouvez m'en dire un peu plus sur le travail que vous proposez ?

Sans répondre, il se met à farfouiller furieusement dans un tiroir pendant quelques minutes pour finalement en sortir un fascicule jauni et légèrement écorné, qu'il pose entre nous sur le bureau.

— Mesménie est pays balte, oui ? MNCB promouvoir culture pays baltes et traduction mesmène, c'est promotion. Alors tu traduis livre et tu gagnes deux mille euros, oui ?

Il a chuchoté ces paroles, si bien que j'ai l'impression de participer à un dangereux complot. Je ne sais pas quoi penser, du coup je prends le manuscrit qu'il a poussé dans ma direction et je le parcours rapidement. Pas de titre, pas d'auteur, pas d'indication d'aucune sorte. L'ensemble est écrit à la main, plein de ratures, en cyrillique, à l'encre bleue. Malgré mon manque de familiarité avec cet alphabet, je mettrais ma main à couper que c'est une écriture de très jeune fille. Au fil des pages, je retrouve plusieurs prénoms : Chlobak, Maria et plus loin Petrovna. Je me risque à en déduire la nature de l'ouvrage.

— C'est un roman, non ?

— Oui, oui, littérature mesmène.

Une fois encore, il change d'attitude. Maintenant, il a l'air pressé d'en finir, pressé de me mettre dehors. Décidément, il n'a pas l'air très stable. Je n'arrive pas à penser sérieusement qu'il est lié à une bande de malfaiteurs, mais comment savoir ? Je n'ai aucun critère de comparaison. Ce qui est certain, c'est que toute l'affaire doit être louche et une petite voix me souffle d'abandonner.

— Tu peux traduire ? Bien payé. Deux mille euros. Deux cents euros tout de suite.

J'accepte. Je n'en suis pas très fier, mais la pensée de cet argent facilement gagné l'a emporté sur la raison. Sergeï sort deux billets de cent euros de son portefeuille et me les tend en même temps que le fascicule.

— Tu faire bien attention, hein ? Pas d'autre exemplaire.

— On peut faire une photocopie ici, si vous voulez ?

Il roule des yeux inquiets.

— No, no, no. Pas photocopie à la MNCB. Dangereux, photocopie ici. Et photocopie au magasin à côté kaput alors pas le temps aller ailleurs. Toi faire juste très attention manuscrit, oui ?

Ce type est définitivement suspect ou simple d'esprit. En quoi sa photocopieuse est-elle dangereuse ? Est-ce qu'il a peur qu'elle lui explose à la figure ? Et si la photocopieuse la plus proche est hors service, son patron n'aurait pas pu lui donner le temps d'aller en trouver une ailleurs ? Il n'est sans doute pas trop tard pour abandonner l'affaire, mais l'idée du fric est trop tentante. Je hausse les épaules en signe d'acquiescement.

— Tu peux faire dans trois semaines ?

Un coup d'œil à ma montre m'indique qu'il est 14 h 04. Je suis tellement en retard que je promets tout ce qu'il veut. Nous échangeons nos numéros de portable et, après un dernier serrage de mains et tapotage d'épaule, je sors du bureau. À l'accueil, la jeune femme me regarde passer, visiblement curieuse de ce que nous avons pu nous dire, Sergeï et moi. Je devrais peut-être lui parler du travail qu'il m'a confié et lui demander son avis, mais je n'ai pas une minute à perdre. Je pousse la porte en lançant un « au revoir » à peine poli.

En courant vers le métro, je cherche désespérément une excuse que je pourrais sortir à Martial. Hors de question de lui faire une fois de plus le coup de la maladie. Il ne marche plus et réclame dorénavant un certificat médical, sinon il menace de me coller un avertissement. Pas non plus le coup du problème dans les transports : il sait que j'habite à cinq minutes à pied du McDo. Le mieux, je crois, c'est de ne rien inventer du tout et de me glisser discrètement derrière le comptoir en espérant que cet enfoiré n'ait pas remarqué mon absence.

Martial. Le court Martial. Sans lui, mon boulot chez McDo serait supportable. On se marre plutôt bien avec Alice, Farid et les autres quand il n'est pas là. Seulement, c'est lui le chef et sa simple présence suffit à gâcher l'ambiance. Le problème de Martial, c'est la frustration. Toutes sortes de frustrations. Intellectuelle, d'abord. Il a sous ses ordres cinq caissiers et une demi-douzaine de cuisiniers, presque tous étudiants : avec moi, à la caisse, Kevin fait une fac de psycho, Stéphane est à Sciences Po, Alice prépare un BTS en informatique et j'ai oublié les études que poursuit Mélanie, mais c'est une intello. Martial qui n'a pas fait d'études pour cause d'insuffisance neuronale les considère comme le sel de la terre. On pourrait le plaindre, parler de complexe d'infériorité, trouver les raisons de son comportement dans sa petite enfance, mais, avant ou après une psychanalyse, le diagnostic serait le même : ce n'est qu'un crétin teigneux. Même Sandrine, qui est pourtant toujours prête à trouver des excuses à tout le monde, est d'accord sur ce point. Sa deuxième frustration est sexuelle, naturellement. Il a plus ou moins dragouillé toutes les filles qui bossent au fast-food et chaque fois il s'est fait repousser. Un jour, je l'avais même surpris en train de faire des avances un peu trop poussées à Alice, pendant qu'elle se changeait dans les vestiaires. J'avais chopé l'asticot par le bras en lui demandant à quoi il jouait. Il s'était dégagé brusquement et il s'était barré la queue basse, comme le petit rat qu'il est. Ce jour-là, j'avais gagné une bonne copine en la personne d'Alice et un ennemi sacrément rancunier. D'où la conclusion : si je veux me débarrasser de lui et de ses vexations quotidiennes, je dois trouver un autre job.

J'arrive devant le McDo avec cinquante-quatre minutes de retard. Conformément à mon plan, je prends mon service le plus vite possible, en essayant de me rendre invisible. Juste au moment où je crois avoir réussi, j'entends une voix depuis l'autre bout du comptoir :

— T'as vu l'heure Thomas ? Ce sera retenu sur ton salaire. Et la prochaine fois, c'est l'avertissement !

À côté de moi, Alice me fait un sourire penaud pour me montrer qu'elle est désolée. D'habitude, elle essaie de couvrir mes retards de son mieux, mais aujourd'hui elle a visiblement échoué. Je lui rends son sourire pour lui faire comprendre que ce n'est pas si grave. Sans un regard pour cet abruti de Martial, je me mets au boulot.

Mon service terminé, je passe à la pizzeria du coin et je commande deux pizzas aux quatre fromages à emporter.

D'ordinaire le régime de Sandrine réclame plus de soin. Dès le début de notre vie commune, j'ai découvert l'un de ses plus grands secrets. Elle n'était pas boulimique à proprement parler, non, mais elle naviguait malgré tout en pleine contradiction alimentaire. Le ventre vide, elle était capable d'avaler un bocal de rillettes tartiné avec une motte de beurre sur une miche de pain entière en moins d'une heure puis, dès qu'elle était rassasiée, elle gémissait sur ses kilos en trop et sur son corps difforme. J'avais beau lui garantir que ses rondeurs lui allaient bien, elle était incapable d'écouter mon discours raisonnable. J'avais donc pris les choses en main : j'avais lu toute la littérature possible et imaginable sur les régimes sans graisse et appris à chasser la calorie glucidique de nos assiettes. Le résultat ne s'était pas fait attendre, en quelques mois elle avait perdu cinq des kilos qu'elle croyait accrochés à ses hanches pour le reste de ses jours. J'étais ainsi devenu son héros culinaire, le Jiminy Cricket de son alimentation.

Ces pizzas sont clairement une entorse à nos habitudes, mais je sais qu'elle va apprécier cet écart et j'aime autant qu'elle soit de bonne humeur quand je lui parlerai de la traduction.

Quand je rentre, Sandrine est à moitié couchée sur le canapé, devant la télévision. L'appartement est trop petit pour avoir une vraie salle à manger et, généralement, nous mangeons sur la table basse. C'est l'avantage d'avoir un vieux canapé Ikea, complètement défoncé : on peut faire des taches et des miettes sans complexe.

Je dépose les pizzas encore chaudes sur la table, j'embrasse rapidement les lèvres de Sandrine et je me laisse tomber à côté d'elle.

— Salut, ça va ?

— Ça va. Et toi ?

Aucune allusion à notre discussion d'hier soir, pas plus qu'au verre cassé d'ailleurs. C'était pourtant un verre du service en cristal que sa mère lui a offert pour ses vingt ans, mais Sandrine n'est pas du genre à se répandre en récriminations stériles – une qualité que j'apprécie particulièrement quand je pense à toutes les occasions qu'elle aurait eues de se répandre. Elle n'est pas non plus du genre à réaborder tout de suite le sujet de mon boulot.

Son style à elle, c'est plutôt l'attaque en crabe, par allusions successives, jusqu'à atteindre son but. Je suis réellement impressionné par sa tactique, mais, chaque fois que je le lui fais remarquer, elle rétorque que je me fous de sa gueule. Pour le moment, elle n'attaque pas en crabe, elle regarde bien en face la pizza que j'ai posée devant elle.

— Mmmmmm. Tu n'aurais pas dû !

La lueur gourmande qui s'est allumée dans ses yeux me dit le contraire. Je vais chercher deux assiettes et des couverts dans la cuisine.

— Comment s'est passée ta journée ?

— Normale. On a eu trois nouveaux dossiers et quelques habitués. Oh, et puis les Mercier, aussi. Je ne crois pas que Bertrand arrivera à sauver leur couple.

Sandrine appelle Hardecker par son prénom, Bertrand, ce qui a le don de m'énerver surtout quand on est tous les deux, le soir, sur le canapé. J'ai l'impression qu'il pourrait à tout moment sortir de la bouteille de vin posée devant nous, comme le génie de la lampe d'Aladin. Sauf que lui, c'est un mauvais génie et il se pointe uniquement pour nous gâcher la soirée. Je fais de mon mieux pour cacher mon exaspération et j'écoute d'une oreille distraite les dernières péripéties du couple Mercier, ces malheurs insignifiants qu'ils confient scrupuleusement à Sandrine, après chaque séance, après les avoir racontés à Hardecker.

— Et toi, ta journée ?

Voilà, elle a enfin fini de me parler de tous ces raseurs. J'avale ma dernière bouchée de pizza et je me lance, nerveux et incertain.

— J'ai une nouvelle à t'annoncer : j'ai trouvé un boulot.

— Quoi ? Et tu ne me le dis que maintenant ?

Elle a arrêté de manger et me regarde d'un air excité et ravi.

— Ne t'emballe pas. Ce n'est pas un vrai boulot à plein temps. C'est une traduction. Payée deux mille euros.

— Une traduction ? Une traduction de quoi ?

— D'un roman mesmène à traduire en français.

— Oh.

Elle est beaucoup moins ravie. Pour elle, Mesménie est synonyme de danger. Elle connaît dans les moindres détails l'histoire que je n'ai pas eue avec Malislovna et son inquiétude est teintée de jalousie. Elle ne devrait pourtant pas se faire de souci. Bien sûr, régulièrement je cherche la trace de Mali sur Internet : je tape son nom sur Google, je cherche parmi les professeurs de lettres modernes de l'université Paris-IV, j'épluche tous les sites où on parle de la Mesménie et je regarde même dans les pages blanches de la France entière. Néant. Pas de trace d'elle, nulle part. Pour ce que j'en sais, elle a aussi bien pu retourner dans son pays, mais ce n'est pas le sujet pour le moment.

Le sujet, c'est le regard plein de méfiance que me lance Sandrine. Même si je peux comprendre ce regard, je ne l'aime pas du tout. Je me mets aussitôt sur la défensive, décidé à ne rien lâcher qui puisse renforcer ses doutes quant à ma capacité de traduire ce bouquin et de renouer avec la Mesménie.

— J'ai accepté parce que c'est bien payé.

— Comment le sais-tu ? Il y a un syndicat des traducteurs de mesmène qui t'a donné les tarifs ?

— Je le sais, c'est tout. Ça l'est au moins par rapport à mon salaire de chez McDo.

Elle fait une moue sceptique.

— Mouais... et je suppose que le traducteur de mesmène est dur à trouver, de nos jours...

Je lui jette un regard de travers et elle se hâte de changer de sujet.

— Comment tu l'as trouvée, cette traduction ? C'est pas un travail au noir, au moins ?

— Une petite annonce dans *20 Minutes* hier. Oui, c'est bien payé et oui, pour autant que je sache, c'est réglo.

Je suis bien obligé de répondre à ses questions, mais je fais le minimum syndical. Je vais rester factuel, sans lui parler de Sergeï et de l'impression étrange que m'a laissée notre entretien. Je sors malgré tout le document qu'il m'a donné de mon sac à dos et je le montre à Sandrine, pour qu'elle se rende compte du travail qui m'attend.

— Regarde, ce n'est pas si gros.

— Et tu te sens capable de le traduire ?

La question à mille euros est posée. Parce qu'elle ne parle pas du point de vue technique, évidemment. Si je la laisse parler, elle va me sortir une grande théorie sur l'affect et sur l'inquiétude qu'elle ressentira pour moi en me voyant replonger en Mesménie. Mais ce n'est pas seulement pour moi, ni même pour notre couple qu'elle s'inquiéterait : ce serait pour elle. Oh, elle n'a pas vraiment peur que je retrouve la trace de Mali et que j'en retombe amoureux. Non, ses craintes sont plus complexes, plus tordues. La vérité c'est que depuis le début de notre relation officielle, elle passe pour ma sauveuse, mon ange gardien, la bonne fée qui m'a sorti de la mauvaise situation où je me trouvais pour me fournir un foyer, une vie bien rangée, bien à son image, une vie où la Mesménie n'existe pas.

Ma mère, ma famille tout entière et même Richard souscrivent à cette théorie. Sandrine accepte ce rôle avec sa modestie habituelle, mais, dans le fond, je sais à quel point elle en est fière. Elle l'aime presque autant qu'elle m'aime, moi, et elle n'est pas prête à laisser une traduction minable se mettre en travers de sa gloire.

Je soupire. Je n'ai pas l'intention d'entamer une discussion de fond sur ce sujet sensible ce soir. Nous avons déjà eu une scène de ménage hier, je n'ai ni l'énergie ni l'envie d'en entamer une nouvelle alors je réponds d'un ton ferme et sans réplique.

— Je n'en sais rien. Mais je dois essayer.

3

Deux jours plus tard

Ce matin, je peux enfin ouvrir le roman mes-mène. Hier, Sandrine ne travaillait pas, or je ne veux pas l'avoir dans les pattes alors que je débute ma traduction. Je me prépare un café, m'installe dans le canapé et commence la lecture. Dans un premier temps, j'ai décidé de me faire une idée générale, avant d'entrer dans les détails.

Le jour de ses soixante-dix ans, alors qu'elle aurait déjà dû être grand-mère, Maria Pavlovna Zoriagna rencontra Chlobak Androv Peranovski et ce fut son premier amour.

Cette première phrase me déçoit horriblement. Je m'attendais à un roman d'espionnage, de guerre, à un thriller. Ou peut-être à une fresque historique quoique, en cent soixante-seize pages écrites à la main et raturées, il est difficile de faire tenir toute une fresque. En tout cas, je ne m'attendais pas à un roman à l'eau de rose pour gérontophiles et cette phrase me laisse présager le pire.

Je continue ma lecture en diagonale et j'apprends vite que le dénommé Chlobak n'a que quarante-deux ans. Cette différence d'âge semble me poser plus de problèmes qu'elle n'en pose aux protagonistes, qui s'inquiètent davantage de l'origine du dénommé Chlobak : il est ukrainien alors que Maria est farouchement mesmène. Là, il y a tout un paragraphe assez intéressant sur les rapports entre la Mesménie et l'Ukraine. Pour des raisons plutôt obscures, ces deux anciennes régions de l'ex-URSS sont des ennemis héréditaires. Pour être tout à fait honnête, ce n'est peut-être pas l'explication qui est obscure, mais, comme je bute sur certains mots, certaines expressions, c'est ma compréhension générale qui est assez difficile.

En revanche, je suis tout à fait certain de cette histoire de différence d'âge. À la page 12, Chlobak enlace Maria et lui dit :

Notre différence d'âge ne sera jamais un problème, mon amour, je saurai prendre soin de toi.

Ma déception augmente encore d'un cran. J'ai déjà entendu parler de ces femmes qui cherchent des hommes beaucoup plus jeunes qu'elles, le phénomène est terriblement à la mode en ce moment. On les appelle les « femmes cougars », pour une raison qui m'échappe. Hier encore, j'ai entendu une émission sur *Europe 1* à leur propos. D'après le journaliste, des tas de femmes célèbres mériteraient cette dénomination : Madonna, Demi Moore, Claire Chazal et bien d'autres encore. J'ai appris qu'Elizabeth Taylor ou Édith Piaf faisaient partie du club, avant même qu'on leur attribue ce nom de félin.

Je repose le roman sur la table basse, un peu découragé. Il y a tant de vocabulaire, tant de règles grammaticales que j'ai oubliés et qui rendent ma compréhension incertaine. Et cette idée d'écrire un roman sur l'amour au troisième âge ! Même en écartant mon peu d'enthousiasme pour ce thème scabreux, il doit y avoir des tas de sentiments complexes et nuancés là-dedans que je ne me sens pas capable d'interpréter correctement. Je me suis sans doute engagé trop vite, sans savoir où je mettais les pieds.

— Merde !

J'ai renversé ma tasse de café sur le manuscrit. Je cours à la cuisine chercher une éponge pour réparer les dégâts. Je nettoie du mieux que je peux. Heureusement le liquide n'a pas eu le temps de traverser le papier et seule la première page est marquée d'une grande tache brunâtre. L'écriture en dessous est encore tout à fait lisible. J'ai eu de la chance, mais cette mésaventure me donne l'idée d'aller au plus vite faire des photocopies puisque je détiens, comme me l'a fait remarquer Sergeï, le seul et unique exemplaire de cette œuvre impérissable.

Mon service chez McDo commence dans une heure, j'ai donc le temps de passer au Monoprix. Il me semble avoir repéré, il y a quelque temps, une photocopieuse à l'étage de l'alimentation du magasin, juste après les caisses, à côté du Photomaton. Le temps de prendre mon blouson, mon sac à dos, et je me mets en route.

La photocopieuse est bien là, mais son fonctionnement me laisse perplexe. Je n'avais jamais vu de modèle comme celui-ci auparavant. Pas d'endroit où introduire le paquet de feuilles, pas de clavier pour saisir le nombre d'exemplaires souhaités. Juste une vitre à soulever et un gros bouton vert. Je vais chercher de l'aide auprès de la caissière la plus proche.

— Excusez-moi, mademoiselle, la photocopieuse…

Pas de réaction. Elle est tellement occupée à passer des cornichons, de l'essuie-tout et des yaourts au bon goût bulgare sous le lecteur de code-barres qu'elle ne m'a pas entendu.

— Mademoiselle, pour la photocopieuse…

Cette fois, elle tourne légèrement la tête de mon côté.

— Faut mettre des pièces.

— Oui, je sais bien qu'il faut mettre des pièces. Je voulais avoir le mode d'emploi pour faire tout un paquet en automatique.

— Pas possible. Faut les faire une à une. Dix centimes la pièce.

Exactement ce que je redoutais. Pas de temps à perdre en lamentations. Un rapide calcul m'apprend que, si je veux faire deux exemplaires supplémentaires, j'ai besoin de trois cent cinquante-deux pièces de dix centimes.

— Excusez-moi, vous auriez de la monnaie ?

— Combien vous voulez ?

Je sors deux billets de vingt de mon portefeuille.

— Quarante euros en pièces de dix centimes.

Elle se retourne brusquement, prête à aboyer au cas où je me moquerais d'elle. À mon air énervé, elle comprend que je suis sérieux et, du menton, elle me désigne le local de surveillance.

— Allez leur demander. Ils ont des rouleaux.

Je vais au local indiqué au pas de course. Le temps passe trop vite et j'ai l'impression que je vais être en retard au boulot. L'homme en uniforme auquel je m'adresse me donne les rouleaux de pièces sans piper mot, ce qui m'arrange. Je n'ai pas une minute à perdre en bavardage inutile.

De retour devant la photocopieuse, je dois attendre que deux lycéennes prises d'un fou rire nerveux la libèrent. J'ai une envie folle de les engueuler, mais je me retiens. Ça ne servirait qu'à perdre encore un temps précieux. Quand enfin elles quittent la machine qu'elles ont prise en otage, je passe à l'action. À raison de dix photocopies par minute, mes deux exemplaires sont prêts en une demi-heure. Je les fourre dans mon sac à dos et me dirige vers la sortie. En marchant vite, je n'aurais pas plus de cinq minutes de retard, délai acceptable même pour ce crétin de Martial.

— Monsieur, vous pouvez repasser sous le portique, s'il vous plaît.

Je m'arrête, surpris, et je me retourne. Je réalise que le portique a protesté quand j'ai franchi la porte du magasin. Le vigile qui me regarde n'a pas l'air aimable. Il est debout, jambes écartées, une main sur l'autre, à la hauteur de la braguette. Je passe le portique dans l'autre sens. Clignotant rouge, bip accusateur.

— Votre sac, s'il vous plaît.

— Oh allez, soyez sympa, je suis pressé. Je suis juste allé faire des photocopies, je ne suis même pas entré dans le magasin…

Mauvaise idée que de vouloir négocier. Il n'a pas écouté un mot de mon argumentaire et il se met en position de manière à empêcher toute tentative de fuite.

— Donnez-moi votre sac à dos, s'il vous plaît.

J'obtempère en soupirant. Il le saisit par une bretelle et, d'un geste de balancier, il le passe sous le portique. Celui-ci réagit comme les premières fois.

— Veuillez me suivre, s'il vous plaît.

Je le suis, à la fois mortifié, indigné et impatient. Nous n'allons pas bien loin. Le vigile ouvre une porte au fond du magasin qui donne sur un local borgne et sobrement meublé d'une table et d'une chaise en bois. Il pose mon sac sur la table, l'ouvre, en extrait mes feuilles entassées et continue de fouiller. Il en sort mon trousseau de clés, mon portefeuille, un pull suffisamment usé pour qu'il ne me soupçonne pas de l'avoir volé, un emballage de tablette de chocolat et, tout au fond d'une poche, un emballage de pile vidé de son contenu. En vieil habitué, il examine ce dernier emballage et retourne au portique. Depuis le local, j'entends le bip et le vigile revient.

— Vous pouvez partir.

Ça tombe bien, je n'avais pas l'intention de passer ma journée au Monoprix à me faire traiter de voleur à la tire. Je remballe mes affaires et je pars en courant.

Quatorze minutes de retard. Je sais que Martial ne va pas me rater s'il s'en rend compte. Je dois traverser le fast-food pour aller me changer et, de l'extérieur, je fais un signe à Alice pour qu'elle fasse diversion. Je la vois qui entame une discussion avec l'avorton et je pénètre à pas de loup en territoire ennemi. Peine perdue. J'ai tout juste fait trois pas que Martial se retourne. Il devait guetter mon arrivée et Alice n'a rien pu faire. Dès qu'il m'aperçoit, il m'apostrophe à voix haute, pour que tout le monde l'entende bien. Il y a dans sa voix une évidente satisfaction :

— Thomas, deuxième retard de la semaine. Cette fois, c'est l'avertissement, je t'avais prévenu.

Il faut parfois savoir fermer sa gueule, surtout face à des crétins comme Martial. Je le traite intérieurement de tous les noms qui me passent par la tête : face de rat, protubérance vérolée, raclure de hamburger moisi. Extérieurement, j'essaie de ne pas trop montrer la répulsion qu'il m'inspire. Je continue ma progression sous les regards amusés, je vais me changer et je passe derrière la caisse. Alice me glisse à l'oreille que c'est vraiment un sale con et je hoche la tête en signe d'approbation. Je n'ai pas envie de discuter, surtout avec le petit rat qui doit me surveiller du coin de l'œil. Je me concentre sur mon boulot en servant les clients qui défilent devant moi, presque sans les voir ; les gros, les maigres, les grands, les petits, les beaux, les moches : ils se ressemblent tous à mes yeux. Je leur distribue des nuggets de poulet, des hamburgers, des frites et des Coca-Cola sans même y penser. Après trois ans de cette routine, c'est devenu mécanique, comme une seconde nature. Et pendant que je m'active, mon esprit revient à cette traduction que j'ai acceptée. J'ai l'impression que je n'y arriverai jamais. En dehors de mes lacunes évidentes en mesmène, en dehors du sujet qui ne m'inspire pas du tout, il y a la question du délai qui m'est imparti. Jamais je ne pourrai traduire cent soixante-seize pages en trois semaines, pas en travaillant au McDo en même temps. Je n'ai pas d'autre solution que de laisser tomber.

À la pause de 16 heures, je m'isole et j'appelle Sergeï, sur le numéro de portable qu'il m'a donné.

— Allô, Sergeï ? C'est Thomas.

— Thomas ? Pourquoi tu appelles ?

Il parle encore en chuchotant, comme si nous étions en train de fomenter un mauvais coup et aussitôt le malaise que j'avais ressenti pendant notre entretien ressurgit.

— Écoutez, j'ai beaucoup réfléchi et je pense que je ne vais pas pouvoir faire la traduction…

— Pas possible toi dire non ! Toi tu promets. Tu prends les deux cents euros et maintenant tu traduis.

— Je peux venir vous rendre l'argent avec le manuscrit, si vous voulez. Je peux même venir ce soir ou demain matin.

— Non, moi veule toi tu traduis. Si tu pas traduis, Sergeï très en colère et Sergeï pas gentil quand lui en colère.

Sans faire dans la paranoïa primaire et malgré son problème de syntaxe, je crois sentir comme un parfum de menace dans sa phrase. Je ne pense pas qu'il pourrait s'en prendre à moi physiquement, mais comment en être sûr ?

En étant rationnel et en cherchant bien, l'explication de son attitude doit être toute simple. Il se peut, par exemple, qu'il soit chargé de la gestion des traductions pour la MNCB et qu'il ait, par mégarde, oublié de faire traduire le fascicule qu'il m'a remis. Il essaie donc de réparer son erreur en douce, ce qui expliquerait le mystère dont il s'entoure et aussi pourquoi il est si pressé.

Mais certains détails ne collent pas avec cette version des faits. D'abord, pourquoi s'est-il donné tant de peine pour camoufler sa bévue ? Parce qu'il s'en est donné, de la peine : il a passé l'annonce dans *20 Minutes* tout seul (j'ai reconnu son style), il me paie en liquide, peut-être sur ses propres deniers, il a organisé un entretien clandestin sur le lieu même de son travail. Tout cumulé, c'est beaucoup d'efforts pour une bévue qui ne lui aurait sans doute pas coûté sa place.

Ensuite, ce manuscrit raturé n'a ni titre ni nom d'auteur. Il me semble qu'un ouvrage honnête, prêt à être traduit et vendu par une association comme la MNCB, doit au moins posséder un titre et un auteur.

Et surtout, surtout, ce sujet ! Qui aurait l'idée de publier un roman sur les amours d'une septuagénaire mesmène mal dégrossie ? Parce que la Maria m'a tout l'air d'être une rustaude n'ayant jamais quitté sa campagne et, à moins que la suite de l'histoire ne me prouve le contraire, elle le restera. Et si justement dans les pages suivantes elle la quittait, sa campagne ? Et si elle était embarquée dans quelque sombre trafic de traite des vieilles dont Sergeï serait, dans la vraie vie, un des instigateurs secrets ? Je frémis à cette idée qui me ramène à la mafia russe…

— Alors, toi décides ? Tu traduis ?

J'avais oublié qu'il était encore au bout de la ligne. Je l'imagine avec sa carrure inquiétante, je pense à son potentiel réseau de tueurs à gages, et je les compare au maigrichon Martial. Vu sous cet angle, entre mon travail chez McDonald et l'engagement que j'ai contracté auprès de Sergeï, mon choix est vite fait.

— Oui, bien sûr, vous pouvez compter sur moi.

— Je content. Tu traduis dans trois semaines promis ?

— Oui, oui, vous pouvez compter sur moi.

Je raccroche et je me mets aussitôt à la recherche de Martial. Je le repère au fond de la cuisine en train d'engueuler mon copain Farid, cuisinier de l'ombre, non-étudiant comme moi avec qui il n'est donc pas nécessaire de prendre des gants. Il va falloir que je trouve une bonne excuse pour m'absenter pendant les trois semaines à venir et ça ne va pas être facile.

— Martial, je peux te parler cinq minutes ?

— Quoi ?

Il se tourne à moitié vers moi sans pour autant quitter sa proie des yeux. Je réalise qu'il est inutile de tourner autour du pot, je prends une grande inspiration et me lance.

— Je veux prendre trois semaines de congé sans solde.

— Tu veux quoi ?

Farid ne l'intéresse plus du tout. Il sent qu'il vient de pêcher un poisson autrement plus gros et il concentre toute son énergie malveillante sur ma personne.

— Je veux trois semaines de congé sans solde. À partir de demain.

— Tu sais que c'est juste impossible ce que tu me demandes ? Qu'est-ce que tu ferais de trois semaines, d'abord ?

— C'est personnel.

— Si c'est pour rien branler pendant trois putains de semaines, tu peux te brosser.

— J'ai quelque chose de sérieux à faire.

— Ben dis-moi ce que c'est et je déciderai ensuite.

— Quelque chose qui ne te regarde pas.

— Tu vas préparer le concours d'entrée à Polytechnique ?

Il ricane bêtement, en exposant des dents de lapin que j'ai envie d'exploser avec mon poing. Je me retiens avec tellement de force que j'en ressens une douleur physique.

— Alors, c'est oui ou c'est non ?

— Ben c'est non.

Il ricane encore une fois, pour la forme, et il est prêt à s'attaquer de nouveau à Farid, maintenant qu'il a réglé mon compte. Je ne veux pas en venir aux mains, je n'ai jamais frappé personne de toute ma vie et je ne veux pas que ce petit con inaugure ma liste. Je préfère me comporter en être humain civilisé.

— Je t'emmerde, Martial.

— Qu'est-ce que tu as dit ?

Il ne rit plus du tout. Il ressemble à un crapaud qui voudrait se transformer en taureau.

— J'ai dit que je t'emmerdais. Tu es un minable, un demeuré, une crotte de groin porcin. Je n'arrive même pas à t'en vouloir, je te plaindrais presque tellement tu es nul et sans avenir.

— Tu es viré, tu m'entends ? Viré !

— Tu m'étonnes.

Je le plante là, tout à sa fureur. Je vais chercher mon sac à dos dans le réduit qui nous sert de vestiaire et je quitte ce fast-food en me jurant de ne plus jamais y remettre les pieds.

4

Cinq heures plus tard

De retour à l'appartement, je cogite à m'en faire cramer les méninges.

Le mercredi, Sandrine sort faire la bringue avec ses deux copines de lycée. C'est un rituel qui dure depuis des années, depuis bien avant notre rencontre. Moi je profite de ma soirée de liberté pour aller faire un billard avec des vieux potes, regarder le foot à la télé ou jouer à des jeux vidéo. Quand elle rentre, en général passablement éméchée, elle me rejoint sur le canapé et elle me raconte en riant les dernières frasques de ses copines. Par jeu, je fais semblant de les débiner et plus je suis méchant avec elles, plus Sandrine pouffe de rire en se blottissant contre moi.

Ce soir, je suis plutôt soulagé qu'elle ne soit pas là quand je rentre. Je n'aurais pas voulu qu'elle voie ma tête tout de suite après mon affrontement avec Martial. Pendant les deux heures qui ont suivi, j'ai eu envie de taper sur tout ce qui bougeait, j'étais prêt à retourner sur les lieux pour en découdre verbalement et physiquement avec ce petit merdeux. La colère retombée, je me mets à réfléchir à la situation, et surtout à la façon d'annoncer à Sandrine mon nouveau statut de chômeur.

Je peux passer sous silence les vraies raisons de mon licenciement. Lui dire par exemple que si je ne travaille plus, c'est que notre McDo est momentanément fermé suite à un contrôle sanitaire ou qu'il y a eu un début d'incendie en cuisine. Mais à quoi ça m'avancerait ? En admettant qu'elle me croie, ce qui n'est pas évident surtout qu'elle passe devant le fast-food tous les jours, je ne ferais que différer la nouvelle de quelques semaines. J'écarte cette solution.

Il y a le demi-mensonge. Jouer les victimes en prétendant que Martial m'a viré parce que j'ai fait un malaise pendant le service qui m'a forcé à abandonner mon poste. Non, pas ça, elle flippera pour ma santé. Ou bien jouer les héros et raconter que j'ai pris la défense de Farid qui subissait un harcèlement raciste et que ça a dégénéré. Mais outre le côté immoral, Sandrine risque de m'inciter à le poursuivre aux prud'hommes. Il le mériterait bien, mais je serais alors obligé d'avouer la véritable cause de mon renvoi. Donc pas de demi-mensonge.

Il doit y avoir une bonne demi-douzaine de stratégies fines et intelligentes pour annoncer ce genre de mauvaises nouvelles. Je ne serais pas surpris qu'une poignée de psychologues autoproclamés aient écrit des bouquins là-dessus. Je suis sûr qu'Hardecker, lui, serait même capable de faire payer trois ou quatre séances à des pauvres types pour leur refiler des tuyaux sur le sujet.

Moi, je suis capable de me débrouiller seul. Pour finir de m'éclaircir les idées, je vais me chercher une petite bière bien fraîche dans le réfrigérateur. Je suis en train de me servir quand j'entends la clé dans la serrure.

— Coucou, c'est moi ! Je suis rentrée !

À sa voix joyeuse, je peux dire que Sandrine et ses copines ont respecté leur programme habituel. Moi aussi, j'ai arrosé mes réflexions à coups de canettes de bière, mais j'ai encore les idées claires. Trop claires, à mon goût.

— Je suis au salon.

J'entends ses talons aiguilles tomber lourdement sur le parquet de l'entrée et elle vient me rejoindre.

— C'était vraiment super ce soir. Catherine a pu venir et elle voulait voir le dernier Woody Allen, mais... Ben, qu'est-ce qui t'arrive ?

— Martial m'a viré.

— Oh !

Elle se laisse tomber lourdement à côté de moi. Il lui faut un peu de temps pour accorder son humeur à la mienne. Nous restons silencieux pendant quelques secondes, elle pose sa main sur mon dos et je me frotte le visage avec les paumes.

— Qu'est-ce qui s'est passé ?

— Je lui ai demandé trois semaines de congé pour ma traduction et il a refusé.

— Ta traduction ? Tu veux dire le machin en mesmène ?

— Ben oui, j'ai pas trente-six traductions sur le feu.

— Non, mais je suis un peu surprise que tu veuilles arrêter ton boulot pour si peu.

Évidemment, j'aurais dû m'attendre à cette réaction. Elle aurait été ravie que je renonce à la traduction comme j'ai bien failli le faire cet après-midi. Et je suis certain qu'elle est plus qu'un peu surprise de ma décision, comme elle dit. Elle pense que, déjà, ce livre mesmène commence à mettre le foutoir dans notre vie. Elle doit déjà imaginer ce qu'elle dira à ma mère, sur ce ton de la confidence qu'elles prennent toutes les deux quand elles parlent de moi. Sandrine avouera qu'elle n'a rien pu faire pour m'empêcher de démissionner, qu'elle craint le pire depuis que je me suis mis en tête de faire cette traduction, mais que, naturellement, elle restera à mes côtés quoi qu'il arrive et ma mère, des sanglots dans la voix, la remerciera en lui assurant sa reconnaissance éternelle. À l'évocation de cette scène, la colère me prend les tripes, mais au lieu de la laisser éclater au grand jour, je décide de faire comprendre calmement à Sandrine que ma décision est prise et que rien de ce qu'elle pourra dire ou faire ne me fera changer d'avis.

— D'abord ce n'est pas un *machin* mesmène, c'est un roman à traduire. Ensuite, et pour répondre à ta question, oui, ça vaut la peine d'arrêter de travailler chez McDo pendant trois semaines pour si peu, comme tu dis.

Je suis surpris que mes mots aient sonné aussi durement. Je dois avoir encore des progrès à faire dans la rétention de mes sentiments si je veux éviter de subir les remarques pseudo psychologiques de Sandrine pendant tout le temps que durera ma traduction.

Elle s'est rendu compte de l'agressivité qu'il y avait dans ma voix. Elle recule, aussitôt sur la défensive.

— Excuse-moi, ce n'est pas ce que je voulais dire. Mais tu admettras quand même que ce n'est pas raisonnable de quitter un vrai boulot à plein temps pour un travail de quelques jours, sans autre perspective.

Elle est complètement dégrisée, à présent. Sandrine la Sage, la Pragmatique, la Raisonnable Sandrine est de retour. Évidemment, je suis obligé de reconnaître qu'elle a la raison à cent pour cent, mais pourquoi ce besoin de toujours tout regarder sous le même angle ? Pourquoi est-ce qu'elle ne veut pas accepter, pour une fois, de voir la chose de mon point de vue à moi ? Et d'abord, si elle était vraiment honnête, elle reconnaîtrait qu'un boulot de serveur chez McDo n'est pas vraiment un job de rêve. Elle me l'a dit elle-même il y a quelques jours à peine. Devant sa mauvaise foi, je me sens obligé de lui rappeler cette simple vérité.

— T'as raison, oui. Serveur chez McDo, c'est un métier d'avenir, plein de perspectives. J'en rêvais déjà quand j'étais gosse, comme tous les gamins d'ailleurs. Y a qu'à voir à Noël les panoplies de serveur de McDo dans les vitrines de jouets.

Elle soupire.

— Bon d'accord. De toute façon, il a refusé ton congé, mais il ne t'a pas mis à la porte ?

— Si. Parce que j'ai perdu mon sang-froid et que je l'ai insulté.

Voilà, c'est dit. Je me penche en avant, la tête entre les genoux, les mains dans les cheveux. Sandrine, à côté de moi, reste silencieuse pour digérer la nouvelle. Elle me connaît assez pour savoir que je n'ai pas l'insulte facile. Je vois les rouages de son cerveau prendre la mesure des dégâts. Si je suis sorti de mes gonds, c'est la preuve que je tiens vraiment à la traduction. Elle doit se dire que le mal est déjà profond, qu'après seulement deux jours j'ai commencé à perdre le sens des réalités et elle doit chercher une stratégie d'urgence pour me sortir de ce qu'elle considère être mon inconscience.

— Je vois.

Sauf qu'elle ne voit rien du tout puisqu'elle ne soupçonne même pas l'existence de Sergeï et de ses menaces à demi voilées. Avec sa prudence habituelle, elle avance lentement en terrain miné, c'est tout. Comme si j'étais un fauve blessé susceptible de devenir dangereux, elle ne veut pas me brusquer.

— Je comprends. Écoute, si cette traduction te tient tellement à cœur, tu dois t'y consacrer à fond. Vas-y, fonce pendant ces trois semaines. Mais après, tu me promets de mettre cette histoire derrière toi et qu'on réfléchira, ensemble, sérieusement, à tes perspectives d'avenir ?

Sans changer de position, je hoche la tête, incapable de prononcer un mot. Après quelques secondes, Sandrine se lève et me tapote le dos. Au moment où elle va s'éloigner, je la rattrape par la main.

— Merci.

Elle me passe la main sur la nuque en souriant d'un sourire un peu triste, sans rien dire, et elle va dans la salle de bains. Je retourne m'asseoir dans le salon avec un étrange goût de défaite dans la bouche. Une fois de plus, elle a été parfaite, elle a trouvé la solution pleine de générosité et de sagesse qui convenait à la situation. Elle a même eu la délicatesse de ne pas aborder la question du fric. Vraiment parfaite. Et une partie de moi lui en veut. Un jour, elle m'étouffera pour de bon avec toute sa compréhension, sa sensibilité et sa façon d'agir comme si elle attendait toujours le pire de ma part et qu'elle n'était jamais déçue.

— Au fait, tu n'as pas oublié qu'on a invité Richard et Charlotte à dîner, samedi ?

Sandrine m'a crié sa question depuis le fond de la salle de bains, d'un ton enjoué qui sonne un peu faux.

Et pour répondre à sa question, si, je les avais complètement oubliés, ces deux-là.

5

Le lendemain matin

Il va falloir que je m'y mette sérieusement. Je ressens la pression de toutes parts maintenant, venant aussi bien de Sergeï que de Sandrine. Après les événements d'hier, si dans trois semaines je n'ai pas fait le maximum pour rendre une version française complète et sérieuse du manuscrit, je me sentirai minable. Je m'installe donc derrière l'ordinateur et je me mets à traduire furieusement.

Le jour de ses soixante-dix ans, alors qu'elle aurait déjà dû être grand-mère, Maria Pavlovna Zoriagna rencontra Chlobak Androv Peranovski et ce fut son premier amour. Rien pourtant, en ce triste matin d'hiver, ne l'avait préparée à la rencontre qui l'attendait. Son fichu sur la tête et sa poche à graines sur le côté gauche de son tablier, elle se rendait comme chaque matinée à la basse-cour. En poussant la porte du poulailler, elle fut d'abord intriguée devant la forme sombre qui gisait à ses pieds et qu'elle prit pour un tas de chiffons. Elle donna un petit coup de sabot hésitant dans cet amas inattendu et lorsque le tas remua et se releva, elle poussa un cri de bête effrayée. Elle repoussa violemment la porte en grillage, mettant ainsi un obstacle dérisoire entre elle et l'intrus qui la dévisageait.

— N'ayez pas peur s'il vous plaît, madame, je ne vous veux aucune torture.

C'est à ce moment-là, lorsque les yeux de Pavlovinita rencontrèrent ceux, implorants, de Chlobak Androv Peranovski, qu'elle ressentit pour la première fois de sa vie le feu de l'amour dans ses entrailles.

— Qui êtes-vous ? Pourquoi dormez-vous avec mes volailles sans demander la permission ?

— Je m'appelle Chlobak Androv Peranovski et j'arrive à pied de la Russie. J'ai froid et j'ai faim, madame. Je ne voulais pas abuser de vos poules.

Maria Pavlovinita fixa Chlobak Androv et un dialogue muet s'installa entre ces deux êtres qui naissaient à l'amour. Elle lui disait qu'elle comprenait qu'il était un déserteur et que son devoir à elle était de le dénoncer et il lui répondait en la suppliant de ne pas le faire. Elle insistait du regard, il suppliait encore avec le sien. Alors Maria Zoriagna baissa la tête, vaincue.

— Je vais vous cacher dans la maison et vous donner à manger, mais vous me promettez de ne pas me faire de mal ?

— Je n'ai jamais frappé une femme, je vous le jure. Même avec un poulet.

...

Il m'a fallu une heure et demie pour traduire cette première page. Une heure et demie de concentration intensive qui m'a apporté un début de migraine. J'ai lu quelque part qu'un bon traducteur devait avoir le sens de la nuance et de la cadence, trouver les subtilités qui permettent de rendre dans sa langue les particularités de la langue d'origine ;

qu'il devait s'imprégner de l'autre culture pour y chercher les correspondances et les différences avec la sienne, apprendre à se déplacer avec délicatesse dans de sombres brumes sémantiques pour reproduire les effets rhétoriques qui feront le plaisir de ses futurs lecteurs.

Dans mon cas, les difficultés s'accumulent. Je dois deviner plus que traduire, en réalité. Le mot *Тлиопки*, par exemple, je n'ai aucune idée de ce qu'il veut dire. J'ai utilisé l'expression *tas de chiffons* parce que ce compromis me semblait le plus probable. Qu'aurait-elle pu trouver d'autre sur le sol du poulailler qui ressemble à un fugitif endormi ? C'était forcément un tas informe comme des chiffons ou des haillons.

Et puis les noms des protagonistes changent tout le temps, à la manière russe. En une seule page, la Maria s'appelle successivement Maria, Petrovna et Pavlovinita, sans prévenir le lecteur et sans que cela apporte quelque chose à l'histoire. Je me souviens avoir lu *Anna Karénine*, quand j'étais à la Sorbonne. Sans vouloir critiquer Tolstoï, la valse des noms et prénoms rend son bouquin complètement indigeste. Rien que le frère d'Anna, un personnage somme toute secondaire, porte tour à tour les noms de Stépane Arcadievitch, de Stiva et d'Oblonski. À ce rythme-là, la famille Karénine aurait eu vite fait de toucher les allocations pour famille nombreuse. Dans ma traduction, je vais régler ce problème en appelant Maria Pavlovna Zoriagna par le prénom de Maria une fois pour toutes, sans m'occuper des variantes fantaisistes de l'auteur.

Je vais me faire un café pour calmer mon mal de tête et je me remets au boulot.

Chlobak Androv suivit Maria dans la grande maison inoccupée. Il jetait sans cesse autour de lui des regards surpris et inquiets à la fois. Dans son Ukraine natale, si un Mesmène était surpris avec une autochtone, il risquait une arrestation immédiate et musclée suivie d'une condamnation à mort.

Les raisons de l'antipathie réciproque entre ces deux nations remontaient au temps des invasions, lorsqu'une horde ukrainienne avait fui l'envahisseur et cherché refuge en territoire mesmène, bien peu peuplé à l'époque. Les rares barbares de ces terres sauvages les avaient sauvagement repoussés à grands coups de Coton-Tige…

J'hésite et je m'arrête devant ce choix d'arme peu conventionnel. Je relis le mot que j'ai traduit : *хпопокыхо*. Si je le décortique, *хпопок* se traduit par « coton » et *ыхо* par « oreille ». Ça au moins, c'est une certitude. Je cherche sans trouver une signification dans le contexte. Coton, oreille. Dans une salle de bains, j'aurais été certain de ma traduction, Coton-Tige. Sur un champ de bataille, leur utilisation me semble sujette à caution, même en admettant que la notion de Coton-Tige ait été déjà inventée à l'époque des invasions en question, ce dont je doute fort. J'en déduis donc que ce mot mystérieux, *хпопокыхо*, doit avoir une autre signification.

Je vois dans mon attitude la preuve de mes progrès en tant que traducteur, mais ça ne suffit pas, il me faut comprendre l'essence même du texte et, pour ça, il faut que je cherche des renseignements sur ce conflit. Je pourrai ensuite rédiger une explication de mon cru en imitant le style du roman et l'insérer à la place de ce paragraphe incompréhensible. Après tout, l'important c'est de respecter ce qu'a voulu faire l'auteur et de ne pas trahir l'Histoire avec un grand « H ».

Je commence à chercher sur Internet à l'aide des mots-clés adéquats, et rien. Pas l'ombre d'une explication. Il y a des milliers de pages sur l'Ukraine, sur son histoire, sur les invasions mongoles, sur Gengis Khan, mais sur la Mesménie, rien. À peine si je trouve une ligne sur une troupe ukrainienne qui a cherché à fuir vers le nord et qui s'est fait exterminer par une tribu balte. Je viens de perdre trois heures en surfant sur le Net et aucun résultat. De page en page, d'article en article, je passerais ma vie devant cet outil si je ne m'arrêtais pas.

Il est trop tard pour continuer maintenant, Sandrine va bientôt rentrer du boulot et je dois préparer le repas. Pour la remercier de son soutien, j'ai encore redoublé d'efforts côté cuisine et j'espère pouvoir l'aider à perdre deux kilos supplémentaires pendant ces trois semaines. Même si moi je l'aime comme elle est, j'adore voir son sourire radieux chaque fois que l'aiguille de la balance annonce une bonne nouvelle.

Demain, je laisserai cette histoire de Coton-Tige de côté et je continuerai à traduire. Avec un peu de chance, je comprendrai plus loin la nature exacte des armes de combat qu'utilisait le mesmène antique. La technique me paraît bonne. Désormais, quand je rencontrerai une difficulté, je traduirai par le premier mot qui me passe par la tête. L'important, dans un premier temps, c'est d'avancer. Je corrigerai les coquilles à la relecture.

6

Deux jours plus tard, le soir

Avant-hier, j'ai traduit comme un fou et c'était bien, mais, depuis, je n'ai plus touché au roman. Richard et Charlotte viennent dîner ce soir si bien qu'avec Sandrine, nous avons passé la matinée à faire les courses et l'après-midi aux fourneaux. Recevoir ces deux-là à manger, ce n'est pas une mince affaire. Richard est un alcoolo-carnivore alors que sa copine fait dans le bio, tendance végétarienne. Heureusement, ce n'est qu'une tendance et, dans sa grande bonté, elle accepte parfois qu'on lui serve de la viande blanche.

Nous avons donc prévu un grand plateau de petits légumes bio et crus avec des sauces maison en tout genre qui feront office d'apéro et d'entrée, ensuite nous servirons des tournedos de canard et des beignets de chou-fleur. Nous avons eu une longue discussion à propos du canard. Sandrine prétend que ce n'est pas une viande blanche et moi je suis sûr du contraire. Faute d'avoir pu trancher, on a décidé de les cuisiner. Après tout, trois d'entre nous vont se régaler alors elle peut bien faire un effort pour une fois, cette emmerdeuse de

Charlotte. Déjà qu'on a écarté les steaks tartares à cause d'elle ! En dessert, j'ai fait mon gâteau aux trois chocolats hypercalorique, celui que je réserve aux grandes occasions pour ne pas contrarier le régime de Sandrine.

J'ai repoussé les meubles du salon et ouvert la table pliante Ikea qui d'habitude reste à la cuisine. Sandrine est allée demander deux chaises supplémentaires aux voisins. Le couvert est mis, tout est prêt.

— Tu peux ranger tes papiers avant qu'ils arrivent, s'il te plaît ?

Merde, j'ai oublié de mettre de l'ordre dans le coin bureau. J'ai vraiment bien avancé sur le début de la traduction. En sept pages du manuscrit, j'ai réussi à décrypter comment Maria cachait Chlobak Androv dans une pièce secrète, derrière une grange qui appartient à sa famille depuis des générations. Comment elle lui a trouvé un matelas tout pourri (traduction personnelle : à revoir) et comment elle l'a nourri d'œufs volés et de pommes de terre. Ensuite Maria et Chlobak ont commencé un flirt poussé. (Il s'ensuivait une scène gênante que j'ai abrégée par décence et par manque de temps.) Comme Richard et Charlotte ne sont pas encore arrivés, j'ai le temps de relire mes dernières lignes.

Chlobak goba goulûment deux œufs, avala sans trop mâcher trois pommes de terre à l'eau puis, la bouche encore pleine et l'œil déjà concupiscent, se tourna vers sa bienfaitrice qui le regardait manger avec tendresse.

— Chérie, viens par ici.

Maria s'avança avec une timidité plutôt incongrue si on considère son grand âge. Dès qu'elle fut à sa portée, Chlobak l'attrapa violemment par le bras et la coucha à côté de lui, sur le minable matelas pourri. Lentement, avec ses doigts pas très propres, il lui enleva ses vêtements constitués d'un pull tricoté à la main, d'une gaine, d'un nombre incalculable de jupons et d'une grande culotte. Quand il eut fini de déballer ce corps flétri, le valeureux soldat entreprit de lui faire son affaire et, tout de suite après, Maria se rhabilla en vitesse.

Je suis satisfait de ces paragraphes. J'ai hésité un moment à souligner l'invraisemblance de cette histoire d'amour et à mettre le comportement de Chlobak sur le compte d'un traumatisme qu'il aurait eu à la guerre et puis je me suis dit que mon devoir de traducteur me dictait de rester impartial. Je me suis donc contenté d'écourter la scène. J'ai eu quelques difficultés avec les vêtements de Maria, mais, après tout, une vieille campagnarde s'habille toujours plus ou moins de la même manière. Le seul mot qui continue de me turlupiner est ce fameux *хнопокыхо*. Dans l'après-midi d'hier, j'ai ressorti mes cours de mesmène, histoire de vérifier s'il n'y était pas traduit. En pure perte. En revanche, j'ai retrouvé beaucoup d'autres choses qui m'étaient sorties de l'esprit. Et pas seulement des règles de grammaire ou des mots de vocabulaire. Je suis tombé sur les graffitis que je faisais en marge des feuilles. Le visage de Malislovna, ses jupes trop courtes et ses longues jambes, ses décolletés profonds. Des dessins d'elle, de face, de dos, de trois quarts. J'ai toujours eu un bon coup de patte pour les croquis et ceux-là sont vraiment réalistes. Il y en a des dizaines. Tous identiques, tous différents. Son sourire, son rire, ses sourcils levés de surprise, froncés par la concentration, sa jupe écossaise, sa jupe plissée, son jean moulant. J'en ai rêvé cette nuit. Un rêve stupide où elle me proposait son aide pour ma traduction. Elle m'expliquait que si j'utilisais un Coton-Tige, je traduirais beaucoup plus vite et qu'on pouvait faire un tas de choses avec un Coton-Tige...

— Tu peux leur ouvrir ? J'ai les mains mouillées !

Je ne les ai même pas entendus sonner. Il faut que je me secoue. Sandrine ne me parle jamais de ma traduction. Comme je m'y attendais, elle est dans le déni le plus total. Quand une chose la dérange et qu'elle ne peut rien y faire, elle prétend simplement qu'elle n'existe pas. C'est aussi bien comme ça. Quand ce sera fini, j'ai bien l'intention d'empocher l'argent et de passer à autre chose. Point barre. Et pendant la traduction, plus question de rêver à Mali et à son corps, encore et encore. Cette nuit était une exception.

— Salut !

Richard se tient sur le palier, une bouteille à la main, sans Charlotte à ses côtés. Je lui fais finement remarquer qu'il est tout seul. Sans répondre, il pénètre dans l'appartement et s'écroule sur le canapé.

— Prépare-moi un whisky au lieu de dire des conneries.

Sandrine nous rejoint, en s'essuyant les mains dans un torchon de cuisine.

Sous son tablier, elle porte une jolie robe un peu cintrée, d'un vert profond avec une encolure carrée. Je connais bien cette robe, car je la lui ai offerte. J'ai toujours eu un goût pour les fringues féminines et, en plus du régime, je lui ai appris à mettre son corps en valeur plutôt que de le cacher sous des vêtements trop larges. Au début, je lui offrais des bijoux, des bustiers, des robes, des pulls et même des chaussures à talons hauts. Tout ce que je pouvais trouver pour lui montrer qu'elle pouvait être jolie, sexy et attirante, je le lui ai acheté. Comme mon budget ne suivait pas la cadence, j'ai été obligé de me calmer assez vite, mais elle a pris goût à la coquetterie et le résultat est sous nos yeux. Elle est là, mignonne à croquer et tout étonnée de voir Richard seul, affalé au milieu de nos coussins Ikea.

— Ben, Charlotte n'est pas avec toi ?

— On s'est engueulés avant de venir.

C'est loin d'être une première. Depuis qu'ils vivent ensemble, Richard et Charlotte s'engueulent environ une fois par mois, à propos de tout et n'importe quoi. Je me demande souvent pourquoi ils ne se quittent pas une bonne fois pour toutes, puisqu'ils n'ont rien, mais absolument rien, en commun. Elle aime les ballets contemporains, il aime les matchs de foot ; elle ne boit que du vin blanc grand cru, il carbure à la bière et au whisky, qu'il avale de préférence cul sec ; elle lit des prix Nobel d'économie, il joue à des jeux vidéo ; elle a fait une grande école de commerce et lui une petite école de journalisme.

Pire encore, ils n'ont pas du tout la même vision de leur avenir. Charlotte est *tradeuse*, le genre jeune louve de la finance, fière de son salaire indécent, prête à tout pour aller bosser à Wall Street ou dans la City de nos voisins British. Richard, à moitié babacool, est pigiste. Il écrit en free-lance pour différents journaux. Depuis deux ans qu'il a fini ses études, il passe du coq à l'âne sans arrêt : d'un article sur une grève dans l'industrie laitière à un reportage sur une exposition d'un peintre oublié, il est capable de pondre à peu près n'importe quoi. Je crois que, dans le fond, il aimerait bien un peu moins d'indépendance et un peu plus de continuité dans son boulot mais il ne trouve aucun journal qui veuille l'engager à plein temps. Son rêve serait d'aller faire des reportages animaliers en Afrique ou des séries d'articles sur la disparition de la forêt amazonienne.

Ce soir justement, c'est un différend professionnel qui est à l'origine de leur dispute.

— J'ai envie de me lancer dans un article de fond sur les jeunes *traders* qui quittent Paris pour Londres. *L'Économiste moderne* est prêt à me le prendre. Je leur ai proposé une ébauche que j'ai appelée « Vingt-quatre heures de la vie d'une *tradeuse* », en référence au livre de Zweig, tu vois. Ils ont trouvé ça très bon, mais *cette conne* ne veut pas en entendre parler.

Richard a toujours eu un vocabulaire assez dur quand il était en colère, aussi ni Sandrine ni moi ne relevons ce « conne » quand il parle de Charlotte. À la place, Sandrine l'interroge sur le message qu'elle a cru déceler dans ses propos.

— Ah bon, elle a trouvé du boulot à Londres ? Et vous allez déménager ?

— Non, mais elle cherche comme une folle. Et, la connaissant comme je la connais, je suis sûr qu'elle va finir par trouver.

— Et tu la suivrais là-bas ?

L'inquiétude de Sandrine est presque palpable et je lui lance un regard de travers. L'amitié entre Richard et elle est tellement solide que, parfois, quand on se retrouve tous les trois, j'ai l'impression d'être exclu de leur tandem, ce qui est quand même un comble. Pour répondre à la question, Richard se contente de hausser les épaules et d'avaler le contenu de son verre. Sandrine n'insiste pas.

— Bon, on va passer à table sinon le canard sera trop cuit.

Une fois rassasié, Richard se montre de meilleure humeur. Il se tourne de mon côté.

— Et toi, quoi de neuf ? Toujours pas décidé à larguer ton McDo ?

— Figure-toi que c'est fait. Depuis mercredi.

— Quoi ? Pourquoi tu ne m'as pas appelé pour me raconter ?

— J'ai eu une semaine assez chargée. J'ai trouvé un boulot en même temps.

— Mais c'est super ! T'aurais dû me le dire, j'aurais apporté du champagne. C'est quoi, comme boulot ?

— C'est pas un boulot à plein temps, tu sais. Plutôt comme toi, une sorte de pige. Une traduction.

— Une traduction ? Depuis quelle langue ? Russe ? Anglais ? Tu crois que tu as le niveau ?

— Mesmène.

Silence. Je lui ai cloué le bec. Je le vois qui louche en direction de Sandrine et elle lui rend son regard. Je n'ai aucun mal à interpréter leur dialogue muet. Il lui a demandé : « Qu'est-ce que c'est que cette histoire ? », et elle a répondu : « Les ennuis qui commencent ». L'échange n'a duré que trois secondes, mais ces trois secondes ont suffi à m'horripiler. Je décide de ne rien ajouter et de me concentrer sur le contenu de mon assiette. Richard, lui, n'abandonne pas si facilement.

— Il y a vraiment des gens qui cherchent des traducteurs de mesmène ? Je ne l'aurais jamais cru.

— Eh bien, tu te trompes. La Maison de la nouvelle culture balte en a besoin et c'est tout ce qu'il y a de plus réglo.

J'en rajoute un peu, mais c'est de sa faute, avec son ton méprisant.

— Et elle est bien payée, cette traduction ?

— Deux mille euros.

— Pas mal. Pour combien de mots ?

— Je ne sais pas. Cent soixante-seize pages écrites à la main. Avec beaucoup de ratures.

— Et tu as combien de temps ?

— Trois semaines. La première est presque passée.

— Putain, ils t'ont mis la pression ! Tu crois que tu y arriveras ?

— Il faudra bien. Je me suis engagé. Et je vais pouvoir travailler à plein temps pendant les deux semaines à venir. C'est un avantage.

— Ne me dis pas que tu as démissionné uniquement pour pouvoir te consacrer à ce boulot ?

— C'est un peu plus compliqué, mais en gros on peut dire que c'est la raison.

Il regarde une fois de plus en direction de Sandrine. Cette fois ses yeux lui demandent : « Tu n'as pas peur qu'il déraille ? », et elle lui répond tout aussi silencieusement : « Que veux-tu que je fasse ? » Mon exaspération monte encore d'un cran. J'essaie d'envoyer un avertissement mental à Richard pour qu'il ferme sa gueule. Peine perdue. Il se retourne vers moi comme s'il se dévouait pour exprimer ce que pense Sandrine sans oser me l'avouer.

— Écoute, ce n'est peut-être pas à moi de te le dire, mais tu crois que c'est raisonnable ? Je veux dire, tu ne parles même pas couramment cette langue et, à cause d'une gonzesse mesmène que tu n'as même pas connue, tu as complètement foiré tes études. Alors si tu veux mon avis, tu devrais laisser tomber ces conneries et chercher un vrai boulot.

L'ennui c'est que je n'en veux pas, de son avis. J'ai déjà du mal à supporter les inquiétudes infantilisantes de Sandrine, alors ce n'est pas pour accepter les attitudes de père-la-morale de mon meilleur copain. Quand je les vois tous les deux comme je les vois ce soir, j'ai l'impression d'avoir dix ans et de présenter un bulletin scolaire déplorable à mes parents. Je ne sais pas s'ils s'en rendent compte, mais je crois bien qu'ils m'utilisent pour se prouver à eux-mêmes à quel point ils sont raisonnables et adultes. Ils s'imaginent que, parce qu'ils m'ont soutenu quand j'ai déraillé à cause de la rebuffade de Mali, ils ont maintenant le droit de diriger ma vie. Sandrine ne dit rien, elle se contente de me regarder avec l'air de dire que je devrais écouter la voix de la raison. Je n'ai pas envie de gâcher un repas qui avait bien commencé, aussi, dans un effort surhumain, je réponds à Richard.

— Pour le moment, je n'ai pas besoin de ton avis, alors on change de sujet, d'accord ?

— Tu penses encore à elle ?

Là je n'y crois pas. Comment ose-t-il sortir Mali du chapeau alors qu'on n'a plus parlé d'elle depuis des lustres ? Comment ose-t-il me poser cette question sur le même ton qu'il m'aurait demandé de lui passer la moutarde ? Comment ose-t-il me poser cette question tout court ? Et devant Sandrine, en plus ? Mais elle aussi a envie de savoir. Je croyais dîner avec ma compagne et mon meilleur pote et voilà que j'ai l'impression de me retrouver à poil dans une émission de téléréalité de caniveau. Je les regarde tous les deux, immobiles, suspendus à mes lèvres, anxieux de savoir ce que je vais répondre. Eh bien, ils vont l'avoir, leur réponse.

— Va te faire foutre, Richard.

Et je vais m'enfermer dans la chambre en claquant la porte.

Allongé dans le noir je les entends faire la vaisselle en parlant à voix basse. Je n'arrive pas à distinguer leurs propos, mais je ne doute pas qu'ils parlent de moi et de ma traduction. Loin de m'abandonner, la colère gronde de plus en plus sourdement au fond de moi. Tout en haut de la liste des motivations qui me poussent à finir cette traduction culmine désormais l'envie brûlante de rabattre le caquet de Sandrine et Richard en leur prouvant que je suis capable de faire cette traduction tout en gardant mon équilibre mental. Je vais devoir bosser, évidemment, mais, à la fin, Sergeï sera impressionné du résultat et peut-être même qu'il voudra l'éditer à grande échelle, tellement la qualité du livre s'imposera. On me confiera d'autres traductions, je donnerai des conférences sur le métier de traducteur...

J'ai dû m'endormir, car il est 4 h 28 si j'en crois mon réveil. Je suis toujours entièrement habillé, couché sur le dos, et Sandrine ronfle doucement, allongée sur le côté, en chien de fusil à côté de moi. Je ne sais pas de quoi j'ai rêvé, mais la panique me serre la gorge. Je réalise qu'il me reste à peine quatorze jours et cent cinquante-cinq pages à traduire, et encore si je ne reviens pas sur les quatre pages que j'ai péniblement traduites jeudi et vendredi.

Un rapide calcul m'apprend que je dois traduire onze pages par jour. À raison d'une heure et demie par page, rythme que j'ai tenu jeudi et vendredi, ça fait seize heures et trente minutes de travail par jour non-stop.

Il va me falloir des amphétamines. Pour en trouver, j'envisage sérieusement le braquage d'une pharmacie ; l'ennui, c'est que ça prend du temps de braquer une pharmacie, sans compter le risque de se faire prendre.

À 4 h 52, j'abandonne l'idée du braquage et je me retourne sur le dos dans l'espoir de me rendormir. L'image de Sergeï vient me hanter. Il est en colère et il me casse les doigts, un pour chaque jour de retard. Je n'ai pas assez de doigts pour lui, même en comptant ceux des pieds, et il commence à s'en prendre à mes genoux, à mes dents... je me retourne encore, sur le côté cette fois.

À 5 h 12, je repense à la soirée d'hier et au comportement odieux de Sandrine et Richard. Je me dis qu'il faut que je réussisse cette traduction. Pour leur prouver que j'en suis capable. En plus de Sergeï, et sans aucun rapport avec Mali. Juste pour leur prouver que je ne suis pas aussi nul qu'ils ont l'air de le penser.

Seize heures de travail par jour. Pendant quatorze jours. Autant m'y mettre tout de suite, je ne pourrai plus dormir cette nuit.

Je fais un litre de café, je le verse dans une Thermos, j'enfile mon jean et je me mets au boulot.

Je bosse depuis deux heures quand Sandrine se lève. Elle vient m'embrasser, le visage encore fripé de sommeil.

— T'es déjà levé ? Qu'est-ce que tu fais ?

— À ton avis ? Je traduis. J'ai fait du café.

Elle commence son rituel du matin, mais le bruit de la télévision me perturbe.

— Tu peux éteindre, s'il te plaît ? Je n'arrive plus à me concentrer.

Elle éteint, sans dire un mot. Je peux sentir les ondes de réprobation qu'elle émet depuis mon siège, mais je ne relève pas. Il est temps que j'entre en immersion totale.

7

Tôt le lendemain matin, et pendant treize jours

1er jour (neuf pages)

Katia Pavlovnia Celeriska, la meilleure amie de Maria, commence à avoir des soupçons et décide de l'espionner : elle découvre les deux amants en pleine action, dans la grange où ils ont commis l'imprudence de se laisser aller, et ceux-ci la supplient de garder leur secret. [Le syndrome Tolstoï a durement frappé : entre Maria, Katia, Pavlovna, Pavlovnia et Pavlovinita, je ne suis plus du tout sûr de qui fait quoi dans cette histoire. Et Maria qui supplie Katia de ne pas la dénoncer à ses parents et à sa fille ! La fille de qui, puisqu'elle est vierge ? Les parents de qui, puisque les siens sont sûrement morts ou gâteux ? C'est à n'y rien comprendre. Tant pis, je continue.]

2e jour (cinq pages : je perds du temps à débrouiller le vrai du faux)

Un autre homme, du nom d'Andreï Bergoff, entre en scène. Il est boiteux et bossu, et lorgne toutes les femelles du village, surtout Maria. Pavlovinita

[Maria, Katia ou quelqu'un d'autre ? À ce stade je ne sais plus et je m'en fous] fait tout son possible pour détourner son attention de la grange derrière laquelle se cache Chlobak mais il ne se laisse pas distraire. [C'est une vision d'horreur, ce village où tout le monde court après tout le monde, mais je ne suis pas là pour juger. Je suis là pour traduire. Et traduire vite.]

3e jour (douze pages : objectif enfin atteint !)

Au moment où Andreï est sur le point de faire sortir Chlobak de la grange comme un escargot de sa coquille, une nouvelle agite toute la population : des soldats russes sont entrés dans le village et cherchent un homme qui a déserté. Ils se sont installés à l'auberge et promettent une récompense à toute personne qui pourra donner une information. [Un passage très intéressant sur les rapports entre l'Ukraine et la Russie d'avant l'effondrement de l'ex-URSS que j'agrémente de faits historiques trouvés sur Internet, il faut bien que le lecteur français comprenne le contexte.]

4e jour (dix pages)

Maria annonce l'arrivée des Russes dans le village à Chlobak. [Je n'ai pas traduit la scène érotique qui en découle : elle est vraiment trop glauque. Je la remplace par une explication démographique sur le village, explication indispensable pour tout lecteur non mesmène ; j'explique que, cinquante ans plus tôt, la guerre a pris tous les jeunes hommes en âge d'être soldats. Le village s'est retrouvé avec une population féminine, les seuls hommes qui étaient restés étant inaptes à partir au combat, comme

Andreï Bergoff. La guerre finie, peu d'hommes sont revenus, soit qu'ils aient été tués, soit qu'ils aient préféré s'installer dans une grande ville, en Pologne ou ailleurs. J'ai fait preuve d'un peu d'imagination, mais au moins le livre est beaucoup plus cohérent après ce petit travail, je suis sûr que l'auteur aurait été d'accord avec moi.]

5e jour (dix-sept pages : je rattrape le temps perdu)

Katia montre des signes d'une virulente jalousie à l'encontre de Maria. [Elle aussi commence à avoir le béguin pour Chlobak. Qu'est-ce qu'elles ont, toutes ces vieilles Mesmènes, à avoir le feu au derrière ? C'est incompréhensible.] Elle va traîner à l'auberge et rencontre Petrov Ivanivoch, un des poursuivants russes de Chlobak. Il la drague et lui raconte des tas d'horreurs sur Chlobak. À cause de sa propre déception amoureuse, elle commence par croire ce que lui raconte le méchant Russe. Parallèlement, Andreï tend une embuscade à Maria et il la surprend au moment où elle entre dans la grange avec ses œufs et ses pommes de terre. Il lui fait du chantage : soit elle couche avec lui, soit il dénonce Chlobak. Maria lui échappe de justesse en lui collant un grand coup de pied à l'entrejambe. [J'ai mis à l'entrejambe, pour traduire une expression que je ne connais pas du tout, mais où aurait-elle pu frapper, si ce n'est à cet endroit-là ? Je suis malgré tout épaté par l'agilité dont elle fait preuve, à son âge.]

6e jour (quinze pages)

Devant le danger qui menace de toutes parts, Chlobak décide de fuir le village et ne veut pas que Maria coure le risque de l'accompagner. [Encore une scène de sexe complètement indécente, alors je la remplace par des considérations géopolitiques sur la Mesménie. J'estime que c'est de mon devoir d'écrivain.] À la fin de la scène, Chlobak donne un objet non identifié à Maria en lui demandant d'en prendre soin [très précisément, c'est un objet non identifié pour moi, un objet dont je ne trouve pas la traduction dans mes cours de mesmène, qui ne ressemble à aucun mot russe de ma connaissance et sur lequel le contexte de l'histoire ne me donne aucun indice. Je traduis par « mystérieux objet ». À revoir plus tard].

7e jour (huit pages, c'est bon : j'ai trouvé ma vitesse de croisière)

Chlobak quitte le village au petit matin, alors qu'une fine gelée blanche recouvre encore toute la campagne. Maria lui a préparé un filet garni [la liste des victuailles est assez obscure. Moi, j'y ai mis du saucisson, du pâté, des œufs, des carottes et des pommes de terre] et le regarde s'éloigner en versant toutes les larmes de son corps : elle a peur qu'il n'atterrisse dans un autre poulailler, qu'il rencontre une nouvelle fermière, qu'il vive une nouvelle histoire d'amour. Elle n'a pas beaucoup le temps de s'apitoyer sur son sort, car deux heures plus tard, les Russes débarquent dans la grange : Katia a trahi son amie. Quand Pavlovnia se rend compte que Chlobak est parti et que Maria va se faire arrêter, elle est prise de remords et prévient Maria qui part sur les traces de Chlobak. Andreï, voyant Maria partir, décide de la suivre pour la protéger. [Avec tous ces noms qui changent, on pourrait croire qu'il y a trois femmes dans l'affaire : à éclaircir plus tard.]

8e jour (dix pages : une légère panne d'oreiller m'a fait prendre du retard)

Les Russes partent à la poursuite de Chlobak qui est suivi par Maria qui est elle-même suivie par Andreï. Pavlovnia [Katia ?] essaie de leur donner une mauvaise direction, mais ils se méfient d'elle et partent dans toutes les directions avec des chiens. Pendant ce temps, Chlobak arrive dans un village du Nord après avoir marché longtemps dans un ruisseau pour que les chiens perdent sa trace et Maria finit par le retrouver parce que c'était elle qui lui avait indiqué quelle route prendre.

9e jour, le matin (six pages)

Maria la lubrique se jette sur son amant retrouvé. [Une fois encore, je coupe la scène ; en plus, ça m'arrange, parce que le temps passe à toute vitesse.] Andreï, qui a suivi Maria d'assez près, les épie de derrière un arbre et il entame un combat intérieur entre sa jalousie et sa pudeur ; la pudeur gagne et il ne les interrompt pas.

J'ai reçu une lettre du McDo ce matin : je suis viré pour incompatibilité d'humeur et non pour faute grave. Que Martial ait changé d'idée ou que ce soit la politique maison de ne pas faire de vagues, je vais pouvoir toucher le chômage. Je fais une pause cet après-midi pour aller chercher mon solde de tout compte.

10e jour (treize pages)

Chlobak, Maria et Andreï entendent des aboiements : ce sont les Russes, avec Petrov et Katia. Andreï, qui au fond a bon cœur, prend une décision :

il se précipite sur le couple encore enlacé dans l'herbe et indique un chemin secret à Chlobak pour qu'il puisse fuir. Il propose à Maria de rester avec lui et de prétendre que tous les deux s'étaient mis à la poursuite de Chlobak pour le dénoncer aux Russes. Maria refuse, mais Chlobak est d'accord. Pour la convaincre, il lui dit qu'il ne l'a jamais aimée, mais qu'il voulait profiter d'elle, et il part en lui crachant sur les pieds. Pétrifiée, Maria reste sur place avec Andreï en regardant son amoureux disparaître à l'horizon.

11e jour (dix-sept pages)

Chlobak s'est enfui et les Russes ont rejoint Maria et Andreï. Andreï raconte aux Russes que Maria est avec lui et que tous les deux ont essayé de capturer Chlobak pour le leur remettre. Devant le scepticisme des Russes, il roule une pelle à Maria pour leur prouver qu'il dit la vérité et qu'ils sont bien amoureux. Katia fait pareil avec Petrov, à la fois parce qu'elle en a envie, parce qu'elle veut montrer à Maria qu'elle aussi a un homme dans sa vie et également pour détourner l'attention de Petrov. Pendant ce temps, Maria glisse le « mystérieux objet », dans sa culotte pour le soustraire à la vue des Russes. [J'ai ma première indication sur la taille du « mystérieux objet » par contre je ne comprends pas pourquoi elle veut le cacher aux Russes. Plus tard.] Ensuite, toute la troupe se remet en route sur les traces de Chlobak.

12e jour (dix-sept pages)

La poursuite continue jusqu'à la frontière estonienne. [C'est truffé de scènes à la limite de la pornographie que je préfère zapper. À la place, je mets des tas de coups de feu, c'est à la fois plus classe et plus crédible.] Quand enfin tout le monde est à moins de dix mètres de la frontière, Chlobak s'arrête et se retourne : il ne peut pas se décider à franchir cette ligne symbolique en laissant Maria derrière lui. Maria court se jeter dans ses bras. Il lui demande pardon d'avoir imaginé une seule seconde qu'il pouvait partir sans elle et elle lui pardonne en lui jurant un amour éternel. [En même temps, à soixante-dix balais, l'éternité n'est plus très longue.] Un copain russe de Petrov leur tire dessus, mais, au dernier moment, Petrov dévie le tir et Andreï s'interpose pour sauver Maria. Andreï est touché et il meurt dans l'indifférence générale. [Ma traduction est étrangement courte par rapport au texte original. Ça doit venir des scènes d'amour que j'ai sabrées. Tant mieux, j'ai gagné du temps.]

13e jour (vingt-six pages)

Chlobak et Maria franchissent la frontière, main dans la main, tandis que Katia et Petrov, étroitement enlacés, leur font de grands signes d'adieu. Six mois plus tard à Tallinn, Estonie, Chlobak et Maria ont acheté une petite échoppe où ils fabriquent des sabots pour gagner leur vie et, à l'aide du « mystérieux objet », modifient leur destin à jamais. FIN [Il est 4 heures du matin, je ne sais toujours pas ce qu'est ce « mystérieux objet », je n'ai rien compris à la propriété qu'il a de modifier le destin des gens, et je-m-en-fous.]

8

Premier jour après ma traduction

Je voulais faire la grasse matinée, mais, dès que Sandrine s'est levée, je me suis réveillé aussi et pas moyen de me rendormir. Ça doit être une sorte de stress post-traduction. Pas la peine de rester couché pour rien. Je vais rejoindre Sandrine dans la cuisine et je l'embrasse dans le cou.

— Tiens, tu ne travailles pas, ce matin ?

— Fini. *Over*. *Terminado*. Tu me sers un café ?

Avec nos tasses, nous allons nous installer dans le canapé. D'un geste de défi, Sandrine allume le téléviseur et me regarde dans les yeux. Elle s'est passée de son émission depuis deux semaines. Je ne bronche pas. William Leymergie avec ses dents du bonheur apparaît sur l'écran et annonce les chroniques à venir : un truc sur la botanique, une recette de cuisine, une revue de presse.

— Qu'est-ce que tu vas faire aujourd'hui ?

— Je vais aller rendre ma traduction, après je vais glander un peu. Mais ne t'inquiète pas : demain, c'est Pôle emploi et recherche de boulot.

Ses traits se détendent sous l'effet du soulagement. Elle donne l'impression de sortir d'un long tunnel, plus long et plus obscur encore que celui dans lequel je me suis engouffré depuis deux semaines.

— Bon, je vais me préparer pour le boulot.

Comme d'habitude, à 8 h 45, Sandrine part au travail et je prends tout de suite le téléphone.

— Allô, Sergeï. Je suis prêt à vous remettre la traduction.

— Thomasss ? Tu finis ?

Je sens le ravissement dans sa voix. Je dois lui reconnaître au moins une chose : pendant mon immersion il n'a pas appelé une seule fois pour savoir où j'en étais, il ne m'a pas menacé ou supplié ou quoi que ce soit de ce genre : j'ai eu l'impression qu'il me faisait confiance.

— Oui, la traduction est prête. Je vous l'apporte ce soir ?

— Non, non, non. Tout de suite. Dans café au bout de rue, oui ?

Je pensais avoir encore un peu de temps pour imprimer et relire. Tant pis, autant en finir au plus vite et, de toute façon, je n'aurais pas pu corriger grand-chose en quelques heures. Je raccroche, j'imprime et je cours prendre le métro.

En sortant du métro, une heure plus tard, je vois tout de suite le café au bout de la rue dont parlait Sergeï. Je pousse la porte et je le repère dans un coin, une tasse de café minuscule dans sa grosse paluche. Il m'aperçoit au même moment que moi.

— Thomasss, bonjour !

Je vais le rejoindre, je m'assieds, je sors la traduction et je la mets entre nous. J'ai hâte d'en finir. Sergeï prend la traduction avec les feuillets originaux, il tourne vite les pages de ma version, soupèse l'ensemble comme s'il en jugeait la qualité à son poids.

— Bon français, hein ?

— J'ai fait au mieux. Il y a sans doute quelques corrections à faire et je suis prêt à retravailler dessus.

Il semble satisfait de ma réponse et sort une enveloppe bien garnie.

— Mille huit cents euros, oui ?

— Oui, c'est le solde de notre transaction.

Le serveur arrive et je cache l'enveloppe.

— Un café, s'il vous plaît.

Dès qu'il s'éloigne, je jette un œil dans l'enveloppe. Je ne voudrais pas que Sergeï pense que je vérifie, mais je suis fasciné par cet argent liquide dans l'enveloppe, comme dans les films d'espionnage.

— C'est bon, oui ?

— Oui, c'est bon.

Le serveur m'apporte mon café que j'avale d'un trait et je pose un billet de cinq euros sur la table, pour les deux consommations. Sergeï a l'air satisfait, presque détendu, et il est prêt à discuter de la pluie et du beau temps.

— Alors tu aimes aussi grands-mères ?

Je trouve sa question plutôt gênante et je ne me sens pas d'humeur à avoir une conversation intime avec un individu aussi étrange. J'élude donc et j'en reviens au sujet qui m'intéresse vraiment.

— Et pour les corrections, comment on fait ? Vous me recontacterez ou je vous préviens une fois que j'ai fait les modifications ?

— Tu finis. Je paie et tu finis.

Il frotte ses paumes de main l'une contre l'autre, les doigts écartés. Je ne sais pas très bien s'il veut me signifier que le contrat est honoré ou si je dois encore finir la traduction. Dans le doute, je lui écris mon adresse et mon numéro de téléphone, qu'il a déjà, sur la première page de ma traduction.

— Eh bien voilà, si vous voulez me recontacter, vous savez où me trouver.

Il acquiesce et enfourne tous les papiers dans un grand sac en plastique. Ensemble nous sortons du café et, sur le trottoir, nous nous serrons maladroitement la main, signe que notre collaboration se termine là.

9

Deux mois plus tard

Je ne supporte plus ce silence. Pendant la première semaine, juste après avoir remis ma traduction à Sergeï, je sursautais chaque fois que le téléphone sonnait. Sans trop savoir si je le craignais ou si je l'espérais, je guettais un signe, quelque chose indiquant que tous mes efforts n'étaient pas tombés dans l'oubli. Idéalement, je rêverais d'entendre au téléphone une voix féminine, mélodieuse et roucoulante me proposant un rendez-vous pour discuter de l'édition du livre et des quelques corrections à apporter, mais je n'y crois pas trop. Je me contenterais d'un appel de Sergeï, furieux de ma mauvaise traduction, ou d'une arrestation policière à grand tapage en raison de mes liens avec un réseau de prostitution grabataire balte, ou de n'importe quelle autre manifestation. Tout, absolument tout, serait préférable à ce silence, c'est une question d'amour-propre.

Comme si elle voulait encore miner un peu plus mon moral qui n'en a pourtant pas besoin, Sandrine me harcèle insidieusement pour que je cherche du travail. Elle y va à coups de petites phrases en apparence anodines, mais que je sais bien déchiffrer, du genre : « Qu'est-ce que tu as fait aujourd'hui ? » qui se traduit par : « Tu as cherché du boulot ? », ou bien : « Il y avait des choses intéressantes, dans les journaux ? », sous-entendu dans les petites annonces des offres d'emploi, ou encore : « Tu es sorti prendre l'air ? », et naturellement elle parle de l'air qu'on respire dans les agences d'intérim, même si elle ne le dit pas. Parfois, elle me demande directement si j'ai mis mon CV à jour ou si j'ai réfléchi à mon avenir. J'ai l'impression qu'il n'y a plus que ça qui l'intéresse, chez moi : ma capacité à retrouver un travail. C'est devenu une idée fixe. Elle ne se rend pas compte de ce qu'elle me demande. Franchement, mon CV tiendrait sur un Post-it, et encore, pour le remplir, il faudrait que j'y mette ma photo, alors à quoi bon ? La seule chose dont je sois sûr, c'est que je ne veux pas redevenir serveur, ni chez McDo, ni ailleurs. Et pour répondre à la question subliminale de Sandrine, oui, j'épluche les journaux presque tous les jours. *Le Monde*, *Libération*, *Le Figaro*, *Les Échos*, *La Tribune* et même *20 Minutes* parce qu'on ne sait jamais. Mais la vérité simple et amère, c'est que personne ne voudrait engager un type dans mon genre, sans diplôme et sans expérience.

Pour combler le vide intersidéral de mes journées et échapper à l'obsession de Sandrine, je passe mon temps à fantasmer sur Mali, sur les souvenirs que j'ai de son corps et de sa voix, sur mes chances de la revoir si jamais elle entendait parler de mon livre. Et, par conséquent, je pense à la Mesménie, à Sergeï, et j'en reviens toujours à ma traduction. Qu'est-elle devenue ? Est-ce qu'elle croupit au fond d'un tiroir ? Je ne peux pas y croire, pas après tous les efforts de Sergeï pour l'obtenir en trois semaines. Je n'arrive pas à croire non plus qu'elle ait été publiée sans avoir été revue. Alors quoi ? On aurait fait appel à quelqu'un d'autre pour les corrections, sans que j'en sois informé ? Mon travail était-il donc si mauvais qu'on ne m'a pas laissé une chance de me rattraper ?

Plusieurs fois j'ai appelé Sergeï et, chaque fois, je me suis heurté à son répondeur. Je suis même allé rôder devant la MNCB, pour essayer de l'apercevoir. Cet endroit est une énigme pour moi. Personne n'y entre, personne n'en sort et la seule présence humaine a l'air d'être cette jeune femme du nom d'Anna, immuablement assise à l'accueil. Cette absence totale de vie m'intimide un peu et pourtant, aujourd'hui, j'ai décidé de prendre le taureau par les cornes et d'aller demander des comptes à Sergeï en personne.

Dès que j'arrive devant la MNCB, je pousse la porte d'entrée pour ne pas perdre le peu de courage que j'ai rassemblé. Anna, assise derrière le bureau bien lustré, lève sur moi un regard surpris.

— Bonjour, mademoiselle, je viens voir Sergeï.

Il y a du bruit, beaucoup de bruit, dans le bureau derrière la fille. Un homme hurle et menace, un autre répond sur un ton apaisant. Je ne comprends pas bien le sujet de la dispute. En écoutant de toutes mes forces, je distingue des mots vengeurs comme « escroc » et « payé cher » et des réponses calmes du genre « trouver un arrangement ». C'est difficile à suivre, car les deux protagonistes parlent parfois français, parfois une langue inconnue. Une seule chose est sûre : aucune des deux voix n'est celle de Sergeï.

— Sergeï ? Mais il ne travaille plus chez nous…

La fille semble gênée et elle se retourne sans cesse en direction du bureau d'où provient la dispute. Je suis horriblement déçu de sa réponse. J'étais persuadé qu'il me suffirait d'avoir le courage de venir ici pour obtenir des explications.

— Et vous ne savez pas où je pourrais le trouver ? C'est que, vous voyez, j'ai fait un petit travail pour lui…

— Attendez, ce n'est pas vous qui êtes venu le voir ici même, il y a quelques mois ? Vous ne seriez pas Thomas Lagrange, par hasard ?

— Oui, c'est bien moi, mais je…

— Attendez, attendez. J'appelle M. Alvizaar.

Je ressens une sorte de malaise à avoir été ainsi identifié. Je prête l'oreille pour essayer de comprendre ce qu'elle va dire à cet homme dont le nom ne me dit rien qui vaille. Elle lui parle dans une langue que je ne connais pas, peut-être de l'estonien et, après quelques échanges assez brefs, elle raccroche.

— Si vous voulez bien attendre un peu. M. Alvizaar désire vous recevoir.

Aussitôt dit, elle replonge le nez dans sa revue, comme si je n'existais pas. J'hésite à m'en aller, mais la curiosité est la plus forte. Après tout, je n'ai rien fait de mal et si on me demande des comptes, je pourrai tout expliquer. Pour me donner une contenance, je vais regarder les cartes aux murs comme si je révisais tranquillement ma géographie de la Baltique.

Vingt minutes passent. Les voix se calment dans le bureau et je commence à m'impatienter. Juste au moment où je me retourne pour protester, la porte du bureau s'ouvre et les deux belligérants apparaissent. Dans le bureau se trouve un homme grand, maigre, la soixantaine respectable, des cheveux blancs et un costume. Celui qui s'en va est plus jeune, peut-être quarante ans, son visage est encore crispé d'énervement, ses cheveux longs sont plutôt décoiffés, il est mal rasé, il porte un jean et un polo avec un imper par-dessus. C'est le genre de mec qui doit plaire aux femmes, le genre de mec que je voudrais être dans dix ans. À l'évidence il n'est pas encore calmé :

— Je vous préviens Alvizaar, si je mets la main sur cet abruti, je lui explose la tronche. Je lui casse les phalanges une à une pour qu'il ne puisse plus jamais écrire une connerie de sa vie entière. Et rien de ce que vous pourrez dire ne m'en dissuadera.

Sur ces bonnes paroles, il quitte la MNCB en claquant la porte, au risque de faire éclater la vitrine. Dans la boutique, il y a un moment de flottement avant que l'homme qui doit être Alvizaar se tourne vers moi.

— Monsieur Lagrange, je présume ? Si vous voulez vous donner la peine d'entrer.

Il s'efface pour me laisser pénétrer dans le bureau. Je note le ton sec de sa voix, l'absence de formule de politesse, le fait qu'il ne me sourit pas. Tous ces détails me préparent au pire et je ne me trompe pas.

Dès qu'il referme la porte, il va s'asseoir dans son grand fauteuil sans me proposer d'en faire autant et me fixe de ses yeux noirs, les mains jointes sous le menton, avec l'air de vouloir m'évaluer. Si jamais nous devons en arriver aux mains, je suis à peu près certain d'avoir le dessus sur un bonhomme de cet âge, mais ce fait objectif ne suffit pas à me rassurer. Il y a dans ses yeux quelque chose de sadique sur les bords, quelque chose qui doit briller dans les yeux de tous les parrains de toutes les mafias du monde.

— Ainsi donc c'est vous, le complice de Sergeï Ivoon. Est-ce que je peux me permettre de vous demander votre rôle et votre intérêt dans cette affaire, monsieur Lagrange ?

— Moi, le complice de Sergeï Ivoon ? Mais je ne le connais pas du tout ! Je ne savais même pas son nom de famille il y a une minute.

— Monsieur Lagrange, je vous préviens tout de suite que j'ai eu une mauvaise journée et que ma patience est plus que limitée.

— Mais je vous jure que je ne le connais pas !

Alvizaar se frotte lentement le visage avec ses mains. Je commence à ressentir une peur qui me serre l'estomac.

— Monsieur Lagrange, comprenez-moi bien. Je pourrais sans doute vous attaquer en justice pour ce que vous avez fait, Sergeï et vous, mais il se trouve que je n'ai pas de temps à perdre et que le peu de dommages et intérêts que je pourrais en tirer ne m'intéresse pas. En revanche, j'aimerais beaucoup connaître vos motivations.

Étrangement, ces paroles me rassurent. Elles me prouvent au moins que je ne suis pas tombé aux mains de dangereux bandits prêts à me faire assassiner pour un crime dont j'ignore la nature. Si cet Alvizaar veut me dénoncer aux autorités, je ne demande pas mieux : je n'ai rien à me reprocher. Ou si peu. Parce que je suppose que cette traduction est un travail au noir, quand on y réfléchit. Je décide de lui raconter mon histoire.

— Écoutez, j'ai rencontré Sergeï seulement deux fois. Une fois quand il m'a remis le texte original, une autre fois quand je le lui ai rendu, avec ma traduction. Il m'a payé pour ce travail et basta, je ne sais rien de plus. Et si je suis venu aujourd'hui, c'était pour avoir des nouvelles de ce truc débile que j'ai traduit.

— Et comment êtes-vous entré en contact avec Sergeï, si vous ne le connaissiez pas auparavant ? Comment se fait-il que vous soyez capable de comprendre une langue aussi rare que le mesmène ?

— J'ai répondu à une annonce que Sergeï avait fait paraître dans *20 Minutes*, si vous voulez tout savoir. Je peux vous la montrer si vous ne me croyez pas, je l'ai gardée à la maison. Et pour le mesmène, je l'ai appris à la fac, pendant deux ans, en cours intensif.

Il me dévisage, impassible, et je suis incapable de deviner ce qu'il pense de ma version des faits. Avant de me répondre, il prend le temps d'allumer une cigarette et d'en consommer un bon tiers en une seule aspiration. Une seconde, je pense à lui rappeler les méfaits du tabac, mais je rejette aussitôt cette idée. Ce n'est pas exactement le bon moment pour ce genre de considérations.

— Monsieur Lagrange, que vous me disiez la vérité ou non n'a plus beaucoup d'importance, maintenant que ce... *truc débile* est imprimé. Et puisque vous êtes notre seul lien avec ce livre, je vous demanderai simplement de signer le contrat d'édition et de vous abstenir à l'avenir de traduire quoi que ce soit qui ait un rapport avec notre honorable association. J'espère avoir été assez clair, monsieur Lagrange ?

Malgré les menaces et la terreur que j'éprouve, je ne peux pas m'empêcher de poser la question pour laquelle je suis venu ici.

— Vous voulez dire que vous n'avez pas détruit mon travail ?

— J'aurais aimé, figurez-vous. Malheureusement, je n'ai pas eu l'idée de vérifier une dernière fois ce *truc débile* avant de le faire imprimer. Comme il n'est pas dans mes habitudes de me livrer à des autodafés, quand bien même ils concerneraient une œuvre aussi médiocre que la vôtre, je ne vois pas d'autre solution que celle d'aller au bout du processus, en espérant que ce fâcheux épisode sera vite oublié. Nathalie vous contactera dans quelques jours, puisque vous avez eu la bonté de nous laisser vos coordonnées, pour que l'on puisse établir un contrat en bonne et due forme.

Je me rappelle vaguement avoir écrit mon nom et mon numéro de portable sur la traduction que j'ai remise à Sergeï. À l'époque, je pensais que Sergeï s'en servirait pour me demander des corrections. Alvizaar me tend une carte de visite sur laquelle je peux lire le nom de Nathalie Vermont, directrice en chef des éditions ELL'M, suivi d'un numéro de téléphone et d'une adresse, dans la même rue que la MNCB, peut-être même dans le même immeuble, je n'ai pas fait attention.

— Éditions ELL'M ?

— Pour Estonie Lituanie Lettonie Mesménie. Ça se prononce « Elle aime ». Maintenant, si vous n'avez plus rien à me dire, je ne vous retiens pas davantage.

Mon interlocuteur se plonge dans la lecture d'un document sans un regard pour ma personne, comme si je n'étais déjà plus dans la pièce. J'hésite un peu sur la conduite à tenir. Je suis tenté de lui demander ce qu'est devenu Sergeï tout en ayant conscience du fait qu'il ne me répondra sans doute pas. Sans un mot, je sors de son bureau, tout à la fois penaud, soulagé, et d'une certaine façon content de savoir que je n'ai pas travaillé à ma traduction en pure perte. À l'accueil, Anna me regarde sortir d'un œil inquisiteur. Je suis certain qu'elle meurt d'envie de savoir ce qui s'est dit dans le bureau. Je n'ai pas l'intention de discuter avec elle.

— Au revoir, mademoiselle.

— Au revoir.

Une fois dans la rue, je regarde à nouveau la carte de mon éditrice. Mon éditrice. Je me répète ce mot magique. Il y a quelque part dans ce monde une certaine éditrice du nom de Nathalie Vermont qui a publié un livre traduit par un certain Thomas Lagrange. Moi. Je commence déjà à attendre son coup de fil tout en ayant un peu peur de ce qu'elle va encore m'apprendre. De toute façon, j'ai eu assez d'émotions pour aujourd'hui. Je remets sa carte dans ma poche et je décide de rentrer déjeuner et d'oublier toute cette affaire pour le moment. Au passage, j'achète un morceau de chorizo piquant, un poivron vert et quelques œufs. Cette omelette garnie, avec une grosse plâtrée de spaghettis, va me faire un bon petit repas, pas cher du tout. Il faut que je commence à faire attention, côté fric, parce que les deux mille euros de Sergeï sont déjà épuisés et je n'ai plus aucune source de revenus. Je déteste l'idée d'être un homme entretenu, maintenant, et chaque fois que Sandrine m'asticote pour que je cherche du travail, c'est comme si elle avait la cruauté de me rappeler ce statut d'indigent que j'essaie désespérément d'oublier.

Malgré toutes mes résolutions, dès que j'arrive à la maison, je me précipite sur ma traduction. C'est plus fort que moi, j'ai besoin de comprendre ce que m'a reproché cet individu inquiétant, Alvizaar. J'ouvre mon manuscrit au hasard et je commence à lire un passage :

Pendant dix longues minutes, Katia espionna entre deux lattes de la grange les baisers voraces qu'échangeaient son amie Maria et le beau Chlobak. Verte de jalousie, incapable de supporter plus longtemps ce spectacle, elle partit aussi vite que le lui permettait sa hanche douloureuse pour se réfugier dans l'unique auberge du village. Depuis l'arrivée des Russes, celle-ci était toujours bondée et Katia chercha des yeux une table sans occupants. Le problème avec les Russes, c'est qu'ils étaient souvent complètement saouls et en plus très bruyants. Comprenant qu'elle ne trouverait pas le calme qu'elle était venue chercher, Katia était sur le point de repartir quand une voix virile l'interpella :

— Jolie demoiselle vous doive se joindre avec nous !

L'homme qui avait parlé portait un uniforme avec une casquette et, dans cet accoutrement, il était presque aussi beau que l'amoureux de son amie. Elle se précipita donc vers cet appel dans l'espoir d'y trouver le réconfort.

— Mais qu'est-ce qui vous arrive, mademoiselle ? Pourquoi vous mettre tant de larmes dans de si charmants yeux ?

— Vous ne pouvez pas comprendre. C'est Maria qui va perdre sa virginité avant moi et je ne le supporte pas !

Je suis complètement découragé. Je pourrais lire et relire mon travail dix ou vingt fois, j'ai la conviction que je ne comprendrai toujours pas ce que me reproche ce sale type. À la rigueur, il se pourrait qu'il n'ait pas aimé mon style, mais ce n'est certainement pas une raison suffisante pour me faire le numéro qu'il m'a fait.

Je préfère cuisiner pour oublier mes ennuis. Je mets de l'eau à chauffer pour les pâtes, j'ajoute une poignée de gros sel, je coupe le poivron en longues lamelles et le chorizo en rondelles épaisses, comme je l'aime. Ces opérations toutes simples ont l'art de me calmer les nerfs. J'allume la radio pour écouter les informations. J'aime bien avoir un fond sonore quand je cuisine, surtout ces derniers temps, depuis que je suis seul plus souvent qu'à mon tour.

Un journaliste nous apprend les développements du dernier scandale en date pendant que je bats les quatre œufs de mon omelette. Je ne l'écoute que d'une oreille, car il y a belle lurette que je ne m'intéresse plus à la politique. Le chorizo et le poivron chauffent dans la poêle en répandant une odeur qui me fait monter l'eau à la bouche. Et puis, juste au moment où je verse le mélange d'œufs battus par-dessus, le journaliste prononce un mot qui retient mon attention malgré le grésillement :

« Et enfin cette nouvelle de dernière minute. En Mesménie, il semblerait que l'on vienne de découvrir un nouveau gisement de terres rares. Si cette nouvelle venait à être confirmée, elle pourrait bien révolutionner le monde des énergies vertes. »

C'est bien la première fois que j'entends parler de la Mesménie à la radio et je n'ai aucune idée de ce que sont les terres rares. Je mange mon omelette et mes spaghettis debout dans la cuisine, tellement je suis impatient d'aller chercher des renseignements sur Internet.

Après deux heures de recherches intensives, j'ai acquis une certitude : pour comprendre ce que sont exactement ces terres rares, il me faudrait un doctorat en chimie ou, au minimum, un baccalauréat scientifique. La première chose que je comprends, c'est qu'elles n'ont de terres rares que le nom : ce ne sont pas des terres et elles ne sont pas rares. Pourquoi alors leur donner cette appellation étrange ? Sur les sites Internet que je visite, on m'explique que ce nom est historique, qu'à l'époque où elles ont été découvertes, on ne faisait pas bien la différence entre minerai et terre, parce qu'on ne savait pas extraire simplement les éléments intéressants de leur milieu naturel. Et je suis renvoyé au fameux tableau de Mendeleïev, cauchemar de mes années de lycée, avec ses cases affichant les symboles chimiques des atomes. Les éléments qui m'intéressent ne sont pas dans le tableau principal, mais dans un petit tableau séparé en bas à gauche, comme une île sur une carte géographique.

Je suis en train de m'imprégner de noms barbares comme lanthanides, néodyme, cérium, terbium, erbium, quand Sandrine rentre du boulot. Elle pénètre dans le salon, mais je suis tellement absorbé par ma tâche que je ne lève pas le nez de mon écran.

— Salut. Qu'est-ce que tu fais ?

— Je me renseigne sur les terres rares.

— C'est quoi ? Tu cherches une destination pour les vacances ?

Sa réflexion me fait rire, tellement elle est éloignée du sujet.

— Rien à voir. C'est un machin bizarre, ces terres rares. Un truc chimique qu'on trouve partout dans l'écorce terrestre apparemment et qu'on ne sait pas comment extraire proprement.

— Pourquoi tu t'intéresses à ça ?

— Ils en ont parlé aux infos tout à l'heure. Ils disent qu'on en a trouvé en Mesménie.

Rien qu'à entendre ce mot tabou, elle se raidit sur place.

— Et c'est important ?

— J'imagine. Ça avait l'air d'être un scoop d'après le journaliste.

— Ça sert à quoi, ces terres rares ?

— Je n'en sais rien. Je n'en suis pas encore là. J'essayais de comprendre ce que c'était.

Elle n'a pas envie d'en savoir plus et change radicalement de sujet.

— Qu'est-ce qu'on mange ?

Merde, j'ai complètement oublié de faire les courses, absorbé comme je l'ai été par l'actualité mesmène. Et il n'y a rien dans le réfrigérateur pour ce soir.

— Désolé, je n'ai pas vu l'heure passer. On commande des sushis ?

Elle fait la grimace et la déception se peint sur son visage. Depuis que je suis au chômage, j'essaie de me faire pardonner en concoctant chaque soir une nouvelle recette économique et, bien entendu, hypocalorique. Pour ce soir, ce sera l'exception, j'estime qu'elle peut bien comprendre ça. C'est sans doute le cas, car elle va chercher le dépliant du menu japonais sans faire de commentaire. Elle n'a pas besoin de me demander ce que je veux, les rares fois où nous passons des commandes nipponnes, nous mangeons toujours les mêmes makis et les mêmes brochettes. Pendant qu'elle téléphone, j'allume la télé pour tomber sur le journal de 20 heures.

« Nous allons maintenant retrouver notre correspondant en Mesménie où un important gisement de terres rares vient d'être découvert. »

Estomaqué, je monte le son pour couvrir la voix de Sandrine. Elle me fait un signe de la main pour que je baisse, mais je l'ignore. Un gros rougeaud frigorifié avec une chapka verte sur la tête apparaît à l'écran. Derrière lui, un paysage désolé de neige sale et d'arbres rabougris. Tout à fait l'idée que je me faisais de la Mesménie.

« Eh bien oui, Laurent, je suis dans le petit village de Vlaskinsky, tout près de la frontière russe, où le gisement de terres rares a été découvert. Comme vous pouvez le constater derrière moi, il règne ici une certaine effervescence. »

Le mec n'a pas dû se retourner depuis longtemps. Derrière lui, on ne voit que des vieux troncs secs et, au loin, la silhouette d'un homme qui marche avec difficulté. Depuis son studio, le journaliste parisien préfère ne pas relever.

« Thierry, pouvez-vous en préambule expliquer à nos téléspectateurs ce que sont exactement ces terres rares ? »

Le gros rougeaud se frotte les mains pour les réchauffer. Une buée blanche sort de sa bouche et de ses narines. Fort à parier qu'il préférerait courir dans la première taverne venue et siroter un vin chaud plutôt que répondre à la question de son collègue.

« Alors ce qu'il faut bien comprendre, Laurent, c'est que le terme même de "terres rares" peut prêter à confusion. On devrait plutôt parler de métaux rares et même alors, la dénomination serait inexacte, car ils sont assez répandus dans l'écorce terrestre. Leur appellation vient du fait qu'on les a découverts assez tardivement, au début du XIXe siècle, et c'est pour cette raison, parce qu'on ne les avait pas découverts avant, qu'on a pensé qu'ils étaient rares.

— Pouvez-vous nous dire quel est leur intérêt ? S'ils ne sont pas rares, pourquoi cet engouement autour du gisement que l'on vient de mettre au jour ?

— Alors c'est une très bonne question, Laurent. Pourquoi cet engouement ? Eh bien, s'ils ne sont en effet pas rares, il n'en reste pas moins qu'ils sont extrêmement difficiles à extraire et dans certains pays, en Chine par exemple, qui en est l'un des principaux exportateurs, leur extraction se fait à l'aide de solvants qui polluent les eaux environnantes et rendent les terres aux alentours, autrefois arables, entièrement stériles. La Chine est donc à l'heure actuelle le principal producteur et exportateur de ces métaux rares et elle parle depuis un certain temps déjà de réduire ses exportations, voire de les stopper. Vous comprendrez donc l'importance pour l'Europe d'avoir un gisement à portée de main, si je puis dire.

— Merci Thierry pour cette explication, mais vous n'avez pas répondu à la première partie de ma question : quel est l'intérêt de ces métaux si difficiles à extraire ?

— Ah oui, Laurent, leur intérêt. Eh bien, là encore, il est immense puisque certains d'entre eux, comme le terbium ou le néodyme, sont devenus des éléments indispensables à notre vie moderne. Bien sûr, les experts doivent encore analyser les terres trouvées ici, à Vlaskinsky, mais nous savons déjà que nous trouverons des éléments utilisés dans la fabrication des ampoules à basse consommation, dans les écrans plats, dans les aimants surpuissants utilisés par exemple pour les moteurs des fameuses voitures hybrides ou dans les éoliennes. Vous voyez donc, Laurent, que ce sont des éléments clés des énergies nouvelles, des énergies vertes comme on dit. Si les gisements découverts ici s'avèrent assez riches en de tels éléments, il se pourrait que la Mesménie joue un rôle prépondérant dans l'économie mondiale de demain.

— Merci Thierry pour toutes ces informations. Nous allons vous laisser vous réchauffer un peu et allons ouvrir une page de sport avec… »

Le rougeaud disparaît de l'écran et je coupe le son en me tournant vers Sandrine. Pour une fois, le sport ne m'intéresse pas.

Je me sens excité comme un pou par ce reportage et je ne peux pas m'empêcher d'en faire part à Sandrine.

— Tu te rends compte ? La Mesménie qui entre dans l'actualité ? C'est énorme, non ?

— Oui. Mais peut-être qu'ils n'avaient rien de plus important à raconter, ce soir.

À l'évidence, elle est beaucoup moins enthousiaste que moi. Elle n'a peut-être pas tort d'ailleurs, mais je suis malgré tout agacé par sa remarque. J'ai le pressentiment que la Mesménie revient dans ma vie et qu'elle ne va pas en sortir de sitôt.

10

Trois jours plus tard

Nathalie Vermont n'a toujours pas appelé. Jamais je n'ai autant pensé à une femme en faisant preuve de si peu d'intérêt sexuel à son égard, surtout à 7 heures du matin, dans un demi-sommeil. J'ignore totalement à quoi elle peut ressembler : son poids, sa taille, son âge et franchement ça m'est totalement égal. J'imagine qu'elle va appeler, tôt ou tard, puisque Alvizaar me l'a dit et ce type n'a jamais dû parler à la légère de toute sa vie, si j'en crois le comportement qu'il a eu à mon égard.

Une autre question me turlupine. Dans mon empressement à quitter le bureau du directeur de la MNCB, il y a trois jours, je n'ai même pas pensé à lui demander le titre sous lequel ma traduction était parue. Alors hier, dans l'espoir assez vague de tomber dessus par hasard, je suis allé à la Fnac. Après avoir erré pendant dix minutes au rayon littérature étrangère, je me suis adressé à un vendeur. En tapotant sur son ordinateur, il a bien trouvé les éditions ELL'M, mais, m'a-t-il dit, ce n'est qu'une toute petite maison et la Fnac ne distribue pas ses productions. Le mieux, selon lui, était que je m'adresse directement à l'éditeur dont il pourrait aimablement me fournir le numéro.

J'entends Sandrine qui entre dans la chambre et fouille dans la penderie. Elle va tout mettre sens dessus dessous pour trouver un pantalon ou une jupe qui mette en valeur sa minuscule perte de poids.

— Coucou, tu es réveillé ?

— Mmmmm...

— Tu devrais te lever, ils vont parler de la Mesménie à *Télématin*.

Elle m'a balancé l'information d'un ton un peu sec, presque agressif, comme si j'étais responsable de cette publicité abusive. Depuis la découverte du gisement de terres rares, la Mesménie est à la mode. Hier, la revue *Géographie* a fait tout un dossier sur les richesses de ses ressources souterraines, et le magazine *Histoire* sur ses rapports récents avec la Russie. Alors pourquoi pas *Télématin* ?

Je vais me servir un café et je me laisse tomber sur le canapé, juste au moment de la dernière publicité pour un monte-escalier d'origine britannique. William Leymergie, l'ami du petit déjeuner de Sandrine, apparaît à l'écran.

« Comme je vous le disais avant cet interlude commercial, notre *Bloc-Notes* de ce matin sera entièrement consacré aux aspects culturels de la Mesménie et nos chroniqueurs ont travaillé dur pour en trouver. »

Il se marre, William, tandis que Frédérick Gersal, historien poitevin, veste bleu roi et nœud papillon blanc cassé, s'avance sur un air de marche militaire russe. Il s'assied, la musique s'arrête et il s'adresse tout de suite à son interlocuteur.

« Eh bien oui, William, la Mesménie. Figurez-vous qu'elle a failli ne jamais exister. Alors que s'est-il passé, allez-vous me demander ? C'est très simple. Lorsque l'éclatement de l'Union soviétique, en 1991, a permis à l'Estonie de retrouver son indépendance, la question s'est posée : qu'allait-on faire de ce petit territoire nordique, de cette pustule marécageuse pour ainsi dire, dans la mer balte ? Comme on pouvait s'y attendre, personne n'en a voulu. Et les raisons de ce désintérêt sont faciles à comprendre. La Mesménie était l'une des régions les plus pauvres de l'URSS qui en comportait pourtant beaucoup. Un territoire infertile, ne produisant aucune matière première, pensait-on, et de surcroît habité par une population repliée sur elle-même, parlant une langue à l'origine mal définie que personne ne comprenait en dehors des autochtones ; ce n'est même pas une voie de passage vers l'Europe, William, rendez-vous compte ! Alors, quand les Estoniens ont demandé leur indépendance, les Russes ont répondu : "Très bien, mais dans ce cas, vous prenez avec vous la Mesménie", ce à quoi les Estoniens ont rétorqué : "Pas question, nous n'avons aucune raison de récupérer ces parasites analphabètes et le bourbier dans lequel ils habitent." Alors que pouvait-on faire, William, je vous le demande ? Comment éviter l'incident diplomatique si près du but ? Eh bien, les Russes, et les Estoniens d'ailleurs, ont dit à ces pauvres Mesmènes : "Débrouillez-vous tout seuls." Et voilà comment ce petit pays dont personne ne voulait s'est formé, William, et maintenant, ironie de l'histoire, ce petit pays va peut-être devenir une sorte d'Arabie saoudite moderne. »

Je n'ai rien appris de nouveau. Le chroniqueur suivant, un petit mal coiffé à l'œil vif du nom d'Alex Jaffray, vient parler de la musique en Mesménie. Goguenard, il annonce en souriant que sa chronique va être courte. Il présente alors trois adolescentes boutonneuses dont le principal tube est un remix façon rap du grand classique *Plaine, oh ma plaine* et une chorale militaire interprétant *L'Internationale* en mesmène.

Le troisième animateur, genre tête blonde de premier de la classe, fait son apparition sur *You're Simply the Best* et, à son expression, on devine qu'il y a du sarcasme dans ce choix de musique. Dès qu'elle s'interrompt, William l'apostrophe.

« Bonjour Damien. Alors ce matin, une sélection de livres, comment dire... hors du commun.

— Bonjour William. Eh bien oui, une sélection hors du commun, vous pouvez le dire. Quand vous m'avez demandé de vous proposer quelques livres traduits du mesmène, je me suis dit : *Finger in the nose*. Je me suis rendu chez mes libraires favoris, en toute confiance, je leur ai demandé leur choix et là, rien. Absolument rien, le néant total. Pas un seul livre qui corresponde à ce simple critère. Pire, pas un libraire n'a pu me renseigner sur d'éventuelles traductions. Alors vous comprendrez que je me suis un peu affolé, je me suis mis à courir dans tous les sens et finalement, finalement, alors que j'avais perdu tout espoir, dans une toute petite librairie du Ve arrondissement consacrée à la littérature des pays de l'Est, j'ai pu trouver ce livre. Il s'appelle *La Vie rurale en Mesménie*. Son auteur, un certain Thomas Lagrange, semble l'avoir d'abord écrit en mesmène pour le traduire lui-même en français, ne me demandez pas pourquoi. »

Je suis sidéré. J'apprends simultanément le titre curieux du livre que j'ai traduit, *La Vie rurale en Mesménie*, et le fait non moins curieux que quelqu'un me fait passer pour l'auteur de ce machin, à moins qu'il ne s'agisse d'une erreur journalistique, toujours possible. Tout en parlant, Damien brandit un livre de taille respectable, avec une couverture noire et, en son centre, une petite photo d'un paysage enneigé, non dénué d'un charme mélancolique. Je suppose que cet objet est la version finale de ma traduction. Je suis tellement sous le choc que je ne peux même pas réagir.

« Et comme je n'ai pas trouvé un seul libraire, parmi tous ceux des amis de *Télématin*, qui puisse me sélectionner trois livres mesmènes, j'ai demandé en punition à trois d'entre eux de lire *La Vie rurale en Mesménie*, et voilà ce qu'ils en ont pensé. »

Le reportage est lancé. Le premier libraire est une libraire. Une femme d'une soixantaine d'années, qui se tient devant des rayonnages de livres de poche.

« En définitive, je suis bien embêtée pour vous dire ce que j'ai pensé de ce livre. Il vous emmène dans un univers différent, décalé, où les codes du roman sentimental sont mis à mal avec cette histoire de femme âgée tombant amoureuse comme une adolescente. Il y a un sens de l'absurde presque britannique là-dedans, et pourtant on ne sent pas la volonté de pasticher ce genre de livre, chez l'auteur. Au contraire, on pourrait lui trouver une forme de sincérité assez déroutante. Jusqu'à la dernière ligne j'ai essayé de percer le mystère de ce livre et en le refermant, je dois l'avouer, j'ai ressenti une pointe de frustration. Voilà tout ce que je peux vous en dire. »

Le deuxième libraire. Un type jeune, très maigre, planté devant des piles de livres dont on ne distingue pas les titres.

« Alors moi je vais dire quelque chose que je n'ai pas l'habitude de dire à propos d'un livre. J'ai littéralement détesté celui-ci. D'abord on ne comprend rien à l'histoire, il y a des scènes érotiques qui se transforment en scènes de bagarre sans que l'on comprenne pourquoi ; les motivations des personnages ne sont pas claires et quand elles le sont, elles sont tout simplement impossibles à croire ; il y a cette histoire d'objet mystérieux à laquelle on ne comprend rien. Et puis, je ne sais pas si c'est dû à la traduction, mais alors qu'est-ce que c'est mal écrit ! On trouve des fautes de syntaxe qu'un élève de cinquième ne ferait pas. Non vraiment, si j'ai un conseil à donner à cet auteur, c'est bien de ne plus tenter de traduire ses propres livres. »

Enfin, la troisième libraire, assez jolie, la trentaine, assise confortablement dans un fauteuil crapaud en cuir.

« J'ai tout simplement a-do-ré ce livre. Alors je suis d'accord, on pourrait lui reprocher certaines petites incohérences, certains non-dits, une fin pas très claire, mais quelle importance au fond ? Je soupçonne même l'auteur d'avoir voulu nous titiller un peu avec cette conclusion en queue de poisson. Dès la fin de la première page, je me suis retrouvée dans un monde qui tient à la fois d'Almodóvar et de Kusturica au Grand Nord, un monde jubilatoire avec des personnages hauts en couleur qui vous font oublier d'un coup tous vos soucis du quotidien. À lire absolument. »

La caméra revient sur William Leymergie et Damien. Ils ont cet air amusé et vaguement coupable des journalistes qui se sont laissés aller à la moquerie pendant qu'ils étaient hors caméra. C'est le blondinet qui se reprend le premier.

« Comme vous avez pu l'entendre donc, nos libraires ont des avis très partagés sur ce petit livre et le meilleur conseil qu'on puisse donner à nos lecteurs, c'est bien de se faire une idée par eux-mêmes.

— Et nous leur souhaitons bon courage pour se le procurer (ironique, le William). En attendant, nous allons passer à la météo... »

Sandrine coupe le son de la télé.

— Qu'est-ce que c'est que cette histoire ? Tu étais au courant ?

— Au courant de quoi ?

— Ben de tout ça ! Tu savais que le livre était édité ? Tu savais qu'il allait être présenté ce matin ? Et pourquoi est-ce qu'ils ont dit que tu en étais l'auteur ?

— Je savais vaguement qu'il était édité, mais à part ça...

— Comment ça, *vaguement* ? Comment tu pouvais savoir *vaguement* qu'il était publié ? Tu le savais ou tu ne le savais pas ?

— On me l'avait dit, oui. Je suis passé devant la MNCB, par hasard, il y a trois jours, et je suis entré pour demander.

— Tu es passé devant *ta* MNCB par hasard, comme ça, tu as vu de la lumière et tu es entré pour demander si, par hasard, ton livre n'était pas publié ?

Et voilà, nous y sommes. La scène que je redoutais est arrivée. Depuis deux mois, nous n'avons plus du tout reparlé de ma traduction. À bien y réfléchir, Sandrine ne m'en a jamais parlé tout court. Jamais elle n'a essayé de savoir si je m'en sortais pendant que je travaillais dessus, jamais elle ne m'a demandé de quoi parlait le livre et jamais elle ne m'en a demandé des nouvelles depuis que je l'ai rendue à Sergeï. Tout ce qui l'intéresse, tout ce qui l'a jamais intéressée, c'est que je retrouve un petit boulot minable pour qu'elle puisse continuer à m'étouffer de son éternelle compréhension. Je la trouve donc assez gonflée de me demander des comptes maintenant qu'on parle de ma traduction à la télé.

Devant mon silence, elle se lève.

— Bon, si tu ne veux pas me répondre, je ne vais pas attendre toute la journée. J'ai un boulot.

— Mais attends ! Ne le prends pas comme ça...

— Et comment veux-tu que je le prenne ? Tu es en train de t'embarquer dans une histoire pas bien claire et à l'évidence tu veux me tenir à l'écart. Moi je suis là tous les jours, comme une conne, à essayer de te soutenir et de t'aider à retrouver du boulot et, pendant ce temps-là, tu magouilles dans mon dos. Alors, excuse-moi, mais, non, je ne le prends pas avec le sourire.

— Oh, arrête un peu, d'accord ? Je n'ai pas eu besoin de te tenir à l'écart parce que tu es restée à l'écart toute seule. La vérité, c'est qu'elle t'emmerde ma traduction. Ça t'emmerde que je réussisse à faire quelque chose tout seul, sans ton aide. Tu as peur que j'échappe à ton contrôle, et même une petite évasion de rien du tout comme cette traduction n'est pas permise pour un pauvre type de mon espèce, hein ? Avoue que tu me vois comme ça !

Elle a les larmes aux yeux. Je regrette immédiatement mes paroles. Les mots sont sortis d'eux-mêmes, impatients de quitter mon esprit, sans que je puisse en filtrer la violence. Nous nous fixons maintenant sans rien dire, conscients qu'un tournant de notre relation vient d'être pris, sans retour possible. Elle quitte enfin la pièce et je l'entends prendre son imper et ses chaussures dans l'entrée. Elle refait ensuite une brève apparition pour me jeter à la figure :

— Franchement, Thomas, je ne te reconnais plus depuis que tu t'es lancé dans cette putain de traduction.

Je n'en reviens pas. Elle a dit « putain ». En quatre ans de vie commune, c'est la première fois que je l'entends jurer. La porte d'entrée claque et je me retrouve seul. Les acteurs muets d'une mauvaise série Z s'agitent sur l'écran. Je prends la télécommande et j'éteins le poste.

Je n'ai même pas le temps de me lever du canapé que mon téléphone sonne et mon cœur fait un bon en pensant à Nathalie Vermont. Un coup d'œil à l'écran me détrompe en affichant le nom de ma mère. Je décroche malgré tout.

— Thomas ? Tu ne devineras jamais ce que je viens d'entendre à *Télématin*.

— Si, j'en ai une petite idée.

Ma mère, qui n'a pas pour habitude d'écouter ce que les gens lui répondent, continue sur sa lancée.

— Il y a un roman sur la Mesménie qui vient de paraître et l'écrivain porte le même nom que toi. C'est une sacrée coïncidence, non ? Quand on pense que tu as appris cette langue à l'université !

— Ce n'est pas une coïncidence, maman. C'est moi.

— Toi quoi ?

— Moi qui ai traduit ce livre.

— Ne dis pas de bêtises, Thomas, comment aurais-tu pu écrire un livre en mesmène ?

— Je ne l'ai pas écrit, maman, je l'ai traduit. Juste traduit.

— Eh bien, ce n'est pas ce qu'ils ont dit à la télévision.

— Ils se sont trompés. Je n'ai fait que la traduction.

— Je ne comprends rien à ton histoire, mais j'espère que tu n'as pas fait de bêtises, en tout cas.

C'est ma mère tout craché, ça. Elle est tellement vexée de ne pas avoir le dernier mot qu'elle change de sujet et me demande des nouvelles de Sandrine et de mon travail chez McDo indigne de mes capacités. Je ne lui ai pas encore avoué ma démission alors je louvoie et j'abrège la conversation avec la promesse que nous irons bientôt partager le déjeuner dominical avec elle.

Cette conversation m'a fichu le cafard et je reste presque une heure avachi dans le canapé. Pourtant ma courte expérience de chômeur m'a déjà appris qu'il est dangereux de rester à ne rien faire, c'est le meilleur moyen de s'enfoncer dans ses idées noires. Je me secoue donc et je sors acheter la presse quotidienne.

De retour dans l'appartement, je me mets à éplucher les journaux que j'ai rapportés du café. Comme il fallait s'y attendre, il n'y en a que pour la Mesménie. La presse entière se demande si les gisements vont être exploités ou non. *Le Monde* aborde la question par ses aspects scientifiques : quelles concentrations des différents métaux peut-on en attendre, quel tonnage doit-on espérer ? L'article se base sur un des plus importants gisements en

Chine, Bayan Obo, pour donner des estimations. Au-dessous d'une certaine concentration et d'un certain tonnage, conclut le journaliste, l'exploitation ne sera pas suffisamment rentable pour justifier la pollution qu'elle ne manquera pas de générer. *Libération* et *Le Figaro* préfèrent une analyse politique et sociale ; le premier parie sur l'ouverture d'une mine ; l'article décrit avec bienveillance Androv Zornoïff, le président original et plein de bonne volonté de Mesménie. À le lire, on peut être certain que cet homme déterminé réussira à saisir cette opportunité pour mettre en place une économie saine dans le pays. *Le Figaro*, lui, qualifie ce même bonhomme de mou, d'opportuniste et d'incompétent, le pense incapable de prendre une décision, et prédit que les premiers troubles sociaux ne vont pas tarder à apparaître.

Après deux heures de lecture forcée, je laisse retomber les journaux. Je n'arrive pas à me concentrer et je suis incapable de retenir une ligne de ce que j'ai parcouru, encore moins de me faire une opinion.

Malgré l'engueulade avec Sandrine, malgré toutes les nouvelles que je viens de lire, je n'arrive plus à penser à autre chose qu'aux révélations télématinales. Je sais maintenant, grâce à William Leymergie, à quoi ressemble le livre et je connais son titre : *La Vie rurale en Mesménie*. Drôle de titre, qui fait plus penser à un essai qu'à un roman à l'eau de rose, et je me demande qui a bien pu faire ce choix.

Sans doute la même personne qui m'a attribué la paternité de ce livre.

11

Deux jours plus tard

À midi, je déjeune avec Richard. Je ne l'ai pas revu depuis le jour où il est venu dîner à la maison, sans Charlotte. Quand j'ai décroché le téléphone, j'étais bien décidé à m'expliquer avec lui sur son attitude imbécile de ce fameux soir, mais il m'a pris de vitesse. Tout de suite, il m'a annoncé que Charlotte avait finalement accepté qu'il écrive un article sur sa vie de tradeuse et que l'écriture de cet article bouffe tout son temps libre. Pour décrire vingt-quatre heures de la vie d'une tradeuse, il doit raconter comment elle choisit sa tenue vestimentaire le matin, ce qu'elle prend au petit déjeuner, comment elle conduit son 4 × 4, le nombre de ses appels téléphoniques dans la voiture. Il semblerait que ces détails intéressent les gens, allez savoir pourquoi. Charlotte a même demandé à son patron l'autorisation que Richard l'accompagne dans les bureaux une journée entière. Et il a interviewé ses collègues, mangé avec eux.

Si Charlotte avait accepté de jouer le jeu, c'est qu'elle avait des conditions à poser, m'a-t-il dit au téléphone, et il veut justement me parler de ces conditions, à midi. Sans les connaître, j'ai déjà dans l'idée que je ne vais pas les apprécier.

Je suis en train de me préparer à sortir quand mon portable sonne. Numéro inconnu.

— Monsieur Thomas Lagrange ?

Je devine tout de suite à qui appartient la voix, à l'autre bout du fil.

— Oui ?

— Nathalie Vermont. Éditions ELL'M. Je vous appelle au sujet du livre *La Vie rurale en Mesménie*.

— Ah oui. J'attendais votre appel avec impatience.

C'est la pure vérité. Depuis que je sais qu'il a été publié, et plus encore depuis *Télématin*, j'ai envie de voir mon nom sur la couverture, envie de parcourir ses pages comme je le ferais avec n'importe quel autre bouquin.

— Oui, oui, je sais, mais là, il y a urgence. Vous êtes libre aujourd'hui ?

Je réfléchis rapidement. Richard m'a donné rendez-vous dans une pizzeria du XVe arrondissement, pas très loin de son appartement, alors que les éditions ELL'M se trouvent dans le XVIIe, juste à côté de la MNCB. Je compte une petite heure pour aller d'un point à l'autre et, avec tout ce que j'ai à discuter avec Richard, nous allons en avoir au moins jusqu'à 3 heures.

— 16 heures, ça irait ?

Elle accepte, me confirme l'adresse que je connais déjà, et nous raccrochons.

Quand j'arrive à la pizzeria, Richard est installé, un verre de whisky vide devant lui. Il est en train de lire *Libération* et, dès qu'il m'aperçoit, il agite le journal.

— Salut. Tu as vu les gros titres d'aujourd'hui ?

— Non, qu'est-ce qui se passe ?

Pour une fois, ce matin, je ne suis pas descendu au kiosque pour rafler la presse quotidienne. La routine à laquelle je m'astreins depuis deux mois commence à me taper sur les nerfs.

— La Russie menace d'envahir la Mesménie, comme quand l'Irak a envahi le Koweït.

— L'Europe ne laissera pas faire une chose pareille. Et Zornoïff non plus ne se laissera pas faire.

— Tu as sans doute raison, mais n'empêche que ça craint, cette histoire.

Il replie le journal et le pose sur la banquette à côté de lui. Le serveur arrive pour prendre la commande. Il ne perd pas de temps, vu que je viens tout juste d'arriver. Comme d'habitude, je prends une quatre-fromages et Richard une quatre-saisons. Un pichet de rouge, une carafe d'eau, le serveur repart.

— Ça doit te faire bizarre de voir la Mesménie à la une, non ?

— C'est le moins qu'on puisse dire. Surtout depuis qu'on a parlé de mon bouquin à la télé.

— Non, tu déconnes ?

— Je te jure. À *Télématin*. Une chronique entière.

Et je lui raconte tout. Vraiment tout, sans omettre aucun détail, y compris la peur que m'a inspirée Alvizaar, ce type à la gueule de mafioso. C'est la première fois, depuis que j'ai lu l'annonce dans *20 Minutes*, que je me confie aussi librement, comme un premier communiant à son curé favori, dans le fond d'un confessionnal. Je lui avoue même que je me suis remis à rêver de Mali la nuit et à penser à elle le jour. Tout en parlant, j'ai le sentiment de faire une connerie. Richard est peut-être mon meilleur ami depuis des années, je sais parfaitement qu'il est capable de me trahir dès qu'il est en présence de ma mère ou de Sandrine. Devant elles, il prend ses distances, il se comporte en gendre idéal, celui qui désapprouve vaguement le comportement irresponsable de son pote tout en restant présent pour lui éviter les pires emmerdes. Je sais tout ça et pourtant je ne peux pas m'empêcher de lui déballer mon histoire. À ma décharge, il faut dire que Richard possède la sincérité du schizophrène : quand on est seuls tous les deux, il me soutient à cent pour cent, sans arrière-pensée. Et j'ai trop besoin de son avis pour fermer ma gueule sur mes préoccupations du moment.

En ce moment même, il m'écoute avec les sourcils levés, m'interrompant de temps en temps par des exclamations incrédules. Je termine mon récit par le coup de téléphone de Nathalie Vermont.

— Mais c'est dingue, cette histoire ! Et tu ne sais pas du tout ce qu'est devenu ton Sergeï ?

— Puisque je te dis que non. J'ai essayé de l'appeler des tonnes de fois avant d'aller à la MNCB en personne. Il ne répond jamais. Il s'appelle Sergeï Ivoon ou un truc dans le genre. C'est à peu près tout ce que je sais de lui. Il m'a dit qu'il venait d'Estonie et qu'il ne parlait pas le mesmène, mais c'est maigre pour retrouver sa trace.

On avale nos pizzas en silence, rapidement. Richard termine le vin et appelle le serveur pour lui demander un nouveau pichet. Je ne relève pas, mais, franchement, je trouve qu'il boit beaucoup trop. Dès que je termine ma pizza, je reprends le cours de mes réflexions à voix haute.

— Je vais demander à cette Nathalie si elle connaît Sergeï et je lui demanderai aussi pourquoi je passe pour l'auteur de ce bouquin.

En face de moi, Richard continue de mastiquer sans rien dire. Mon malaise s'accroît. Je réalise à quel point j'en ai trop dit. S'il répète tout à Sandrine, elle se mettra dans tous ses états, comme je la connais. Et ça ne servirait à rien maintenant de demander à Richard de tenir sa langue : il affecterait juste un air indigné en me demandant pour qui je le prends. Je décide donc de changer de sujet.

— Bon, et toi alors, ton article sur Charlotte ?

— Il va paraître dans *L'Économiste moderne* du mois prochain. Je suis assez content du résultat et en plus c'est bien payé.

Il n'a pourtant pas l'air très satisfait et je me souviens de ce qu'il m'a dit au téléphone.

— Et les conditions que t'a posées Charlotte ?

— Elle veut qu'on aille vivre à Londres.

Au fond de moi, je m'en doutais. À plusieurs reprises, j'avais entendu Charlotte vanter les mérites de la City, comparer la florissante bourse londonienne à notre pauvre activité parisienne, et je sentais bien qu'elle mourait d'envie de franchir la Manche pour aller bosser chez les Grands Bretons. Quant à Richard, c'est une autre histoire. Comment pourrait-il écrire pour les journaux anglais alors qu'il a déjà tellement de mal à trouver du boulot en France ?

— Tu vas y aller ?

Il soupire, sans beaucoup d'enthousiasme.

— Je suppose que oui. En tout cas je le lui ai promis, et si je n'y vais pas, c'est la rupture assurée.

— Elle a déjà un boulot là-bas ?

— Non, mais elle cherche comme une malade.

— Qu'est-ce que tu ferais si tu y allais ?

— J'en sais rien. Au moins je parle anglais, c'est déjà ça.

Depuis toujours, le rêve de Richard, c'est de voyager, mais je ne crois pas qu'il considère Londres comme une destination lointaine. Un jour, il m'a dit qu'il aimerait bosser pour le *National Geographic*, partir faire des reportages sur les volcans péruviens, sur les temples khmers du Cambodge, sur les aborigènes d'Australie. L'homme d'affaires de la City, avec chapeau melon et parapluie, n'est pas assez exotique à ses yeux, j'en ai bien peur. Il soupire encore une fois.

— Bon, on parle d'autre chose ? Ça me fout les boules rien que d'y penser. Qu'est-ce que Sandrine dit de ton histoire avec Sergeï ?

C'est bien ce que je craignais. Il se préoccupe autant d'elle que de moi et peut-être même qu'elle l'a déjà appelé pour lui annoncer la parution de mon livre. Si c'est le cas, Richard est le plus grand faux-cul de la planète, en faisant semblant devant moi de ne pas être au courant. À bien y réfléchir, je suis presque sûr qu'ils se sont déjà parlé, ces deux-là. L'engueulade qui a suivi l'annonce de la publication de mon livre n'a pas eu de suite. En rentrant le soir même, Sandrine n'y a pas fait allusion, mais je sentais dans son comportement quelque chose de raide et d'artificiel, comme si elle agissait sur les conseils de son ami Richard le Traître, assis en face de moi, en train de venir à la pêche aux renseignements avec ses grands yeux innocents. Il peut toujours courir pour que je me fasse avoir une deuxième fois aujourd'hui. Je jette un œil à ma montre, prêt à trouver le moindre prétexte pour m'échapper. Je n'en ai pas besoin, il est déjà 3 h 10.

— Merde, je vais être en retard. Ça ne te dérange pas si je te laisse ? Je n'ai pas envie de me faire attendre dès le premier rendez-vous, ça la foutrait mal.

Je suis déjà debout.

— Pas de problème, vas-y et tiens-moi au courant.

Dans la rue, je cours pour attraper le métro. Il est 3 h 58 quand j'arrive à l'adresse indiquée. Un immeuble haussmannien, à trente mètres de la MNCB. Sur le mur, à côté de la porte, il y a une plaque noire, comme celles des médecins, qui indique « Éditions ELL'M – 3e étage gauche » et, sur le panneau des sonnettes, une étiquette reprend plus sobrement ELL'M. Je sonne. Au bout de quelques secondes, un grésillement maladif me signale que je peux pousser la porte. Je pénètre donc dans le hall de l'immeuble et, sans chercher l'ascenseur, je monte l'escalier quatre à quatre jusqu'au troisième étage.

La fille de l'accueil est en train de se faire les ongles. En me voyant entrer, sans un sourire, elle se tourne vers un bureau dans son dos.

— Nathaliiiie ! Ton rendez-vous vient d'arriver !

— Dis-lui d'entrer.

— Vous pouvez y aller, première à droite.

Je suis plutôt intimidé par cet accueil revêche. Sans protester, je vais frapper à la porte indiquée. Une voix m'invite à entrer et j'obéis sagement.

La pièce où je pénètre, avec ses moulures au plafond et sa cheminée condamnée, pourrait aussi bien être la salle à manger de n'importe quel appartement d'habitation. Tous les locaux de ELL'M d'ailleurs font penser à un appartement et je suis sûr que si j'avais eu le culot d'ouvrir les portes une à une, j'aurais sans doute trouvé une cuisine et une salle de bains. Mais je ne suis pas ici pour enquêter sur les lieux. Je me concentre sur la jeune femme, ou plutôt la gamine, qui est assise derrière le bureau et qui se lève pour venir me serrer la main. Elle doit avoir vingt et un ou vingt-deux ans tout au plus, elle est grande, très blonde, élancée, plutôt jolie. Son tailleur noir et ses lunettes donnent l'impression curieuse d'une petite fille qui a chipé les affaires de sa mère pour jouer à la grande personne.

— Vous êtes Thomas Lagrange ? Ravie de vous rencontrer enfin. Je suis Nathalie Vermont.

— Enchanté.

— Prenez place, je vous en prie. Nous avons beaucoup de choses à nous dire.

Elle me montre une chaise près d'une petite table ronde et elle-même s'assied sur la seconde chaise.

— D'abord, je vous félicite pour votre livre. Je suis absolument sûre qu'il est très bien et je le lirai dès que j'aurai un peu de temps pour le faire.

Le compliment me laisse pantois. Je n'aurais jamais imaginé une éditrice avouant aussi simplement qu'elle n'avait pas lu un livre qu'elle publiait. Je ne peux pas m'empêcher de lui demander une explication sur cette incongruité.

— Oh, c'est simple. Grand-père me confie tous les ouvrages qu'il veut faire éditer pour la MNCB : brochures, essais, livres d'art ou culturels. D'habitude, il n'y a jamais de roman. Moi, je n'ai pas besoin de relire toutes ces choses : grand-père tient à le faire personnellement. Je m'occupe essentiellement de la mise en page, du format, de la photo sur la couverture. Ensuite je me charge de commander les exemplaires à l'imprimeur, de les recevoir et de les envoyer dans les endroits où on veut les distribuer, comme les librairies spécialisées dans les pays baltes, les centres culturels et ce genre de machins, vous voyez ?

Ce que je vois surtout, c'est qu'elle n'est pas vraiment une éditrice. Elle serait plutôt une sorte d'employée, d'assistante spécialisée de la MNCB. Et, en plus, il semblerait qu'elle ait eu ce job grâce à un hasard génétique que j'ai la curiosité de vérifier.

— Votre grand-père, c'est M. Alvizaar et c'est lui qui vous a donné ce travail ?

— Tout à fait. Vous savez, quand on veut réussir, il faut savoir faire jouer son réseau.

J'ai bien envie de lui faire remarquer que certains ont un réseau naturel et d'autres non, mais je rejette cette idée. Après tout, je ne suis pas là pour étaler mes réflexions philosophiques de chômeur aigri. J'en reviens plutôt au sujet qui m'intéresse.

— Donc, si je comprends bien ce que vous dites, c'est votre grand-père qui a relu ma traduction, c'est bien ça ?

— Eh bien en théorie, oui, mais pas en pratique.

J'ai un peu de mal à comprendre comment on peut lire un livre en théorie mais pas en pratique, pourtant je renonce à creuser ce sujet qu'à l'évidence elle ne maîtrise pas tout à fait. J'aborde donc la situation sous un autre angle.

— Vous savez au moins que je n'ai pas écrit ce livre en mesmène ? Je n'en suis que le traducteur et je dois vous avouer que j'ai été très surpris quand je me suis vu attribuer la qualité d'auteur par le chroniqueur de *Télématin*.

— Ben, il ne fallait pas mettre votre nom sur la première page, alors. Et vous pouvez même me remercier parce que j'ai bien failli faire imprimer votre numéro de téléphone qui était écrit juste en dessous. Heureusement que je l'ai vu avant et que je l'ai effacé.

Elle pouffe d'une manière qui me paraît bien peu professionnelle. Je respire à fond et j'insiste avec tout le calme dont je suis encore capable.

— Mais vous devez tout de même connaître l'auteur de ce livre, non ? Vous devez avoir une petite idée de la raison pour laquelle mon nom apparaît à la fois comme traducteur et auteur ?

Elle hésite et, en gamine prise en faute, se mordille la lèvre inférieure avant de me répondre d'un ton boudeur :

— Non, je ne connais pas l'auteur. Et pour votre nom qui apparaît deux fois, c'est de ma faute, mais je n'ai pas fait exprès. De toute façon, grand-père a dit que ce n'était pas grave.

— Mais Sergeï, vous le connaissez ? Vous connaissez son rôle dans cette affaire, et lui doit bien connaître le nom de l'auteur, non ?

Mon interlocutrice fait une moue assez expressive pour m'indiquer qu'elle n'a pas de réponses à mes questions, et qu'en plus elles ne présentent absolument aucune forme d'intérêt à ses yeux. Je pousse un soupir résigné pour lui signaler que j'accepte d'abandonner le sujet.

— Ce n'est ni pour parler de Sergeï ni de l'identité de l'auteur véritable que je vous ai fait venir. Il s'est passé quelque chose de tout à fait exceptionnel ce matin.

Cette fille a décidément une conception étrange de son boulot d'éditrice. Elle n'a jamais dû entendre parler du concept de déontologie et, après tout, si elle ne s'en soucie pas, je ne vois pas pourquoi moi je devrais le faire. J'en reviens donc à nos moutons.

— Vous voulez parler du reportage de *Télématin* ?

— Exactement. Pour être honnête, je n'ai pas vu l'émission moi-même, mais dès 9 heures du matin, mon téléphone a commencé à sonner. Avant midi, les demandes m'arrivaient de toutes parts : particuliers, petites librairies, et même la Fnac me réclamaient votre livre. Seulement moi, je n'ai fait imprimer que deux cents exemplaires, alors je ne pouvais pas répondre à leur demande, vous comprenez ?

Je réponds par un soupir, découragé par cette gamine jouant à la marchande. Elle, elle se rengorge, visiblement fière d'elle, et elle essaie de prendre un air professionnel.

— C'est à ce moment-là que j'ai eu une idée brillante. Je me suis dit qu'il fallait absolument faire une réédition, d'au moins dix mille exemplaires. Seulement, nous autres éditeurs, sommes soumis à des contraintes financières et, pour une maison aussi petite que la mienne, cette réédition représente une somme colossale. J'ai tout de suite téléphoné à grand-père pour lui demander la permission et l'argent nécessaire.

Elle ne mordille plus sa lèvre. À la place, elle me fait un sourire éblouissant.

— J'ai beaucoup bataillé, vous savez. Au début, il ne voulait pas en entendre parler. J'ai dû le supplier, le menacer de démissionner et de ne plus jamais le voir de toute ma vie. Je lui ai aussi dit que vous pourriez signer ailleurs, avec une grosse maison d'édition, et que nous perdrions tous les bénéfices de votre œuvre, avant qu'il finisse par accepter. Seulement, il y a mis une condition non négociable : il ne veut plus entendre parler de cette affaire et je dois donc me débrouiller toute seule.

Voilà pourquoi je vous ai fait venir aujourd'hui : je veux signer notre contrat, monsieur Lagrange.

La gourde en face de moi s'arrête de parler et me regarde avec une expression de profonde autosatisfaction. Elle doit sans doute attendre que je m'extasie et que je la remercie. Elle en est pour ses frais, et, devant mon manque de réaction, elle se sent obligée d'ajouter encore une ligne à la liste de ses exploits.

— Et ce n'est pas tout. J'ai également pris contact avec l'imprimeur. À titre exceptionnel, il peut me livrer les dix mille exemplaires la semaine prochaine. Il ne nous restera plus qu'à les distribuer. Ce n'est pas mal non, pour une seule journée de travail ?

Je ne connais rien à l'édition et je suis incapable d'estimer la notoriété que ces dix mille exemplaires risquent d'apporter à ce livre. Je n'ai pas trop envie de me retrouver dans une situation que je ne saurai pas maîtriser.

— Ce serait possible de changer le nom de l'auteur, ou même de préciser que l'auteur est inconnu ?

— Je ne vois pas pourquoi nous ferions une chose pareille. Ce serait une complication bien inutile. Vous savez, si vous restez l'auteur, vous toucherez tous les droits et vous ne courez absolument aucun risque, je peux vous l'assurer.

Je n'avais pas encore pensé à l'aspect financier et l'appât du gain me pousse à accepter.

— Bien. J'ai déjà préparé tous les papiers.

D'un air satisfait, elle sort un dossier d'un de ses tiroirs et me le place sous le nez. Je commence à le lire. Il n'en finit pas, est écrit en tout petits caractères, et Nathalie Vermont s'impatiente.

— C'est un contrat standard. Je l'ai téléchargé sur Internet. Il stipule que vous êtes l'auteur de ce roman et que vous avez droit à dix pour cent du prix public hors taxes de chaque exemplaire vendu. J'ai décidé de fixer son prix à 14,99 euros, vous pouvez donc faire le calcul de la part qui vous revient. Je ne suis malheureusement pas en mesure de vous verser une avance à l'heure actuelle. Vous toucherez les sommes qui vous seront dues dans un an jour pour jour. Est-ce que cela vous convient ?

Dans un an, si le livre se vend en intégralité, j'empocherai quinze mille euros, autant dire une petite fortune pour moi. Ce projet commence à me plaire pour de bon et, pour un peu, je me prendrais moi-même pour le véritable auteur. Seulement, si le livre doit être publié à grande échelle, j'aimerais autant bien faire les choses et faire vérifier ma traduction par quelqu'un de compétent en la matière.

— Quelqu'un va revoir mon livre, avant de l'imprimer, je suppose ? Un professionnel, je veux dire. Parce qu'il doit y avoir quelques coquilles à corriger, vous ne croyez pas ?

Je pense aux batailles à coups de Coton-Tige, à l'objet mystérieux aux propriétés magiques, en passant par certains détails géographiques et historiques non vérifiés qui mériteraient d'être revus. Nathalie Vermont n'a pas l'air de partager mon point de vue.

— Il faut battre le fer tant qu'il est chaud, monsieur Lagrange, et je vous assure d'ailleurs que votre livre a l'air très bien comme il est.

12

Un mois plus tard

Les experts ont enfin rendu une partie de leur verdict sur les terres rares de Mesménie et ils sont unanimes : les gisements découverts sont d'ores et déjà reconnus comme appartenant aux plus importants gisements du monde, sans doute aussi riches que ceux de Bayan Obo, en Chine. Non seulement ils possèdent un spectre très large de minéraux, presque tous les métaux de la famille des lanthanides, à laquelle appartiennent le terbium et le néodyme, mais certains d'entre eux sont présents à une concentration jamais observée dans aucun autre gisement à ce jour. La question de la concentration est donc réglée. Les scientifiques sont en train d'évaluer le tonnage qu'on pourrait en tirer. Sans attendre ce résultat, le président mesmène, Androv Zornoïff, a décidé d'ouvrir des mines pour leur exploitation et c'est le début des ennuis.

Soudainement, des tas de gens se sont découvert des droits sur ces terres. Les héritiers de l'ancienne noblesse terrienne moscovite, celle d'avant la révolution russe, brandissent des vieux titres de propriété ; les descendants des paysans qui les ont travaillées au temps du communisme, quand elles ne produisaient que trois choux et deux betteraves, en réclament les bénéfices ; les combattants qui ont libéré le pays de l'envahisseur russe sont prêts à reprendre les armes pour avoir leur part du gâteau. C'est à peine si les ivrognes qui se sont, un jour, par hasard, soulagés sur ces terres ne demandent pas un petit quelque chose sous prétexte qu'ils ont participé à leur fertilisation.

Ailleurs en Europe et sur l'ensemble de la planète, l'ambiance est à la prise de position. Les écologistes du monde entier, du Canada à l'Australie en passant par l'Allemagne et l'Angleterre, se réveillent et manifestent contre l'exploitation de ces gisements. Je croyais que ces métaux, servant à la production d'énergies vertes, allaient les mettre sur un petit nuage, mais ce n'est pas si simple : l'extraction des métaux implique l'utilisation de solvants hyperpolluants, ce qui ne leur plaît pas du tout.

S'il y a des écolos en Mesménie, ils ne se sont pas encore réveillés, car on n'en entend pas parler et pourtant les reportages sur le pays ne manquent pas. Pour la première fois, je peux voir à la télévision des images de la capitale mesmène, Govnia. La ville est moins pauvre que ce que je m'étais imaginé au travers des descriptions de Mali. En particulier, le palais présidentiel est assez impressionnant. Il serait presque digne de figurer sur un dépliant touristique. Dans le reste du pays en revanche, c'est la désolation la plus absolue. Les maisons ressemblent à des bicoques d'un autre siècle, les routes ne sont pas goudronnées et aucun véhicule motorisé ne semble les emprunter. Je regarde religieusement tous ces reportages, surtout ceux où on voit la population locale. Je sais que c'est dingue, mais je me dis que si un journaliste tombe par hasard sur la jolie frimousse de Mali, il ne pourra pas s'empêcher de l'interviewer et je ne voudrais rater ça pour rien au monde.

Comme d'habitude, quand ils ont un sujet juteux, les médias sont bien décidés à en tirer la moindre goutte et ils en parlent tous les jours. Ce matin, il est question d'une grande manifestation internationale, où les participants écologistes ont pris d'assaut les bâtiments publics de nombreuses villes à travers le monde, pour y accrocher des banderoles aux slogans anti-Mesmènes. La presse s'accorde à dire qu'un cap a été franchi dans l'opposition à l'exploitation des mines de terres rares.

Je ne devrais pas me plaindre de cette effervescence. Le livre que je suis censé avoir écrit a été publié et il fait un tabac dans les librairies. La semaine dernière encore, je suis passé à la Fnac et je l'ai vu en tête de gondole, avec une petite étiquette indiquant que c'était le coup de cœur du libraire. J'ai regardé cette étiquette et j'ai ressenti une vague de fierté immédiatement suivie d'un vague malaise. J'aurais voulu pouvoir clamer que j'étais le traducteur de cette œuvre, mais si je l'avais fait, je suis certain qu'un crétin m'aurait demandé pourquoi je l'avais d'abord écrit en mesmène. J'ai donc prudemment gardé le silence. Et je n'ai pas bronché non plus quand j'ai vu une femme d'un certain âge le lire dans le métro, hier après-midi.

En revanche, les critiques littéraires qui en disent du mal à longueur de pages, dans les magazines spécialisés comme dans les rubriques culturelles, ne m'affectent pas du tout. Je les lis avec détachement, sans me sentir visé et, quand je tombe sur des articles qui dézinguent le livre avec des arguments au vitriol, comme celui paru dans *L'Express* aujourd'hui, j'aurais plutôt tendance à me marrer :

La Vie rurale en Mesménie – On ne peut que déplorer l'apparition de cet ovni dans le monde littéraire. Ce livre, pauvrement écrit, est à la fois insipide et incohérent, à la fois comique et dramatique, sans que l'on puisse bien deviner l'intention réelle de son auteur. Auteur coupable à double titre, puisque, aux dires de son éditrice, il aurait commis son forfait en mesmène avant de nous l'imposer en français. À ne surtout pas lire, même pour l'ambiance, même si l'on veut se faire une idée de la Mesménie « d'avant ».

Ma mère a enfin accepté l'idée que je suis bien le Thomas Lagrange du livre et elle m'appelle chaque fois qu'elle le voit dans une vitrine ou qu'elle lit un article dans la presse, autant dire qu'elle m'appelle tous les jours. Même si elle ne me l'avoue pas ouvertement, je crois qu'elle est fière de moi. Je l'entends à sa manière de glousser de plaisir quand elle me raconte la jalousie de ses voisins du quartier. Mais à la fin de chacun de ses appels, elle ne peut pas s'empêcher de me rappeler que ce succès ne durera pas et que je dois me trouver un vrai boulot.

Sandrine, elle, c'est une autre paire de manches. Elle n'a même pas lu mon livre que j'ai pourtant négligemment laissé traîner sur la table basse pendant des jours. Visiblement, elle a décidé d'ignorer totalement ma nouvelle vie littéraire, comme si le simple fait de la passer sous silence allait en diminuer l'importance. Je la sens nerveuse et aux aguets. De mon côté, je ne sais plus comment me comporter. Quand je fais un pas vers elle, quand je lui parle de ce que le livre risque de me rapporter dans quelques mois par exemple, elle rentre dans sa coquille et je reste comme un con avec mes espoirs et mes angoisses. Du coup, j'opère à mon tour un repli stratégique et nous passons des jours à n'échanger que de banalités. Au lit, je ne fais que le minimum syndical, et dans la cuisine, je ne cuisine même plus les petits plats diététiques qu'elle affectionne tant. Du coup, elle s'est mise à s'empiffrer de pizzas et de chocolat, en me défiant du regard. Les effets de ce nouveau régime ne se sont pas fait attendre : elle grossit à vue d'œil et recommence à s'habiller comme un sac, avec ses pulls trop grands et ses jupes informes.

C'est d'ailleurs ce qu'elle doit s'apprêter à faire en ce moment même. Je suis encore au lit, à moitié endormi, et, du coin de l'œil, je la vois enfiler des jeans et des jupes sans pouvoir les fermer correctement. De rage, elle les jette sur la moquette avant de se saisir du vêtement suivant dans lequel elle espère pouvoir faire entrer ses bourrelets.

Sans aucune pitié, je ricane et je lui balance :

— Peut-être que je ne gagne pas ma vie, mais t'as intérêt à bien gagner la tienne si tu dois changer ta garde-robe tous les trois mois.

Elle se retourne comme si je lui avais envoyé une fléchette dans les fesses. Elle me regarde pendant quelques secondes sans un mot, et j'ai soudain l'impression d'être un reptile malfaisant ayant atterri par hasard dans son lit. Puis, sans un mot, elle quitte la chambre. Mais quand elle ferme la porte, j'ai quand même le temps de voir son visage décomposé par le chagrin.

Après cette scène, je reste là, au lit, incapable de bouger, terrassé sous le poids de ma culpabilité. Parce que je suis coupable, trois fois coupable, peut-être mille fois coupable et tout mon problème réside dans cette culpabilité. Je pourrais dire ou faire ce que je veux, le fait est là : Sandrine a une attitude irréprochable à mon égard. Elle m'a soutenu quand j'ai démissionné, elle a accepté que je passe trois semaines sur une traduction à la con, et maintenant elle me loge, me blanchit et me nourrit sans me faire le moindre reproche. Pas une fille sur mille, peut-être même sur un million, n'aurait cette attitude admirable. Je suis parfaitement sincère : nous avons eu quatre années de vie commune et je ne regrette pas une année de cette vie-là. Le problème, c'est l'éternel besoin de reconnaissance de Sandrine. Pour tout, de la part de tout le monde, encore et toujours. Elle a tellement besoin qu'on lui soit redevable que son existence entière n'est qu'un énorme sacrifice. Elle montre son dévouement à la moindre occasion : elle me laisse le hublot dans l'avion et le sot-l'y-laisse dans le poulet, elle accepte d'aller voir le film que j'ai choisi au cinéma et elle ne râle pas quand je vais voir un match de foot ou faire un billard avec les copains. En un mot, elle est parfaite.

Seulement, à force, je déborde de reconnaissance, la reconnaissance me sort par tous les orifices, j'en fais une overdose. Et comme toutes les overdoses, les effets sont dévastateurs. Quand je n'en peux vraiment plus, je pique une crise d'agressivité, je me paie cinq minutes de méchanceté à l'état pur et ensuite, naturellement, je suis rongé de remords et de culpabilité, exactement comme je le suis ce matin.

Je trouve enfin la force de me lever. Pour me faire pardonner, au moins en partie, je décide d'aller lui acheter un pull en cachemire, couleur vieux rose, que j'ai repéré en vitrine la semaine dernière. La couleur lui ira à ravir et je sais qu'elle adore la douceur de cette laine. C'est sans doute une petite folie financière, mais je crois bien qu'elle mérite ce geste d'excuse.

Surtout que Sandrine a accepté, une fois de plus, de me rendre un sacré service. Ce soir, à la Maison de la Radio, il y a l'enregistrement de l'émission de France Inter, *Le Masque et la Plume*. Nathalie Vermont, excitée comme une puce, m'a appelé pour me prévenir que les chroniqueurs allaient parler du livre. Dès que je l'ai su, j'ai eu une envie folle d'aller participer à l'enregistrement, incognito. Mais je me voyais mal y aller tout seul. J'en ai donc parlé à Sandrine qui a accepté du bout des lèvres de m'accompagner. Elle a même poussé la complaisance jusqu'à téléphoner à Richard pour que Charlotte et lui nous accompagnent. Comme il fallait s'y attendre, cette chère tradeuse a refusé l'invitation et nous y allons donc à trois. À moins que Richard n'ait changé d'avis ou n'ait oublié le jour et l'heure, ce qui est toujours possible, avec lui. J'ai trop besoin de son soutien pour laisser sa présence au hasard, aussi je l'appelle pour avoir sa confirmation.

— Mmmm… Allô, Thomas ?

Il est 11 h 54. Je ne sais pas si je le réveille ou s'il a picolé de bon matin, mais il a la voix pâteuse.

— Ouais, salut. Ça va ?

— Ça va et toi ?

— J'appelle pour ce soir. Ça marche toujours ?

— Ton émission qui passera à la radio ? Ouais, c'est toujours prévu dans mon agenda de ministre. Mais toi, tu n'as pas peur d'être reconnu ?

— Non, je n'affiche pas ma tronche sur les réseaux sociaux, alors il n'y a aucun risque. On dit 19 h 15 devant la Maison de la Radio ?

— OK. À ce soir.

— Ouais, à ce soir.

On raccroche en même temps. Comme moi, Richard connaît un passage à vide, en ce moment. L'article qu'il a écrit sur la vie de Charlotte est bien paru comme il l'espérait, mais il n'a eu aucun écho. En écrivant sur un sujet à la mode, il pensait mettre un pied dans l'étrier de la gloire et que des rédacteurs en chef allaient l'appeler pour lui commander tel ou tel papier. Ce n'est pas le cas et il en est déçu, d'autant que maintenant il doit suivre Charlotte en Angleterre. Il me semble qu'il m'en veut vaguement aussi d'avoir eu un succès si facile avec mon bouquin alors qu'il rame comme un fou pour se faire un nom dans la presse. Je n'ai pas envie d'aborder le sujet avec lui, il nierait sa jalousie en bloc. Je pense que ça lui passera.

Sandrine m'a téléphoné pour me prévenir qu'elle avait peur d'avoir froid si l'émission se terminait tard et qu'elle rentrerait se changer avant d'y aller. Elle n'a fait aucune allusion à la vacherie que je lui ai sortie ce matin, mais j'ai senti à sa voix qu'elle était triste et fatiguée. Je me suis donc précipité pour aller acheter l'offrande de réconciliation et lorsqu'elle pousse la porte de l'appartement je l'attends dans le couloir, le cadeau à la main.

— Surprise !

Elle pose sur moi un regard plus étonné que ravi, en émettant une sorte de « Oh ! ». Au moins l'effet est réussi, mais elle ne fait pas un geste pour prendre le paquet que je lui tends.

— Ben, qu'est-ce que tu attends ? Ouvre-le !

Elle attrape docilement le cadeau, va s'asseoir sur le canapé, déchire le papier et découvre le pull que j'ai choisi avec tant de soin.

— Il est magnifique, mais tu n'aurais pas dû.

Ce sont bien les mots que j'attendais, mais quelque chose ne va pas. Elle n'a pas mis le ton qu'il fallait et aucune étincelle ne s'allume dans ses yeux, signe que je n'aurais vraiment pas dû l'acheter, ce putain de pull. Elle a raison, évidemment. Nos problèmes actuels ne sont pas de ceux qu'on peut résoudre avec une pochette-surprise. Elle laisse le pull sur le canapé et part dans la chambre pour se changer. J'ai beau comprendre son comportement, je sens la mauvaise humeur m'envahir à cause de sa rebuffade.

Quand on arrive devant la Maison de la Radio, avec dix minutes de retard, Richard est déjà là, à nous attendre, les billets à la main. L'enregistrement est gratuit, mais comme les places sont limitées, il fallait prendre des contremarques, nous explique-t-il. Je tiens Sandrine par la main et je la sens lourde au bout de mon bras, comme une enfant revêche qui ne veut pas aller à l'école. Je l'ai obligée à marcher plus vite qu'elle ne voulait si bien qu'elle est un peu essoufflée et visiblement mécontente. Ce n'est qu'en apercevant Richard qu'elle retrouve le sourire. Celui-ci l'embrasse sur la joue et me serre la main. Je constate à quel point il a les traits tirés, sans faire de commentaire. Nous rejoignons la file qui a déjà commencé à avancer.

— Tu es vraiment sûr qu'on ne va pas te reconnaître ?

— Mais puisque je te dis que personne ne connaît ma tronche. Je suis ici incognito à moins que tu fasses le con et que tu révèles mon identité à tout le monde.

Je n'aurais pas dû lui faire cette suggestion. Aussitôt il se met à faire l'intéressant en parlant d'une voix très forte.

— Mais tu es Thomas Lagrange, le célèbre auteur mesmène…

Quelques têtes se retournent, étonnées et incrédules. Je lui donne un coup de coude dans les côtes pour qu'il arrête ses conneries et Sandrine éclate de rire, comme s'il venait de faire la plaisanterie du siècle. Leur complicité commence à me sortir par les trous de nez.

Sans ajouter un mot, on entre dans le studio 105 où va avoir lieu l'enregistrement et on trouve trois places au sixième rang. Un rang neutre, ni trop proche ni trop éloigné des critiques. De cette manière, je n'aurai pas l'impression qu'ils s'adressent directement à moi et je pourrai observer leurs réactions.

Avant que ne commence le show en lui-même, l'animateur, Jérôme Garcin, nous explique le principe de l'enregistrement. Il y aura deux parties, l'une consacrée aux livres, l'autre au cinéma. L'émission sur les livres sera diffusée sur France Inter, dimanche en huit, et celle sur le cinéma, dimanche en quinze. Après cette brève introduction, les chroniqueurs littéraires entrent sur le plateau. Sur les quatre, je n'en connais aucun et Richard me murmure leur nom à l'oreille au fur et à mesure qu'ils apparaissent : Olivia de Lamberterie, Arnaud Viviant, Anne Delplanque et Jean-Louis Ezine. La musique du générique résonne dans le studio, Jérôme Garcin annonce d'une voix suave : « Le Masque et la Plume », et c'est parti. Ils commencent par lire et commenter le courrier des auditeurs sur l'émission précédente, dans une sorte d'allégresse ironique. Je n'arrive pas à me concentrer suffisamment pour écouter ce qu'ils racontent. Le type devant nous a le programme de la soirée à la main. Je reluque par-dessus son épaule : mon livre sera le troisième à passer à la casserole. Doucement, je suis en train de réaliser que, dans un instant, ils vont l'analyser, le disséquer, le maltraiter, le réduire en bouillie. Pour la première fois, je me sens un peu responsable de cet ouvrage et je n'ai pas envie de le voir démoli en public. Je me fous pas mal de savoir que personne ne sait qui je suis en dehors de Sandrine et Richard, c'est une histoire personnelle entre le livre, les critiques et moi. Je voudrais me boucher les oreilles, sortir d'ici, remonter le temps et ne pas traduire ce maudit bouquin. Trop tard. À une vitesse extraordinaire, ils en sont déjà arrivés à mon cas. Jérôme Garcin annonce la couleur.

« Maintenant nous allons parler d'un sujet à la mode : la Mesménie. Ici pourtant pas question de terres rares puisqu'on nous parle d'une sympathique mamie vivant une histoire d'amour originale avec un soldat russe de trente ans son cadet. Alors qui veut commencer ? »

Un blanc. Les chroniqueurs se lancent des œillades goguenardes. Quelques rires gourmands dans le public qui anticipent la boucherie attendue. Olivia de Lamberterie prend la parole.

« Eh bien moi, au risque de vous surprendre, j'ai bien aimé. Alors je ne sais pas pourquoi, peut-être que je m'attendais au pire, mais je lui ai trouvé des qualités, à ce livre.

— Ah ! Je suis impatient de savoir lesquelles parce que même en cherchant bien et en le lisant dans les deux sens, je ne lui ai pas trouvé l'ombre d'un commencement d'un début d'intérêt.

— D'abord, il est court. »

Éclat de rire général. Je me recroqueville sur mon siège.

« Mais il n'y a pas que ça. Je suis d'accord avec Arnaud, c'est écrit avec les pieds, on a l'impression que ni l'auteur ni le traducteur, qui entre parenthèses se trouvent être la même personne, ni même l'éditeur n'ont revu le texte. Il y a évidemment un concentré d'incohérences rarement atteint dans d'autres livres et plein d'autres défauts que je vais laisser à Arnaud et Jean-Louis le soin de commenter, et malgré tout je lui ai trouvé un certain charme. Cette vieille femme qui court après l'amour de sa vie à travers toute la Mesménie, comme une adolescente tout juste sortie de l'œuf, avec l'aide de sa copine aussi vieille et aussi naïve qu'elle, j'ai trouvé ça… émouvant. Oui, je n'ai pas honte de le dire. J'ai trouvé ça émouvant. »

Sur le plateau, les autres chroniqueurs sont pliés en deux et le public est en transe. Je jette un coup d'œil à Richard puis à Sandrine. Richard se bidonne avec le reste du troupeau tandis que Sandrine arbore un sourire bienveillant.

« J'aimerais qu'Olivia me dise ce qu'elle a fumé avant de lire ce bouquin parce que ça doit être sacrément fort (éclats de rire dans le public). Non, parce que, franchement, j'ai rarement lu un truc aussi mauvais. On sent bien que l'auteur, ce Thomas Lagrange qui sort de nulle part, a voulu surfer sur la vague mesmène en sortant cet objet littérairement révoltant. Et le pire, le pire, c'est qu'il a réussi son coup puisqu'on en parle ici. À ce propos d'ailleurs, je ne te félicite pas, Jérôme. On pourrait presque penser que c'est un coup de pub d'une maison d'édition bien connue et qu'on va bientôt avoir une révélation qui fera jaser dans Landerneau.

— Qu'est-ce que tu veux dire ? Tu insinues que Thomas Lagrange n'existe pas ? Qui aurait écrit ce livre alors ? Ce serait le nom d'emprunt d'un écrivain connu, d'après toi ?

— Je dis que ce n'est pas impossible. D'ailleurs, le fait que le traducteur et l'auteur soient une seule et même personne, c'est déjà suspect, non ?

— Je ne vois vraiment pas l'intérêt. Et qui aurait été capable de ce coup foireux, d'après toi ?

— Je ne sais pas moi… Houellebecq, tiens, ou Patrick Sébastien. Ce ne serait pas la première fois.

— Je te ferai remarquer, mon cher, que ce livre est sorti avant qu'on ne découvre les gisements de terres rares en Mesménie. Et avant cette découverte, la Mesménie intéressait à peu près autant le public que la pêche aux bulots en mer Noire pendant la saison des moules. Si Houellebecq ou Sébastien ou n'importe quel amateur de provocation a pu prévoir le succès de ce livre, c'est qu'il a un sacré don de voyance.

— Bien. Je crois qu'on n'arrivera pas à convaincre Olivia ce soir. Anne, on ne vous a pas beaucoup entendue à propos de ce livre. Est-ce que vous êtes aussi tombée sous le charme de ce mystérieux Thomas Lagrange ?

— Eh bien, j'ose à peine l'avouer... (nouvel éclat de rire), mais je suis assez d'accord avec Olivia. Ce livre est, comment dire... différent. Arrête de te marrer, Arnaud, je peux te lire un exemple, tiens. Page 57.

Serrés l'un contre l'autre, les deux amants savouraient en silence le plaisir de leurs retrouvailles. Maria se collait de plus en plus fort contre Chlobak en ondulant doucement. Il poussa un gémissement de désir brûlant tout en entamant de ses mains une danse endiablée de feu follet autour des fesses de Maria. Par-dessus son épaule, celle-ci aperçut un capistniou qui perçait le sol. Tiens, se dit-elle intérieurement, le printemps ne va plus tarder maintenant. En effet, dans son village on fêtait l'arrivée de la belle saison dès que le premier capistniou sortait sa petite tête verte du sol encore gelé. Chaque famille préparait alors un des dix-sept mets rituels de cette partie de la Mesménie et le soir, dans la maison communale, tous les villageois partageaient dans la joie et la bonne humeur ce repas printanier. En évoquant mentalement ce souvenir, Maria éprouva une pointe de nostalgie. Elle se redressa ensuite sur son séant, rajustant tant bien que mal son corsage que Chlobak avait dérangé pendant leurs ébats... »

Je ne sais pas si cela vient du ton avec lequel elle a lu mon texte, mais tout le monde maintenant hoquette de rire. Quand je pense à tous les efforts que j'ai produits pour traduire ce paragraphe, je me sens vaguement vexé. Par exemple, j'ai regardé sur Internet ce qu'était un capistniou : c'est une sorte de gros chou très laid. Contrairement aux autres, la variété mesmène produit des petites graines grandement appréciées des habitants du pays. Je suis certain que cette Anne Delplanque ne le sait pas et ça ne l'empêche pas de continuer à pérorer sur le plateau, très fière des rires qu'elle a provoqués.

« Et je pourrais vous lire des dizaines de passages similaires. Alors moi, je dis bravo. À notre époque où le sexe est partout, où le moindre écrivaillon fait un succès de librairie en étalant à longueur de pages les scènes les plus obscènes, oser simplement ces lignes bucoliques au milieu d'une scène qui aurait été d'une banalité repoussante, il fallait le faire. Oui, j'ai beaucoup de tendresse pour ce Thomas Lagrange et je lui lance un appel solennel ici : Thomas Lagrange, si vous m'entendez, continuez à écrire, je vous en supplie ! Et si un jour vous avez envie de venir voir pousser les *capistnious* avec moi, n'hésitez pas à laisser vos coordonnées à Jérôme ici présent : il me les communiquera. »

Elle attend que les sifflets et les roucoulades du public se calment avant de reprendre.

« Plus sérieusement, j'aime assez cette idée d'écrire sur l'amour romantique chez les femmes d'un certain âge. Alors je suis d'accord pour dire que le livre est maladroit, plein de fautes d'orthographe et de syntaxe, qu'il n'aurait sans doute pas dû sortir sous cette version encore mal finie, ça se sent, mais globalement j'ai de la sympathie pour lui et pour son auteur.

— Bien. Je crois que nos auditeurs auront compris que ce voyage en Mesménie a plus d'adeptes du côté féminin que du côté masculin. Enfonçons-nous maintenant dans l'univers du polar noir avec ce tout nouveau roman de… »

Mes oreilles sont brûlantes, et probablement d'un rouge fluorescent, mais au moins j'ai survécu à l'épreuve ; un bref coup d'œil à Sandrine et Richard m'apprend qu'ils écoutent déjà la critique du livre suivant, ce que je suis bien incapable de faire.

13

Trois jours plus tard

Mon livre est partout dans les médias. Pas un magazine ou une émission littéraire, pas un talk-show sans qu'on parle de lui. On en dit tout et n'importe quoi. Certains le trouvent navrant, symptomatique de l'indigence culturelle dans laquelle baigne le pays tout entier ; d'autres le qualifient de sympathique, de poétique, d'original, et se disent agréablement surpris de voir un homme capable d'aborder avec autant de pudeur un sujet aussi délicat que la sexualité féminine du troisième âge. Il y a même un petit rigolo qui a qualifié mon livre de « conceptuel », affirmant que les fautes d'orthographe et de syntaxe étaient intentionnelles, faites pour violer le dernier tabou de la langue française et que l'homme se faisant passer pour l'auteur-traducteur de ce chef-d'œuvre avant-gardiste avait du génie.

La conséquence est immédiate. En trois jours, j'ai vu deux personnes en train de le lire dans le métro. Deux femmes d'un âge certain, ce qui tendrait à confirmer la théorie de Jérôme Garcin selon laquelle mon lectorat est plus féminin que masculin. À un moment, j'ai même cru qu'une de ces femmes me faisait un clin d'œil et j'ai ressenti comme un malaise avant de me raisonner. Comment aurait-elle pu me reconnaître ? Ma photo n'est apparue nulle part. Non, cette femme ne m'a sans doute pas fait de clin d'œil ; elle devait avoir une poussière sous la paupière ou un tic nerveux ou un machin de ce genre.

Si j'observe mon succès avec un certain plaisir, il y a quelqu'un d'autre qui en éprouve une joie bien plus grande que la mienne : Nathalie Vermont.

Elle m'a appelé, pas plus tard que tout à l'heure, complètement survoltée.

— Allô, Thomas ?

Depuis que mes ventes grimpent, elle s'est mise à me tutoyer et à m'appeler par mon prénom. J'essaie tant bien que mal de la suivre sur ce terrain sans beaucoup d'enthousiasme. Je n'ai jamais eu le tutoiement facile avec les gens que je ne connais pas bien.

— Oui, Nathalie ?

— J'ai une excellente nouvelle pour toi. L'édition en cours est presque épuisée.

— Et c'est une bonne nouvelle, ça ?

— Évidemment ! Ça veut dire qu'on va rééditer. Tu sais ce que je t'ai dit du fer à battre quand il est chaud. Grand-père m'a autorisée à lancer une réimpression de vingt mille exemplaires supplémentaires. C'est génial, non ?

— Tu es sûre qu'ils vont se vendre ? Parce que ça fait quand même beaucoup d'argent s'ils te restent sur les bras.

— Ne t'inquiète pas pour ça. Avec le battage autour de ton bouquin, plus les événements en

Mesménie, ils vont partir comme des petits pains. C'est presque mathématique.

Je ne suis pas bien sûr que les mathématiques jouent un rôle quelconque dans la vente de mon bouquin, mais je n'ai rien dit. Une autre idée m'était passée par la tête, beaucoup plus intéressante à mes yeux.

— Dis-moi, si le livre se vend si bien, tu pourrais peut-être me donner une petite avance ?

J'ai senti qu'elle se calmait instantanément.

— Oui, bien sûr, je peux. Je dois d'abord demander à grand-père s'il est d'accord. Il est encore furieux contre toi et ton copain Sergeï, et puis il souhaitera peut-être réinvestir les premiers gains dans la réimpression, tu comprends. Combien tu voudrais ?

J'étais tellement certain qu'elle allait refuser tout net que je n'ai même pas réfléchi à la question.

— Cinq mille euros, c'est possible ?

— Trois mille, ça va ?

Je n'avais aucune envie de me lancer dans une négociation alors j'ai accepté tout de suite. C'était déjà ça de pris. J'ai décidé de passer chercher le chèque dans l'après-midi.

Après avoir raccroché, j'ai repensé à ce que m'avait dit cette nunuche de Nathalie à propos du bruit que font les événements en Mesménie et de leurs répercussions sur les ventes du bouquin.

Sous la pression des mouvements écologistes, l'Europe a demandé au gouvernement mesmène de suspendre l'ouverture des mines de terres rares et de poursuivre les investigations. Il paraîtrait que la connaissance du spectre des métaux rares présents dans ces terres, et même de leur densité, ne suffit pas à établir la pertinence de l'ouverture de telles mines. Les journaux qui approfondissent le sujet expliquent que tout est une question de tonnage. Par exemple, en ce qui concerne le gisement chinois de Bayan Obo, les réserves en oxydes de terres rares sont estimées à au moins quarante-huit millions de tonnes. Ce chiffre à lui seul justifierait la pollution qu'engendre l'extraction des minerais. Or le site de Vlaskinsky en Mesménie pourrait être jusqu'à cinquante fois moins important en quantité. Si cette estimation était confirmée, le rapport entre les dégâts générés par les solvants et le bénéfice global ne justifierait pas l'exploitation de ce gisement. Dans ce cas, l'Europe y mettrait un veto.

Le gouvernement mesmène, en la personne de son président Androv Zornoïff, proteste, supplie, et menace même de quitter l'Union européenne si celle-ci s'entête dans cette opposition. Pour lui, ces gisements sont une chance unique pour la Mesménie de sortir de l'anonymat et du marasme économique dans lequel elle patauge depuis sa création. Il est donc prêt à tout pour mettre en route les chantiers et la Russie semble vouloir appuyer ce choix. Ce bras de fer entre l'Europe et la Russie fait l'ouverture du *20 heures* depuis quelques jours.

La population urbaine de Mesménie, qui ne s'était pas manifestée jusque-là, se mobilise. La grosse majorité soutient le gouvernement et se bouscule à la moindre occasion devant les caméras de télévision étrangère. Les autres, quelques centaines, s'organisent pour former un mouvement écologiste d'opposition. Ils ont à leur tête un certain Piotr Toulkoff, originaire d'une grande famille mesmène, une de celles qui réclament la propriété des terrains où se trouvent les métaux rares. On nous montre dans tous les journaux sa belle gueule d'acteur américain des années 1950 avec ses cheveux blonds, ses yeux presque violets et sa mâchoire volontaire.

Je suis obsédé par ces événements. Je les suis heure par heure, comme si ma vie en dépendait. À chaque manifestation, j'étudie les têtes qui sortent de la foule et j'essaie de reconnaître Mali. Je sais que je ne devrais pas, cette fixation ne me mène nulle part.

Pourtant, j'ai besoin d'un dérivatif dans ma vie, un passe-temps qui me fasse oublier mon statut de chômeur et mon incapacité à sortir de l'impasse dans laquelle je suis.

Sandrine ne s'intéresse toujours pas à mon succès. Chaque fois que j'aborde le sujet, elle fuit mon regard, elle esquive et change de sujet. J'en viens à croire qu'elle est jalouse de ma gloire, ou plutôt qu'elle a la mesquinerie de ne pas se réjouir pour la simple raison qu'elle n'y est pour rien. À la place, avec une obstination qui m'exaspère, elle continue à éplucher pour moi toutes les annonces d'offres d'emploi. Chaque fois qu'elle tombe sur un poste de magasinier, de serveur ou de vendeur, elle me le fourre sous le nez comme si elle avait trouvé le saint Graal, la solution de tous nos problèmes. Je n'arrive même pas à comprendre comment elle peut s'imaginer que je puisse me résigner à faire ces petits boulots après mon succès médiatique.

Pas plus tard qu'hier soir, elle m'a encore prouvé son incroyable étroitesse d'esprit. On était tous les deux dans le canapé, à regarder un film idiot à la télé quand elle m'a demandé si elle pouvait zapper. Je n'avais aucune raison de ne pas accepter et je ne me méfiais pas. Elle a donc changé de chaîne deux ou trois fois, histoire de me donner le change, puis, mine de rien, elle s'est arrêtée sur une émission de genre talk-show. Je n'ai pas compris tout de suite, mais, au bout de dix minutes, j'ai commencé à y voir clair. Il y avait là des anciens gagnants de la *Star Academy*, une post-adolescente qui prétendait avoir chanté un tube quand elle était toute gosse, un mec qui avait écrit un polar à succès il y a vingt ans et qui n'avait jamais réussi à récidiver. Tous avaient une histoire sordide à raconter : ils étaient tombés dans la drogue, l'alcool, la dépression, les dettes, et tout ça pour avoir écouté un moment les voix enchantées et trompeuses de la gloire. Je suppose que Sandrine espérait entamer une discussion saine et raisonnable, comme elle dit, sur le sujet. Du style « toi aussi tu pourrais participer à ce genre d'émission dans quinze ans si tu ne réussis pas à trouver un travail stable dans les heures qui suivent ». Je ne suis pas entré dans son jeu ; je n'ai rien dit, je suis allé me coucher. Plus tard, quand elle est venue me rejoindre et qu'elle a posé la main sur mon bras, je lui ai tourné le dos et j'ai fait semblant de dormir.

Je viens de rentrer à la maison, après avoir récupéré mon chèque de trois mille euros chez Nathalie. Je pense encore à la conversation téléphonique que j'ai entendue quand j'étais dans son bureau. J'allais prendre congé quand le téléphone a sonné et qu'elle a décroché.

— Allô ?... Oh, papy, j'allais t'appeler justement.

Ce devait être Alvizaar. Par curiosité, je me suis arrêté dans l'embrasure de la porte. Nathalie, concentrée sur sa conversation, ne semblait plus consciente de ma présence. Immobile, j'ai écouté ses réponses en imaginant tant bien que mal les questions à l'autre bout du fil.

— Oui, oui, j'ai bien reçu le manuscrit.

— ...

— Je l'envoie tout à l'heure à l'imprimerie. Mille exemplaires, comme on a dit.

— ...

— C'est un gros dédommagement, j'espère qu'il apprécie l'effort que tu fais pour lui.

— ...

— Justement, je suis avec lui dans le bureau et je le lui rappelle, d'accord. Bisous bisous, papy.

Avec un grand sourire, elle a raccroché, m'a dit que c'était son grand-père – ce que je savais déjà – et qu'il faisait éditer un nouveau livre sur la Mesménie, une sorte de documentaire sur les accessoires folkloriques du pays. Sans se départir de sa désinvolture, elle m'a expliqué que je ne serais plus payé avant l'échéance prévue par le contrat, quel que soit le volume de mes ventes. J'ai failli m'insurger contre cette escroquerie qui consiste à priver un auteur des revenus auxquels il a droit, quand je me suis rappelé que je n'étais pas l'auteur et que je ferais mieux de me montrer discret sur ce point. Comme chaque fois que j'y pensais, mon ventre se serra à l'idée de la réapparition du véritable auteur. Qu'est-ce qui se passerait alors ? Est-ce que je devrais m'expliquer encore une fois ? Est-ce que je serais dénoncé sur la place publique comme un usurpateur ? Pire encore, est-ce que je devrais rembourser l'avance que je venais juste de recevoir ? Je préférais ne pas m'attarder sur le sujet, aussi ai-je décampé sans demander mon reste.

J'avais oublié mon portable à la maison pendant ma visite aux éditions ELL'M. En le récupérant, je m'aperçois que j'ai reçu une quinzaine d'appels, pas moins. Ils sont tous en provenance de Richard et me disent tous à peu près la même chose : « Thomas, rappelle-moi dès que tu auras ce message. J'ai eu une idée géniale dont je voudrais te parler. Tu vas adorer, mon pote. » Dans son dernier message, il s'impatiente : « Putain, qu'est-ce que tu fous ? Tu peux passer à la maison directement, quand t'auras ce message. Si je ne te parle pas ce soir, je crois que je vais exploser. »

Je le rappelle. Une fois, deux fois, trois fois. À son tour, il ne répond pas. Il est déjà presque 19 heures et Sandrine ne va pas tarder à rentrer du travail. Je n'ai pas spécialement envie de la voir ce soir et je meurs d'envie de savoir l'idée de génie qu'a eue Richard. Peut-être a-t-il compris qui était le véritable auteur du livre que j'ai soi-disant écrit, ce qui m'intéresserait drôlement. À moins qu'il n'ait retrouvé la trace de Sergeï et qu'il n'ait des révélations à me faire de ce côté-là. J'hésite un peu et puis, tant pis, je laisse un mot à Sandrine sur le réfrigérateur et file chez Richard.

Comme moi, il habite sur la ligne 6 du métro. Lui, La Motte-Piquet-Grenelle, moi Place d'Italie. C'est pratique. J'ai toujours aimé cette ligne qui sort de terre et y entre comme des montagnes russes, avec vue sur la tour Eiffel en prime. C'est con, un vrai plaisir de gosse, mais j'adore ça. À la station Saint-Jacques, quand je sens le téléphone vibrer dans ma poche, je le sors avec fébrilité en espérant voir le numéro de Richard s'afficher. C'est Sandrine. Je ne décroche pas et je remets le téléphone dans ma poche. Si seulement elle voulait bien me lâcher un peu les basques, tout irait mieux entre nous. Il faut environ vingt minutes pour atteindre La Motte et, malgré les places assises, je reste debout sur la plate-forme, là où il y a la barre. Dès que les portes s'ouvrent sur ma station, je me précipite à l'extérieur et je cours jusque chez Richard. J'espère qu'il aura fait l'effort d'être chez lui, maintenant que je me suis tapé tout le trajet. J'appuie comme un malade sur l'interphone et, au bout de trente secondes, j'entends la voix agacée de Richard, pas du tout le même ton que celui qu'il avait sur mon répondeur.

— C'est qui ?

— C'est moi, Thomas. Ouvre.

La porte émet un bourdonnement. Je la pousse et je monte les trois étages à toute vitesse. Richard a déjà entrouvert la porte de l'appartement et, dès que je pénètre à l'intérieur, je sens comme une tension. Des voix me parviennent de la pièce principale et je me demande soudain si je ne suis pas de trop.

— Y a quelqu'un ?

— Ouais, viens, on est là.

Je rentre dans leur salon super-design, décoré par les soins de Charlotte. Canapé de cuir blanc, meubles en métal et en verre, masques africains aux murs. Rien à voir avec notre appart trois-pièces, meublé chez Ikea. Richard est sur le canapé, le mollet gauche sur le genou droit, la main gauche sur le genou gauche ; Charlotte est debout à côté de la table. Ils tournent tous les deux la tête vers moi en arrêtant de parler. J'ai l'impression très nette d'avoir interrompu quelque chose. Pendant trois secondes le silence règne, et, avec une vivacité qui me fait presque sursauter, Charlotte passe à l'action : elle émet un sifflement de vieille bouilloire qui doit être l'expression de son exaspération débordante, puis elle quitte la pièce à grandes enjambées en me bousculant quand elle passe à côté de moi. On l'entend farfouiller dans la penderie de l'entrée, puis la porte claque et le silence revient. Je suis sidéré.

— Qu'est-ce qu'elle a ? Qu'est-ce que je lui ai fait ?

— Rien. Tu n'as rien à voir avec ça. Ne t'en occupe pas, elle se calmera toute seule.

— Enfin, quand même…

— Laisse tomber, je te dis. Tu as eu mes messages ?

— Ben, ouais, c'est pour ça que je suis venu. C'est pour cette raison que vous vous engueuliez ?

— Non, rien à voir.

Il se lève péniblement du canapé.

— Tu prends un verre ?

Sans attendre ma réponse, il va au buffet et nous sert deux grands whiskys. Il reste un moment le nez dans son verre avant de me regarder et de dire :

— Je veux écrire un article sur toi.

— Tu veux quoi ?!

— Écrire un article sur toi. Qui tu es, d'où tu viens, pourquoi tu as traduit ce bouquin, comment il est arrivé entre tes mains. Pas le truc au rabais, tu vois, quelque chose de bien, de flatteur où j'expliquerai ton érudition, ta connaissance des pays de l'Est en général et de la culture slave en particulier, la claque sentimentale après laquelle tu as interrompu tes études et puis comment tu as réussi à renaître de tes cendres. Le genre de truc que j'ai déjà écrit sur Charlotte, tu vois.

Pendant qu'il avale d'un coup le fond de son verre et va se resservir, je réfléchis à cette proposition. Je ne suis pas certain de souhaiter que mon nom et mon histoire s'étalent à la une des journaux. Que se passerait-il si l'auteur véritable du bouquin prenait connaissance de cet article ? Il y avait peut-être des limites à ce qu'il pouvait supporter. Et s'il voulait me poursuivre en justice ? Ou s'il contre-attaquait dans un autre journal et nous tournait tous en ridicule ? Parce qu'il ne faut pas se leurrer : celui ou celle qui a pondu un roman pareil doit forcément être un peu dérangé. Cette histoire de vieille folle lubrique n'a pas pu sortir que du cerveau d'un avorton intellectuel et je n'ai aucune envie de me retrouver nez à nez avec un romancier fou.

Une autre hypothèse me travaille. Alvizaar appartient à une sorte de mafia dont Sergeï était un homme de main. Il connaît le véritable auteur et, pour une raison ou une autre, il ne veut pas le révéler, pas plus qu'il ne voulait que le livre soit publié. Il me tolère parce qu'il ne peut pas faire autrement et parce que je sers de prête-nom : tant que je suis là, aucun lien n'existe entre la MNCB et ce roman pour les médias. Si l'article de Richard paraît, cet équilibre sera rompu et les ennuis me tomberont sur le crâne.

Pour toutes ces raisons, je décide donc de refuser la demande de Richard.

— Je ne crois pas que ce soit une bonne idée, tu sais…

Il me regarde pour la première fois, stupéfait.

— Pourquoi ? C'est un super coup de pub pour toi.

— Mais je ne suis pas sûr de vouloir d'un coup de pub justement. Ce bouquin, je ne sais pas d'où il vient, je ne sais pas qui l'a vraiment écrit et je ne sais même pas où se trouve celui qui me l'a confié. Et pour être honnête, je n'ai aucune envie d'avoir des réponses à ces questions.

— Oh, arrête ton char, l'explication doit être simple et tu ne risques rien du tout.

— Peut-être. N'empêche que je ne veux pas de coup de pub et je ne veux pas d'article sur moi. Point barre.

Il plonge le nez dans son deuxième verre et quand il relève la tête, il me regarde avec des yeux qui me font presque peur.

— Tu te tapes complètement de mes emmerdes, hein ? J'en ai besoin moi, de cet article. Pour toi, tout est toujours facile : tu quittes ton boulot, personne ne te le reproche ; tu traduis une merde, ça devient un succès ; tu as une gonzesse qui embrasserait l'empreinte de tes pas et tu la traites comme une moins-que-rien. Mais tu penses un peu aux autres, des fois ?

Je me demande combien de whiskys il a bus avant que j'arrive. Je suppose que c'est la scène que j'ai interrompue qui l'a mis dans cet état. Je décide donc de remettre la conversation à plus tard.

— T'es complètement bourré. On en reparlera demain, si tu veux.

Cette évidence a l'air de le calmer vingt secondes. Il regarde le fond de son verre comme s'il était étonné de le voir vide.

— Alors je peux l'écrire, cet article ?

— Certainement pas.

— T'es qu'un enfoiré.

Je ne vais pas rester là à me faire insulter. Je pose mon verre à moitié plein sur la table basse.

— Bon, ben, l'enfoiré il va rentrer chez lui. Tu peux m'appeler demain, quand tu seras dans ton état normal.

Je claque la porte comme Charlotte l'a fait, il y a à peu près vingt minutes. C'est les voisins qui doivent être contents. Je suis tellement énervé que je cours presque jusqu'au métro. Il est 21 h 15 ; à cette heure, la rame est à moitié vide. L'heure de pointe est déjà passée et les noceurs ne rentrent pas encore. Du coin de l'œil je vois quelqu'un qui lit *La Vie rurale en Mesménie*. Encore une vieille bonne femme. J'ai envie de le lui arracher des mains et de le balancer sur les voies.

14

Une semaine plus tard

Richard n'a pas rappelé. Ni pour s'excuser, ni pour essayer de me convaincre une nouvelle fois d'écrire cet article avec lui. À la place, il a bel et bien écrit l'article sur mon compte, comme il a menacé de le faire la dernière fois que nous nous sommes vus. J'en suis à me demander s'il ne l'avait pas déjà écrit et vendu le jour de notre engueulade, vu la rapidité à laquelle il est paru. Ça m'est tombé dessus avant-hier, quand je suis descendu au kiosque pour acheter la presse quotidienne.

Je n'achète pas souvent de magazines. Trop cher pour notre petit budget. Une fois par mois peut-être, ou même tous les deux mois, c'est mon maximum. Mais avant-hier, j'ai bien été obligé d'acheter *L'Express* parce qu'en couverture ma trombine s'étalait dans toute sa splendeur. Enfin, non. Pas dans toute sa splendeur. Plutôt à l'opposé de ma splendeur : les paupières baissées, les épaules tombantes, le sourire niais. Je ressemble à un imbécile qui se prépare pour un mauvais coup. Je ne me suis pas tout de suite rappelé où et quand avait été pris ce cliché. Et puis ça m'est revenu. C'était un soir de beuverie, avec Richard, à l'époque où on était encore célibataires. C'est lui qui avait pris la photo. Sur l'original, à ma droite, il y avait une blonde que je tenais par le cou. Sur la couverture de *L'Express*, la blonde et même mon épaule ont disparu, merci Photoshop. Et par-dessus cette charmante photo retouchée, un titre tout aussi flatteur : « Thomas Lagrange : auteur ou imposteur ? »

J'ai failli me précipiter pour enlever tout le tas de revues, comme on le voit faire dans certains films, et je me suis ressaisi : ça n'aurait servi à rien. J'ai donc acheté un exemplaire, en négligeant tous les autres journaux, et je suis remonté à l'appartement pour lire ce que Richard racontait. Je n'ai pas été déçu :

À l'heure où la Mesménie est sur toutes les lèvres, le livre d'un certain Thomas Lagrange, La Vie rurale en Mesménie, *est dans toutes les mains. Ce livre est, comme le soulignait notre confrère de* Télématin *Damien Thévenot il y a quelques semaines, l'unique roman mesmène traduit en français à ce jour. Cette originalité à elle seule mériterait d'éveiller notre curiosité et pourtant bien d'autres questions encore se posent sur ce petit livre, encensé par les uns, décrié par les autres. En effet, personne, dans les milieux autorisés, n'a jamais entendu parler de son mystérieux auteur et traducteur, Thomas Lagrange. Alors qui est-il et qu'a-t-il voulu prouver en écrivant d'abord en mesmène pour mieux traduire ensuite dans la langue de Molière ? Pensait-il ajouter de la profondeur, de l'authenticité à son roman ? Est-ce un spécialiste reconnu des pays de la Baltique, un linguiste émérite, expert des dialectes en voie de disparition ? Un Français de seconde génération bilingue de naissance ?*

Pour le savoir, je me suis penché sur ce tout jeune auteur et ce que j'ai découvert laissera, j'en suis sûr, mes lecteurs aussi étonnés que moi. Ce jeune homme de vingt-sept ans, bourguignon par son père et basque par sa mère, n'a jamais mis les pieds en Mesménie de toute sa courte vie. Plus étrange, il exerçait, il y a peu de temps encore, la profession de serveur dans une chaîne de restauration rapide bien connue. Ces éléments, loin de satisfaire ma curiosité, ont appelé bien d'autres questions : comment et pourquoi un jeune Français sans diplôme, sans aucune relation avec la Mesménie, a-t-il appris la langue de ce pays ? S'il est réellement l'auteur de ce roman, comment en a-t-il eu l'idée, et pourquoi s'est-il donné la peine de l'écrire dans une langue que personne ou presque ne parle ? S'il n'en est pas l'auteur, alors qui est le véritable écrivain et pourquoi la traduction a-t-elle été confiée à Thomas Lagrange ? Et finalement, comment ce livre a-t-il pu être publié, avant même que la Mesménie soit à la une de tous nos journaux ? Pour trouver la clé de ces mystères, je me suis tourné vers les éditions ELL'M. Leur charmante rédactrice en chef, Nathalie Vermont, m'a expliqué avoir reçu ce livre par son unique commanditaire, la MNCB, Maison de la nouvelle culture balte, où j'ai continué mon enquête.

Mais là mes sources se tarissent. Un certain Igor Alvizaar, directeur de cette maison, n'a pas souhaité répondre à mes questions. Renseigné malgré tout par une employée complaisante, je peux révéler à mes lecteurs qu'un membre du personnel de la MNCB, le seul contact de notre mystérieux auteur, a disparu dans des conditions énigmatiques peu de temps après la parution du fameux livre. Si cet homme venait à reparaître, nul doute qu'il nous expliquerait sa relation avec Thomas Lagrange, relation qui, j'en ai la conviction, est à l'origine de ce sympathique petit roman. En attendant, l'énigme reste entière.

Je n'ai pas eu besoin de vérifier l'identité de l'auteur de ce torchon : c'était bien Richard Godin, mon meilleur ami. Son nom figurait à la fin de la dernière colonne. Mais qu'est-ce qui lui a pris, à Richard, d'écrire un machin pareil ? Après presque douze ans d'amitié ? Est-ce qu'il avait à ce point besoin d'argent ? Est-ce qu'il pense que je ne suis pas capable de me ridiculiser tout seul ? Cet article, c'est un coup à faire ressurgir Sergeï ou le véritable auteur du livre ou les deux en même temps, et j'ai déjà dit cent fois à Richard que j'aimerais autant éviter ce genre de confrontation. Sans compter la réaction d'Alvizaar que je redoute aussi.

J'ai relu l'article une deuxième fois et je crois que j'aurais pu recommencer une bonne quinzaine de fois si je n'avais pas été interrompu par la sonnerie de mon téléphone. C'était Nathalie Vermont, survoltée et radieuse.

— Tu as vu qu'on parle de nous dans *L'Express* ? Crois-le ou non, c'est la première fois que mon nom est cité dans un grand journal ! C'est génial, non ?

Cette fille est inconsciente. Je veux bien comprendre qu'elle est heureuse de voir son nom dans la presse écrite et, entre parenthèses, je n'ai aucun mal à croire que ce soit la première fois, mais de son côté elle devrait se rendre compte qu'il n'y a rien d'agréable pour moi à voir ma vie déballée sur le ton de la franche rigolade.

— Non, mais tu as lu l'article ? Tu as vu de quoi il parle ?

— Oui, oui, je sais. Ils auraient pu s'abstenir de parler de grand-père et de sa secrétaire. Papy m'a appelée tout à l'heure et il n'est pas content du tout. N'empêche, c'est quand même un sacré coup de pub.

Elle m'a dit ça avec désinvolture, comme si elle se foutait totalement des conséquences néfastes que pourrait avoir cet article sur ma prometteuse carrière de traducteur et sur ma vie tout entière. J'exagère à peine, car dans le fond je ne sais pas très bien de quoi sont capables Sergeï et Alvizaar, ensemble ou séparément. Pour autant que je puisse en juger, ils n'ont pas vraiment l'air équilibrés, ces deux-là. Sans compter naturellement la réaction du véritable auteur. Je ne sais pas pourquoi, mais j'ai le sentiment que je n'en ai pas encore fini avec les ennuis et que cet article va peut-être leur donner de mauvaises idées. En attendant, il faut que je remette Nathalie en face des réalités.

— Je ne te parle pas de ton grand-père, de sa secrétaire ou de son chat angora, je te parle de moi. De moi et de cet article. Je te rappelle que je ne suis pas l'auteur de ce foutu machin, au cas où tu l'aurais oublié, et je n'ai pas envie de voir Sergeï ou n'importe qui d'autre débouler chez moi un beau matin et me demander des comptes.

— Oh, arrête avec ta parano, tu veux ! Il y a eu une petite erreur d'attribution, pour ainsi dire, c'est entendu. Mais si personne n'est venu te traiter de plagiaire jusqu'à présent, tu peux considérer que l'auteur t'a donné son accord tacite pour jouer les prête-noms. Tu dois te mettre dans la peau du personnage maintenant, et te comporter comme si tu avais écrit un roman à succès.

Je ne réponds rien parce que je ne trouve rien à répondre d'assez percutant face à tant de mauvaise foi. Le pire, c'est qu'elle n'est peut-être pas de mauvaise foi et qu'elle croit vraiment à toutes les imbécillités qu'elle vient de proférer. Alvizaar ne lui raconte sans doute pas toutes ses sales petites affaires. Elle doit prendre mon silence pour une sorte d'assentiment parce qu'elle reprend la parole sur un ton encore plus enjoué, presque jubilatoire.

— Et je ne t'ai pas encore dit le meilleur : cet article fait exploser les ventes ! Tu sais ce que nous avons décidé avec grand-père, juste avant que je t'appelle ? Eh bien, nous allons réimprimer. Et nous allons faire les choses en grand, cette fois. Cinquante mille exemplaires, tu te rends compte ? Avec ceux déjà parus et vendus, on s'approche du chiffre magique de cent mille. C'est vraiment la gloire. Maintenant, il va falloir que tu t'actives et que tu répondes aux demandes des autres journalistes.

Voilà autre chose. Évidemment, je me réjouis aussi du volume de vente. Après tout, pour un chômeur, je ne gagne pas trop mal ma vie, même si je n'ai pas encore touché le pactole. Mais Nathalie avait l'air de tenir pour acquis que je ferais le pitre devant toute la presse réunie pour toucher ce fric. Aussi je m'étais empressé de la détromper sur le ton le plus ferme dont j'étais capable. Visiblement, il n'avait pas suffi à la décourager.

— Thomas, sois raisonnable. La promotion fait partie du cycle de vie d'un roman. Tu lui as donné la vie et maintenant tu te dois de le faire grandir et progresser jusqu'à ce qu'il devienne un incontournable dans toutes les librairies. Ne t'inquiète pas : je suis ton éditrice et je serai aussi ton attachée de presse. Tout ce que tu auras à faire, c'est suivre mes instructions, d'accord ?

Dans un soupir, j'avais abandonné la partie. Avec un peu de chance, personne ne demanderait rien et Nathalie oublierait cette stupide idée.

Après avoir raccroché, j'avais encore relu l'article de Richard. Ce qui me mettait le plus en colère, ce n'était pas tant les propos déplaisants qu'il tenait, c'était plutôt le fait qu'il l'ait fait publier dans mon dos. J'avais donc appelé Richard, mais ce cloporte sans couilles n'avait pas décroché. J'avais laissé un message sur son répondeur, un truc du genre : « Tu sais que t'es un beau salaud ? Qu'est-ce que tu n'as pas compris quand je t'ai dit que je ne voulais pas de cet article ? Si c'est toute l'importance que tu accordes à notre amitié, eh bien, tu peux l'oublier, et surtout ne rappelle pas, compris ? »

J'avais raccroché rageusement. C'était la première fois que je m'engueulais avec un répondeur et ça m'avait presque fait du bien. Une fois mon sac vidé, j'étais parti marcher dans Paris. J'aurais dû rester à la maison et chercher du boulot, comme me le demandait Sandrine avec de plus en plus d'insistance, mais j'en étais bien incapable.

C'était il y a deux jours et depuis rien ne s'est passé. Aucun nouvel article dans les journaux, aucun coup de fil particulier. J'avais eu bien raison de laisser Nathalie à ses délires et de ne pas m'inquiéter : les journalistes ont d'autres chats à fouetter que de s'intéresser à ma petite personne.

Sur ce point au moins, Sandrine est d'accord avec moi : elle est incapable d'imaginer que quiconque puisse s'intéresser à mon succès. En revanche, une fois de plus, quand elle a lu l'article, elle m'a bien montré de quel côté elle était. À la fin de sa lecture, elle a levé sur moi ses grands yeux innocents :

— C'est plutôt bien pour lui, non ?

— Quoi ? Tu penses à ce qui est bien pour lui ? Et moi alors ? Tu as bien lu ce qu'il a écrit sur moi ?

— Ce n'est pas sympa de te décrire comme un petit serveur de chez McDo, c'est vrai, mais en dehors de ça, il ne dit rien de bien grave, si ?

— Mais si, c'est grave ! Il parle à tort et à travers alors que je le lui avais interdit. Imagine les dégâts si les autres médias s'emparent de l'affaire.

Ma voix avait résonné étrangement à mes propres oreilles, comme si j'étais soudain devenu le héros d'un roman de John Grisham, la victime d'un horrible complot que personne ne croyait et qu'on traitait de paranoïaque par-dessus le marché. N'empêche, en tant que compagne officielle, elle aurait au minimum dû montrer un peu de compassion et d'indignation sur la manière dont Richard s'était comporté. Mais non. Ouvertement, elle avait pris la défense de mon nouvel ennemi. Et à l'évidence, elle ne s'était pas rendu compte de la colère qui montait en moi puisqu'elle avait continué à le défendre.

— Je ne sais pas pourquoi ça t'énerve tant, Thomas, mais pense un peu à lui. Charlotte lui mène la vie dure avec le fait qu'il n'arrive pas à percer dans le journalisme. Elle menace de l'entraîner à Londres où il n'a pas du tout envie d'aller. Alors son papier est peut-être maladroit, mais je pense qu'il essaie surtout de s'en sortir. C'est bien à ça que servent les amis, non ?

Je n'en croyais pas mes oreilles. Avec ses théories psychanalytiques à la con, elle trouvait toutes les excuses à Richard sans aucune empathie pour ce qui m'arrivait, à moi. Ce n'était d'ailleurs pas de la psychanalyse ni même de la psychologie. Elle était purement et simplement en train de plaider la cause de Richard. Je trouvais en plus qu'il y avait une sorte de froideur dans sa voix, comme si elle me condamnait, moi, pour mon égoïsme à l'égard de ce cher Richard. Si j'avais essayé de répondre, je crois que j'aurais explosé. Elle, toujours inconsciente, en avait profité pour en ajouter une couche.

— Et puis, tu sais, je ne crois pas que le monde entier ait les yeux tournés vers toi. Si quelqu'un appelle à la maison, je dirai que tu n'habites pas ici et dans quelques jours plus personne ne parlera de cette histoire, tu vas voir.

Le plus naturellement du monde, elle s'est levée pour aller chercher je ne sais quel dessert dans le réfrigérateur. Au passage, je l'ai vue lorgner les cloques de peinture dans le coin au-dessus de l'évier. Elle avait espéré que je profiterais de ma période de chômage pour remettre l'appartement à neuf, je le sais bien. La peinture dans la cuisine, la cabine de douche dans la salle de bains, la réparation de la chasse d'eau, les étagères dans le salon. Je connais la rengaine par cœur, mais je n'ai pas eu le courage de m'y mettre. Au temps pour ma culpabilité chronique. En revenant à table, elle ne pensait déjà plus à l'article de Richard. Tout en mangeant, elle avait ramassé une feuille de papier qui traînait sur une chaise et que je n'avais pas remarquée avant.

— Tiens, regarde, j'ai trouvé une annonce qui correspond peut-être à un travail que tu pourrais faire.

Elle m'a mis sous le nez une annonce de Pôle emploi qu'elle avait imprimée sur Internet. Il s'agissait d'un boulot de chef de rayon charcuterie dans un hypermarché. Au début, j'ai cru à une plaisanterie et puis j'ai compris qu'elle était sérieuse. J'étais à deux doigts de devenir un écrivain d'envergure nationale et ma copine me demandait d'aller vendre des jambons et de la saucisse dans une banlieue sordide. J'ai quitté la cuisine en claquant la porte. Pendant les trois heures qui ont suivi, elle m'a poursuivi avec des arguments auxquels je n'avais rien à répondre : j'allais devenir neurasthénique si je continuais à rester seul à la maison à longueur de journée et je devais bien commencer par quelque chose pour reprendre ma vie active. Pour finir, alors que je quittais l'appartement pour aller me calmer les nerfs, elle m'a enfin lancé les mots qui devaient lui brûler la gorge depuis un certain temps.

— Tu sais, Thomas, on ne pourra plus tenir comme ça bien longtemps !

En revenant de mon tour de pâté de maisons, je me sentais un peu plus calme. À contrecœur, j'ai appelé le numéro de l'annonce. Malgré son éclat de voix, je sais parfaitement que Sandrine ne me mettrait pas à la porte avec mon baluchon sur l'épaule, elle en est génétiquement incapable. La pression que je ressens est bien plus subtile et plus pénible que cette peur-là. Si je reste à la maison sans rien faire, même si j'arrive à subvenir à mes besoins avec les avances de Nathalie, j'aurais l'impression d'être un homme entretenu. Une fois de plus, je serais redevable à Sandrine de m'héberger et une fois de plus j'aurais l'impression d'étouffer de reconnaissance pour elle. Je suppose donc que je n'ai pas le choix et que, si j'obtiens ce boulot imbécile de vendeur de saucisses, je devrais l'accepter.

Un homme a décroché et m'a donné rendez-vous le lendemain, en fin de matinée, pour un entretien éclair, quelque part dans une banlieue reculée, à presque deux heures du centre de Paris, accessible seulement par le RER B.

Me voilà donc sur le quai du RER B, à la station Denfert-Rochereau, en route pour cet entretien débile. Ma mère vient de me laisser un message pour me demander qui sont ces gens de la MNCB et m'expliquer que je ne devais pas m'attirer d'ennuis avec ce livre, ce qui a ravivé ma colère contre Richard. Le quai est noir de monde, la prochaine rame est annoncée dans douze minutes seulement – un problème technique que le type a annoncé dans le haut-parleur. Je risque d'arriver en retard et, si je suis rejeté pour cette raison, Sandrine ne me le pardonnera jamais. Je serais obligé de lui mentir et de trouver un prétexte bidon pour expliquer que je n'ai pas eu le job. Si j'arrive à le décrocher, je vais vendre des saucisses pour le restant de mes jours. Et si ce n'est pas celui-là, ce sera un autre du même genre. Je me sens coincé, étouffé par la noirceur de mon avenir.

Le téléphone vibre dans ma poche. Un numéro que je ne connais pas. Je pense tout de suite à un journaliste. J'hésite à décrocher et finalement la curiosité est la plus forte. De toute façon, là, sur le quai du métro, je n'ai rien d'autre à faire et il sera toujours temps de raccrocher si la conversation dérape. Je prends donc la communication.

— Allô ?

— Allô, Thomas ?

Je connais cette voix, sans réussir à mettre un nom ou un visage dessus. Ça me revient petit à petit et mon cœur se met à battre de plus en plus fort.

— Je ne sais pas si tu te souviens de moi. C'est Malislovna Jerona, ton ancienne professeure de mesmène.

Malislovna. J'aurai dû reconnaître sa voix à la seconde où je l'ai entendue, seulement il y a une énorme différence : elle n'a plus du tout d'accent maintenant. Mes oreilles se mettent à siffler, j'ai l'impression d'avoir pris une brique sur la tête, de me réveiller d'un cauchemar et que les quatre années qui viennent de passer n'ont jamais existé. C'est à peine si j'arrive à bafouiller dans le téléphone.

— Malislovna. Évidemment je me souviens de toi. Comment vas-tu ?

— Ça va bien. J'aurais aimé te voir, si tu veux bien.

— Oui, bien sûr. Quand est-ce que tu es disponible ?

— Tout de suite si tu veux. À 10 heures au Falstaff, place de la Bastille, ça te va ?

— Entendu, j'arrive tout de suite.

15

Une demi-heure plus tard

J'ai couru dans le métro, j'ai couru dans la rue et je pousse la porte du café *Falstaff*, essoufflé. Je parcours les tables du regard, m'arrête deux fois sur des filles seules, une petite aux prises avec son portable et une corpulente à lunettes en train de bouquiner. D'office j'élimine la première parce qu'elle n'aurait pas pu rétrécir en quatre ans. En revanche, elle aurait pu grossir, aussi ai-je une légère hésitation sur la seconde. Je m'apprête à vérifier quand je l'aperçois, elle, au fond de la salle sombre. Superbe, plus belle encore que dans mon souvenir. Et toujours habillée avec ces curieuses frusques. Une jupe vert pomme, un pull rose bonbon, col en V dans une matière inconnue ressemblant à de la mousse, et ses longs cheveux clairs nattés négligemment dans le dos. Toute autre qu'elle aurait eu l'air vulgaire dans cet accoutrement ; Mali, elle, est lumineuse, et tout le reste du café me semble soudain morne et sans vie. Elle m'a vu la première et fait un signe en souriant dans ma direction.

Je m'approche de sa table. Arrivé à sa hauteur, je me penche pour l'embrasser sur les deux joues avant de m'asseoir en face d'elle. Je me sens gauche comme un collégien à son premier rendez-vous. Elle doit comprendre mon malaise parce qu'elle fait une drôle de petite moue avant de prendre l'initiative de la discussion.

— Ça fait un bail, hein ?

— On peut le dire, oui.

Elle a encore moins d'accent en face à face qu'au téléphone. Je la regarde tellement que j'ai du mal à lui parler. Heureusement, elle a plus de ressources que moi.

— Si tu savais comme ça me fait plaisir de te revoir !

Elle a parlé avec un enthousiasme très naturel et elle a posé sa main sur la mienne pour appuyer ses paroles. Si mes souvenirs sont bons, elle n'a pas vraiment de raison d'être aussi contente, vu l'inexistence de nos relations du temps de l'université. Je ne suis pourtant pas assez bête pour le lui rappeler. À la place, je jette un regard rapide à sa main pour constater avec soulagement qu'elle n'a pas d'alliance. Elle suit la direction de mon regard et elle tend les doigts de sa main gauche, en les écartant. Elle pousse un gros soupir.

— Divorcée, depuis six mois. C'est triste, non ?

J'opine, en évitant de polémiquer. Je préfère aborder un sujet plus concret, qui pourrait avoir certains avantages si nos rapports en venaient à se développer.

— Et tu habites Paris ?

— Je viens de m'installer dans un pied-à-terre qu'Antonio m'a laissé après le divorce, pas très loin d'ici. Rue du Béarn, tu connais ?

Je ne connais pas cette rue et elle m'explique que c'est quelque part dans le Marais. Malgré moi, le prénom d'Antonio résonne dans ma tête en excitant ma jalousie. J'ai envie de tout savoir sur leur mariage : qui était ce mari, où ils ont vécu, s'ils ont été heureux ensemble, pourquoi ils ont divorcé. Malgré l'indélicatesse, je lui pose la question directement.

— Tu as été mariée longtemps ?

— Deux ans. Antonio est italien. Nous sommes allés vivre à Rome pendant un an, dans la propriété qu'il avait héritée de ses parents, mais ça n'a pas marché. Je m'y sentais trop… étrangère.

— Je comprends, si tu ne parles pas italien, ça devait être dur de vivre à Rome.

— Je parle italien, le problème n'était pas là. Tu comprends, Tonio avait vingt ans de plus que moi. Au début, je le trouvais parfait. Il avait plein de relations dans le milieu de la mode et je pensais qu'il pourrait m'aider à monter ma propre ligne de vêtements, peut-être même à devenir styliste, une styliste reconnue dans le monde entier, comme Sonia Rykiel, mais ça n'a pas marché. Il passait tout son temps à gérer la fortune familiale, il avait le sens des conventions, de la morale, la peur du scandale dès que j'entreprenais une chose nouvelle… Enfin bref, je n'ai pas pu m'y habituer et nous avons décidé de divorcer. C'est d'ailleurs pour ça que… Mais assez parlé de moi pour le moment. Dis-moi plutôt ce que tu deviens, toi. Tu as une copine ? Comment as-tu réussi à écrire en mesmène ? Seulement avec mes cours ? Je suis flattée, tu sais…

Il me semble que nos retrouvailles sont encore trop fraîches pour que je lui avoue toute la vérité sur mon livre. Je me rabats donc sur sa première question et je lui parle de Sandrine, de sa jalousie à propos de mon livre, du fait qu'elle a toujours étouffé ma créativité et qu'elle ne supporte pas de me voir lui échapper. Dans mon enthousiasme, je lui annonce mon intention de rompre dans les jours qui viennent. Je vais sans doute un peu trop vite en besogne et pourtant je me demande si cette rencontre n'est pas le coup de pouce que j'attendais pour prendre mon envol. Après tout, si j'avais écouté Sandrine, à l'heure qu'il est, je serais en train de passer un entretien crétin pour devenir vendeur de cochonnailles, alors que là, en suivant mon instinct, je suis heureux, bien au chaud, assis devant un café et surtout, surtout, en face de la plus belle fille du monde.

Elle me regarde avec intensité, comme si elle buvait mes paroles, et je me rends compte qu'elle attend surtout que je lui parle du bouquin. Je me décide donc à lui en dire deux mots.

— Pour la traduction, je n'ai aucun mérite, tu sais. C'est grâce à toi que j'ai réussi *La Vie rurale en Mesménie*, grâce à la meilleure professeure de l'univers. Et toi, dis donc ! Tu parles italien et ton français s'est tellement amélioré depuis notre dernière rencontre...

Une fraction de seconde, je pense à la dernière phrase qu'elle m'a dite, à l'époque : « Je moi pas pense c'est une bonne idée », quand je lui avais proposé de prendre un café avec moi. Je m'empresse de chasser cet épisode désagréable de mon esprit.

— Je parle aussi russe, allemand et anglais, mais ce n'est rien comparé à toi qui as été capable d'écrire un roman complet en mesmène et de le traduire en français ensuite !

Cette débauche de compliments nous gêne un peu et le silence retombe entre nous. Au bout de quelques secondes, Mali prend l'initiative de le rompre, avec un grand sourire.

— Ça te dirait d'aller manger un morceau ?

J'accepte, puisque je n'ai plus rien à faire de la journée, maintenant que j'ai renoncé à mon entretien d'embauche. Nous payons nos consommations et nous quittons le café. Le temps est idéal pour se balader dans les rues. D'un commun accord, nous nous dirigeons vers le Marais. Comme je ne suis plus obligé de la regarder dans les yeux, je trouve le courage de lui poser la question qui me tracasse depuis tout à l'heure.

— Mali, ne crois surtout pas que je ne suis pas content mais… je me demande… pourquoi tu m'as appelé ?

— Oui, je comprends que tu trouves ça bizarre. Je vais t'expliquer pendant que nous mangerons. Je t'avais complètement oublié, tu sais, et puis j'ai lu cet article sur toi, dans *L'Express*, et aussi j'ai vu ta photo alors j'ai eu une idée… J'ai contacté ton éditeur pour avoir ton numéro et voilà…

Je ne commente pas cet aveu assez vexant et je me focalise sur le présent. Le point positif, c'est qu'elle a l'air d'avoir des projets pour nous, ce qui veut dire que je vais la revoir. Je suis impatient de les connaître, mais, pour ne pas passer pour un morveux incapable de se contrôler, je pose une question anodine.

— Et Nathalie t'a donné mon numéro ?

— Elle m'a demandé si j'étais journaliste et j'ai répondu que j'étais l'amie qui t'avait appris le mesmène. J'espère que je n'ai pas gaffé ?

— Non, pas du tout, c'est juste que j'évite les journalistes pour le moment.

— Je comprends, c'est la rançon de la célébrité. Mais tu sais, il y a aussi beaucoup d'avantages et il faut en profiter…

À ce moment précis, juste quand elle semblait prête à dire quelque chose de capital, nous passons devant un petit resto italien, le genre intime avec des nappes à carreaux et des bougies sur les tables.

— Attends, j'ai toujours voulu essayer cet endroit.

Elle pose sa main sur mon bras pour m'arrêter et commence à lire la carte. Je suis incapable de bouger, comme électrifié par le contact de ses doigts légers sur ma chemise.

— Ça te convient ?

J'irais n'importe où avec elle, alors ce restaurant ou un autre... j'acquiesce et nous poussons la porte. Une musique feutrée nous accueille. Comme il est encore tôt, nous sommes les seuls clients et le serveur, presque surpris, nous place en nous tendant les cartes avec obséquiosité. Je choisis en vitesse une pizza aux quatre fromages et Mali se décide pour une sole avec sa compotée de fenouil. D'autorité, elle commande un vin blanc.

J'aurais aimé reprendre la conversation sur les projets auxquels Mali veut m'associer, mais, dès que le serveur s'éloigne, elle commence à parler des derniers événements en Mesménie.

Hier soir, avec une brusquerie inattendue, les agitateurs sont passés à l'action. Après une journée de manifestation comme il y en a eu tant d'autres depuis plusieurs semaines, quelques partisans de Piotr Toulkoff et une poignée d'indépendantistes sont entrés dans le palais du président Zornoïff, aux cris de « *Nechta hosti Russaia* » – ce qui se traduit par « Non à la Russie ». La garde nationale, au lieu d'intervenir, les a laissés pénétrer dans les appartements privés et, en deux heures de temps, toute la foule a pris possession des lieux. Heureusement les manifestants n'étaient pas du genre violent et, en plus, ils n'étaient pas armés. Il n'y a donc pas eu de saccage, pas plus qu'il n'y a eu de blessés ou de morts. Une fois à l'intérieur, les envahisseurs, plutôt déboussolés, semblent s'être munis de gros feutres pour agrémenter les portraits d'anciens dirigeants de cornes et de moustaches. Sans vouloir les accabler, je les trouve assez nuls en matière d'actions protestataires, mais je me garde bien de faire part de cette réflexion à Mali, au cas où elle prendrait le parti des manifestants.

Le président Zornoïff, avec un sang-froid olympien, a quitté le palais et s'est réfugié avec ses proches chez l'un de ses ministres. Enveloppé dans un manteau de fourrure qui lui descendait jusqu'aux pieds, son gros nez rond rougi par le froid, il s'est prêté aux questions des journalistes avec une bonne volonté surprenante. Il a déclaré, sûr de lui, qu'il reviendrait chez lui quand les enfants se seraient calmés. Voilà comment il a appelé les opposants hier soir, me dit Mali d'un ton méprisant, « les enfants ».

— Et ce matin, tu as eu des nouvelles ?

— Ma mère m'a appelée. C'est calme maintenant, semble-t-il. Je suppose qu'il va falloir attendre quelques jours pour que la situation se stabilise complètement.

— Tu vas y retourner ?

Elle semble étonnée par ma question, comme si j'avais dit quelque chose de complètement saugrenu.

— Pour quoi faire ? Tu crois que je pourrais raisonner le vieux Zornoïff ? Et puis ça m'arrange, moi, que la Mesménie fasse parler d'elle.

Elle me lance un regard malicieux et plein de sous-entendus.

— Allons parler de ça ailleurs, tu veux bien ?

Je n'ai pas vu le temps passer tellement j'étais absorbé dans la conversation. Je constate soudain que nos assiettes sont vides et que les serveurs attendent notre départ avec une impatience à peine dissimulée. D'autorité, Mali demande l'addition et sort son portefeuille.

— C'est moi qui t'invite. Pour fêter nos retrouvailles.

Elle donne sa carte Visa au serveur, paie et part se refaire une beauté, me dit-elle. C'est le premier point commun que je lui trouve avec Sandrine : elle non plus ne peut pas quitter un restaurant sans aller inspecter les toilettes. Je profite de ce moment pour consulter mon portable, que j'ai plusieurs fois senti vibrer dans ma poche pendant le repas. Sandrine a cherché à me joindre, sans doute pour savoir comment s'est passé mon entretien. Je devrais l'appeler, lui dire que j'ai foiré, que je ne m'y suis même pas présenté. Je devrais le faire. À la place, j'éteins le téléphone.

Une fois dans la rue, Mali me prend le bras le plus naturellement du monde. Je me sens un peu gauche de la sentir accrochée à moi de cette manière. Je suis figé dans une posture pas très confortable et, en même temps, j'ai peur de bouger et de la voir se détacher. Elle, elle ne semble s'apercevoir de rien.

— Tu sais, c'est merveilleux d'être ici avec toi. J'ai l'impression de retrouver un très vieil ami, par hasard. Je peux tout te dire à toi, à propos de Tonio, à propos de mon pays. Tu comprends tout.

Son enthousiasme est excessif. Nous n'avons jamais été amis et je ne comprends pas tout, loin de là. Pourtant sa déclaration me fait plaisir et je ne la contredis pas. Nous marchons en silence à travers le Marais, rue de Turenne, rue des Francs-Bourgeois, rue Pavée, rue des Rosiers, rue Vieille-du-Temple. De temps en temps, Mali fait une remarque sur la beauté de Paris, sur son amour pour cette ville, sur le privilège d'y vivre.

— Vous ne pouvez pas savoir la chance que vous avez quand vous avez grandi en France ou en Italie, quand vous avez toujours eu sous les yeux ces prodiges d'architecture.

— Tu veux dire, par rapport à la Mesménie ?

— Oui, par rapport à la Mesménie. Tu n'as pas idée de la laideur de mon pays. Tous ces bâtiments qui datent de l'époque du communisme, gris et sans âme. Les villes sont tout juste fonctionnelles, les campagnes sont pauvres et sales ; c'est l'horreur là-haut. Et il n'y a même pas le soleil pour réchauffer toute cette misère.

— Tu n'y retourneras jamais ?

— Pour y vivre, tu veux dire ? Même pas dans mes pires cauchemars. Bien sûr, j'ai laissé mes parents, mes frères, ma sœur, et la séparation me pèse parfois. Et puis je pense à l'avenir que j'aurais dans ce pays de malheur. Retourner là-haut, ce serait m'enterrer vivante.

— Qu'est-ce que tu vas faire alors ?

Elle serre un peu plus fort mon bras, me forçant à m'arrêter et à la regarder. Elle a les yeux qui brillent et un grand sourire aux lèvres.

— En voilà une bonne question ! C'est exactement ce que je me suis demandé, après avoir reçu l'argent du divorce. Et puis l'affaire des terres rares a commencé, la Mesménie est devenue un pays à la mode et moi j'ai eu une idée géniale.

Au temps pour sa modestie. Avant que je ne l'interroge, elle reprend tout de suite.

— Je me suis dit que je pouvais faire du commerce avec tous les machins de mon pays. Surtout les vêtements, tu vois, j'ai toujours eu une passion pour la mode, mais aussi pour la gastronomie et l'artisanat. Comme on dit chez nous, si tu t'endors en attendant le dégel, tu te réveilles avec le cul glacé, alors j'ai acheté un magasin ici, dans le Marais, et j'ai fait venir un tas d'articles à vendre. Il est juste là, le magasin.

Du menton, elle me désigne une devanture assez étroite, sans éclairage, sur laquelle j'arrive à distinguer « Un petit coin de Mesménie » en lettres brillantes. Je réalise que nous ne sommes pas venus dans cette rue par hasard. À l'évidence, elle a une idée en tête et je joue le jeu pour en apprendre plus.

— C'est super ! Et tu crois que ça va marcher ?

— Je ne sais pas mais je vais tout faire pour ça. C'est d'ailleurs pour cette raison que je t'ai appelé aujourd'hui... Quand j'ai vu l'article sur toi... tu sais, dans ce journal... je me suis souvenue de toi et je me suis dit que, peut-être, tu accepterais de venir faire une séance de dédicaces dans le magasin pour me donner un coup de pouce ?

Voilà donc le grand projet que nous allons avoir en commun. Je suis à la fois déçu et flatté. Évidemment, je ne pouvais m'attendre à ce qu'elle réalise soudain qu'elle avait toujours ressenti une attirance folle pour ma personne et, à tout prendre, cette demande de service n'est pas grand-chose en comparaison de l'opportunité qu'elle m'offre d'approfondir notre relation. Nathalie serait contente de me voir participer à la promotion de mon livre et je ne pense pas que Sergeï ou Alvizaar ou un auteur rancunier puisse me dénicher dans cette petite échoppe. J'accepte donc sa demande avec toute la bienveillance dont je suis capable et aussitôt elle se jette dans mes bras.

— Oh, Thomas ! Merci, merci, merci ! Tu pourrais passer une ou deux fois par semaine, tu vois ? On mettrait des panneaux en devanture pour donner les dates de ta venue, et puis je rajouterais une section à mon site Web pour parler de ton livre et dire que des rencontres avec l'auteur sont organisées dans mon magasin…

J'ai l'impression dérangeante d'avoir été piégé. D'une petite séance de signatures, je suis passé à un poste de bénévolat à temps plein que je ne suis pas certain de vouloir. D'un autre côté, si j'accepte, j'aurai la chance de voir Mali aussi souvent que j'en aurai envie. J'hésite encore sur l'attitude à tenir quand Mali se détache un peu de mon cou tout en laissant ses mains sur mes épaules. Ses yeux sont légèrement voilés, légèrement plissés en une expression que j'ai peur de mal interpréter.

— Tu as tellement changé, Thomas, tu es devenu quelqu'un de formidable, tu…

Son visage s'est approché du mien tandis qu'elle parlait et sa phrase se meurt sur mes lèvres. La seconde suivante, elle serre contre moi son corps souple, chaud, doux et je passe ma main de son cou à ses seins, à son ventre tandis qu'elle dévore de sa bouche humide ma nuque de petits baisers voraces. Avec un effort, je m'écarte un peu d'elle.

— Je crois qu'on devrait aller continuer cette conversation ailleurs, non ?

J'ai murmuré à son oreille de mon ton le plus sensuel et elle me répond de la même manière.

— Mon appartement est juste au-dessus de la boutique.

16

Tôt, le lendemain matin

Je suis réveillé par un éclair blanc. Une seconde, je me demande où je suis et puis ça me revient. Je suis chez Mali. Mali, que j'ai embrassée, que j'ai tenue dans mes bras, à qui j'ai fait l'amour avec enthousiasme, avec énergie, avec tendresse… Mali, Mali, Mali. Mali en nuisette vert pomme à pois mauves qui me chevauche en ce moment même, un appareil photo dans les mains.

— Oups, j'ai oublié d'enlever le flash. Désolée.

Elle n'a pas l'air désolée du tout, si j'en crois son grand sourire. Je me demande quelle mouche peut bien la piquer pour qu'elle ait envie de prendre des photos au saut du lit et puis je comprends : elle doit vouloir immortaliser notre première nuit. Flatté, je lui rends son sourire et je pars à la pêche aux compliments sur un ton langoureux.

— Salut, qu'est-ce que tu fais ?

— Je prends des photos pour mon site Internet.

Je me redresse d'un coup et elle tombe sur le matelas à côté de moi, en riant. Toute l'histoire de la promo de mon livre pour venir en aide à son commerce et que j'ai acceptée dans le feu de l'action, cette nuit, me revient en mémoire. Il est trop tard pour me désister maintenant, mais je peux quand même limiter les dégâts.

— Attends ! Tu ne vas pas publier des photos de moi à poil dans un lit, quand même ?

— Mais non, gros bêta. Je faisais juste des essais. Allez, lève-toi, on a du boulot aujourd'hui.

Et sur ces mots, je la vois déguerpir vers une pièce qui doit être la salle de bains. Je me lève et je vais inspecter son frigo. Il est absolument vide, sans même un yaourt zéro pour cent ou une vieille carotte. Dommage, je n'ai pas faim, mais j'aurais volontiers bu un jus d'orange. À la place je me fais couler un verre d'eau tiède et, nu comme un ver, je vais me coller dans le canapé de cuir.

Mon portable vibre à intervalles réguliers. Je le sors donc de la poche de mon jean et j'écoute mes messages. Le dernier en date est de Sandrine comme il fallait s'y attendre. Elle me l'a laissé vers 6 heures du matin. Elle pleure à moitié en me suppliant de la rappeler. En tout, je compte huit messages de sa part, mais plus je remonte dans le temps et moins elle est inquiète. Le premier qu'elle m'a laissé est même assez léger puisqu'elle me demande simplement si mon entretien s'est bien passé. L'entretien pour le poste de vendeur de saucisses, je l'avais complètement oublié, celui-là.

Au milieu des tirades de Sandrine, ma mère m'a aussi laissé un message. Elle me demande avec autorité où j'ai l'intention de passer la nuit, comme si j'étais encore un adolescent qui s'apprête à découcher. Sandrine a dû la prévenir. Elles ont toujours été comme deux doigts de la même main quand il s'agit de s'allier contre moi.

Mon premier réflexe est de rappeler Sandrine, de me répandre en excuses et de trouver une histoire bidon, du genre « j'ai foiré l'entretien et je n'ai pas eu le courage de rentrer alors je suis allé me saouler la gueule avec un vieux copain ». J'ai tellement l'habitude de devoir me justifier que l'idée se met en place toute seule, mécaniquement, pendant que je suis encore en train d'écouter les messages et, soudain, mon esprit se rebelle. J'en ai marre d'être toujours fautif, de devoir m'aplatir et me sentir minable à la moindre incartade. Je refuse de jouer ce jeu à 7 heures du matin, en tout cas. Sandrine peut bien attendre ce soir pour me faire la grande scène des larmes.

Je suis sur le point de raccrocher quand mon répondeur me délivre le plus ancien message, laissé à 15 h 07, hier après-midi, par Nathalie. De sa voix survoltée, elle suppose que j'ai lu l'article de *France Soir*, elle m'informe que les journalistes se déchaînent et me demande de la rappeler dès que possible.

Ma montre m'indique qu'il est 7 h 10, trop tôt pour rappeler Nathalie, et, de toute façon, je dois lire l'article de *France Soir* avant de lui parler. Mali sort de la salle de bains, une serviette de toilette enroulée autour du corps, les cheveux mouillés, belle à pleurer.

— C'est quoi ton programme aujourd'hui ?

— Euh, je ne sais pas... Prendre un petit déjeuner, pour commencer, je pense.

— Bonne idée. Tu vas nous chercher des croissants ?

Elle fouille dans son sac et me tend un jeu de clés. Je l'embrasse goulûment et je l'informe que je dois m'absenter pour une petite heure, sans préciser que je vais acheter un journal où il y a un nouvel article qui me concerne. Je sors de l'appartement en dévalant l'escalier et pars aussitôt en direction de la Bastille. Je tombe sur un tabac en train d'ouvrir, j'y achète *France Soir* et je me trouve un coin tranquille dans un café de la place. À cette heure matinale, il n'y a pas beaucoup de clients et les serveurs me laissent tranquillement étaler mon canard sur deux tables. Je tourne les pages dans tous les sens, et je ne trouve pourtant pas une ligne me concernant. Il y a bien un long article sur le palais présidentiel de Govnia, et les dégâts artistiques des nouveaux écolos mesmènes, mais je ne pense pas que Nathalie faisait allusion à cet article. Je commence à m'énerver quand j'ai une brusque illumination. Vu l'heure à laquelle elle m'a laissé le message, elle parlait sans doute de l'édition précédente, pas du journal que j'ai dans les mains. J'avale mon double-crème, je laisse quatre euros à côté de la tasse et je repars au pas de charge vers le marchand de journaux.

— Excusez-moi, vous n'auriez pas le *France Soir* d'avant-hier ?

— D'avant-hier ? Il n'est plus en vente.

— Mais vous en avez encore ? Des invendus ?

— Ils ne sont plus en vente. On les retourne à l'expéditeur.

— Ils sont déjà partis ?

— Je ne sais pas.

— Vous pouvez aller voir s'il vous plaît ? Je vous en supplie, c'est super important !

Le type me fusille du regard, soupire et finit par aller dans l'arrière-boutique. Il revient avec le précieux canard à la main et le pose lourdement sur le comptoir.

— Autre chose ? *Le Monde* de la semaine dernière ? *Le Figaro* du mois dernier ?

Je lui fais un grand sourire pour lui montrer que j'apprécie son humour.

— Combien je vous dois ?

— Rien. Cadeau de la maison.

Je le remercie vite fait et, dès que je suis dans la rue, je commence à décortiquer le journal. L'article que je cherche est en page 3. Il s'intitule : « Thomas Lagrange, l'homme qui aimait les vieilles ? » Les poils de ma nuque se hérissent. Qu'est-ce qu'ils racontent ? Quelles idioties, quelles élucubrations derrière ce titre ? Je suppose que le point d'interrogation est un alibi pour se permettre n'importe quelle invention. Je repars vers l'appartement de Mali. J'ai besoin de calme pour découvrir les révélations de *France Soir*.

Quand je rentre dans l'appartement, Mali est assise devant son ordinateur. Elle s'est malheureusement habillée d'une jupe en peau de serpent orange et d'un pull écossais manifestement tricoté main. Elle est tellement concentrée sur sa tâche qu'elle lève à peine les yeux en me voyant. Je ne devrais sans doute pas la déranger, mais ma curiosité naturelle prend le dessus.

— Coucou, c'est moi. Qu'est-ce que tu fais ?

— Ben, comme tu peux le voir, je mets à jour mon site Web. Tu as les croissants ?

— Euh, non… j'ai oublié.

— Pas grave.

C'est tout moi, ça. Heureusement, elle n'a pas l'air de m'en vouloir. Elle vient me coller un baiser sur le bec et va dans la cuisine se préparer un thé.

— Bon, on va commencer à organiser ta première séance de dédicaces ce matin ?

Elle a comme qui dirait une idée fixe. J'avais pensé lire *France Soir*, téléphoner à Nathalie, rentrer à la maison et servir mon excuse bidon à Sandrine. Le sourire de Mali efface cette liste en une fraction de seconde. La perspective de passer une journée entière avec elle me semble plus raisonnable. Voire un peu plus longtemps qu'une seule journée ? Pourquoi ne pas laisser passer quelques jours, quelques semaines, histoire de me remettre les idées en place ? Faire un break, prendre des vacances, suivre mon instinct ? Là, tout de suite, je suis incapable de choisir entre Mali et Sandrine, le feu et l'eau tiède, le charme et la raison. Si Mali accepte de m'héberger, je pourrai concentrer mon énergie sur les médias, sur la promo de mon livre et ensuite seulement, plus tard, je prendrai une décision pour ma vie privée, à tête reposée pour ainsi dire.

— OK, on passe à l'organisation de cette séance. Ça te dérange si je m'installe chez toi momentanément ? J'irai chercher quelques affaires et j'ai aussi un machin à régler avec mon éditrice. Après, je suis à toi...

— Au contraire, ce sera plus facile pour bosser, si tu es sur place. Fais ce que tu as à faire, moi, je vais chercher les croissants.

Si seulement tout pouvait être aussi simple dans la vie ! Elle sort et pendant son absence, je me plonge dans la lecture de *France Soir*.

La surprise s'est abattue hier dans tous les cercles littéraires de la capitale, en apprenant que Thomas Lagrange, auteur et traducteur du désormais célèbre

La Vie rurale en Mesménie, *n'avait aucun rapport de près ou de loin avec ce pays, si ce n'est un lien ténu, révélé par un de nos honorables confrères, avec une association du nom de MNCB. Mais que sait-on au juste de cette association et quelle est la nature de son lien avec le jeune auteur ? Interrogé, Igor Alvizaar, directeur de ladite association, a nié toute collaboration avec Thomas Lagrange, affirmant que les agissements de ce soi-disant auteur ne le concernent en aucune manière, et a menacé d'attaquer en diffamation quiconque prétendrait le contraire. La virulence même de ces dénégations nous a conduits à nous demander ce que cachait ce livre d'apparence anodine. À la relecture, bien des questions se posent : pourquoi un homme de l'âge de Thomas Lagrange éprouverait-il le besoin d'écrire un livre à propos des premières amours d'une personne âgée ? Et quel est cet objet mystérieux qui apparaît au milieu du livre et dont la nature ne nous est jamais révélée ? Serait-il possible que les absurdités naïves de ce livre, loin d'avoir pour but innocent notre seul amusement, cachent en réalité un sombre secret en relation directe avec les récents événements survenus dans ce pays ? Sous cet angle, le timing même de sa parution pourrait paraître suspect à une analyse approfondie. Nous ne sommes pas à ce jour en mesure d'affirmer quoi que ce soit, mais gageons que les jours à venir nous apporteront un éclairage nouveau sur ces pages signées Thomas Lagrange…*

Et l'article continue sur ce ton délirant. Mais qu'est-ce qui lui a pris, à ce journaliste ? Il n'aurait pas pu s'en prendre à un autre sujet, comme tout le monde ? Pas étonnant que Nathalie ait pété les plombs en lisant ce ramassis d'imbécillités. Moi-même, j'ai les fusibles qui ne vont pas tarder à sauter. Comment je vais pouvoir faire la promo du livre sans me ridiculiser maintenant ? Qui sait même si je ne prends pas un risque pour ma vie ? J'ai besoin de me calmer avant d'en parler avec Nathalie, aussi je décide de régler le problème de mon déménagement avant toute chose.

Je passe dans la salle de bains, histoire de prendre une douche vite fait. Elle est bien équipée, cette douche, avec des jets multiples que je tourne au maximum. Il ne s'emmerdait pas, le Tonio, c'est vraiment extra pour se réveiller. Je me sèche et je m'habille avec mes fringues d'hier en un clin d'œil. Mali n'étant toujours pas remontée, je lui laisse un mot à côté de son ordinateur et je file dans la rue, direction métro. À Bastille, je prends la ligne 5 pour arriver place d'Italie. Là, je tombe encore sur une femme, entre deux âges celle-là, qui lit *La Vie rurale en Mesménie*. Décidément, je me demande si un seul homme, en dehors des journalistes, a mis le nez dans mon bouquin. En sortant du métro, je fais un détour pour ne pas passer devant le McDo, comme j'ai pris l'habitude de le faire. Je me sens un peu lâche pour Alice, Farid et les autres, mais je n'ai vraiment plus envie de voir la face de rat de Martial.

Dès que j'y pénètre, l'appartement me paraît vétuste, étriqué, sale, presque étranger alors que je l'ai quitté il y a vingt-quatre heures à peine pour me rendre à mon entretien. C'est sans doute la comparaison avec celui de Mali, propre, clair et douillet, qui me fait cet effet. Je n'ai pas envie de m'attarder. Je vais dans la chambre chercher mon sac de sport et j'y entasse pêle-mêle tee-shirts, futals, caleçons et paires de chaussettes. Je passe à la salle de bains où j'emballe brosse à dents, mousse à raser et rasoir, shampoing antipelliculaire. Je dois passer aux choses sérieuses : la paperasserie. L'assurance-maladie, mes feuilles de paie, mes déclarations d'impôts, mon contrat avec ELL'M et les photocopies de *La Vie rurale en Mesménie* que j'avais faites il y a un siècle maintenant. Tout est bien rangé dans des chemises de couleurs différentes avec des étiquettes blanches, en haut à droite, et l'élégante écriture de Sandrine, dessus. Depuis quatre ans elle a tenu nos comptes et classé nos papiers avec méticulosité. Je passe tous les dossiers en revue, pour être sûr de ne rien oublier.

Je crois que j'ai pris tout ce que j'avais à prendre. Mon sac me semble étrangement vide pour contenir ma vie de ces quatre dernières années, mais enfin je ne vais pas philosopher là-dessus.

Avant de partir, je passe par la cuisine. Il me reste à laisser un mot d'explication ; c'est dur, mais il faut bien que je le fasse. J'écris donc quelques lignes.

Sandrine, je voulais sincèrement passer cet entretien qui était si important à tes yeux, mais, aux portes du RER, je n'ai pas pu me résoudre à monter dans la rame. Nous devons l'admettre tous les deux : dernièrement notre couple a pris un virage en tête d'épingle et je ne sais pas très bien comment l'amorcer. Je sais tout ce que je te dois, mais tu vois, il arrive que le nid qu'on croyait douillet soit en fait un édredon étouffant qu'on vous maintient sous le nez. J'ai besoin d'espace, de liberté, et cette vie étriquée est devenue une cage pour moi. J'ai donc besoin de réfléchir loin de toi à ce que va être ma vie, notre vie, si toutefois nous pouvons encore imaginer notre avenir commun. Je suis venu prendre quelques affaires. Ne m'en veux pas trop s'il te plaît, n'essaie pas de me joindre pendant les semaines à venir : je te promets de le faire dès que je me sentirai prêt. Je t'embrasse. Prends soin de toi.

J'ai l'impression de bien m'en tirer, sans lui dire de mensonge et avec juste ce qu'il faut de sentiments. J'accroche le mot au réfrigérateur à l'aide d'un aimant décoratif, je pose mes clés sur la table et quitte l'appartement. C'est peut-être la dernière fois que je suis ici et d'un seul coup je me sens cafardeux, vidé de l'intérieur.

Je suis tellement plongé dans mes pensées contradictoires, avec d'un côté la pauvre Sandrine qui va se sentir abandonnée, et de l'autre la joie d'avoir retrouvé Mali, que je passe devant mon ancien McDo sans m'en apercevoir. Je l'ai à peine dépassé que j'entends une voix dans mon dos.

— Thomas ? Je me disais bien que c'était toi ! Où est-ce que tu étais passé ? Je ne t'ai pas vu une seule fois dans la rue depuis ta démission !

Alice, mon ancienne collègue, me regarde avec un grand sourire. Elle pourrait m'en vouloir de ne jamais être passé lui claquer la bise depuis mon départ précipité, mais je sais qu'elle est bien au-dessus de ces petites mesquineries.

— Tu as le temps de prendre un café avec moi ? C'est l'heure de ma pause.

En faisant un effort, je parviens à lui sourire en retour. J'hésite un peu et puis j'accepte sa proposition. Après tout, Alice était plus qu'une collègue, nous étions amis pour ainsi dire. D'un commun accord, nous allons nous installer dans un café, à cent mètres du McDo. C'est là que nous allions toujours quand on travaillait ensemble. À peine assise, Alice entame les hostilités.

— Alors ce livre, raconte. Je n'en suis pas revenue quand je l'ai vu en librairie ! C'est pour l'écrire que tu as démissionné ?

— Dis plutôt que Martial m'a foutu à la porte. Mais oui, c'était pour le livre que je voulais trois semaines de congé. Tu l'as lu ?

— Évidemment, tu penses bien ! Je me suis précipitée dessus dès que j'ai vu ton nom. Ce livre, c'est tout à fait toi. Je croyais t'entendre parler à certains moments. Il y a juste le choix du sujet qui m'a un peu surprise. Comment ça t'est venu, cette histoire de vieille ?

— Oh, tu sais, parfois on ne choisit pas vraiment. C'est le sujet qui s'impose à toi, pour ainsi dire.

— Je vois.

À son air, je jurerais qu'elle ne voit rien du tout. Plutôt que de lui expliquer en détail, je préfère changer de sujet.

— Et toi alors, comment ça va ? Martial est toujours aussi pénible ?

— Tu ne sais pas ? Il s'est fait virer. Ce crétin a collé d'un peu trop près une nouvelle employée. Une étudiante du genre fille à papa qui voulait se plonger dans la vraie vie. Il se trouve qu'elle n'a pas apprécié la vision de la vraie vie que lui offrait Martial et que le papa est avocat, alors tu imagines la suite…

J'imagine très bien et je ne vais pas pleurer sur le sort du petit con qui m'a pourri la vie pendant trois ans.

— C'est bien fait pour sa gueule, si tu veux mon avis.

D'un signe de tête, elle m'indique qu'elle est d'accord avec moi. Un silence de quelques secondes s'installe puis Alice reprend l'offensive.

— Mais pour ton livre, je suppose que Sandrine doit être drôlement fière de toi ?

Quand Sandrine venait me chercher chez McDo, elle avait l'habitude de discuter avec Alice et je crois qu'elles étaient à deux doigts de devenir de bonnes copines, toutes les deux. Je me sens donc obligé de dire la vérité.

— Pas vraiment, non. On dirait qu'elle est plutôt jalouse de mon succès et pour tout te dire nous sommes presque séparés.

— Ah ? Je... je suis désolée... mais...

Elle est visiblement plus sceptique que désolée et je suis aussitôt sur mes gardes.

— Quoi ? Qu'est-ce qui te désole, exactement ?

J'ai été plus agressif que je ne le voulais. Cette fois, Alice semble un peu contrite.

— Excuse-moi, mais... enfin... J'ai l'impression que Sandrine n'est pas du genre à être jalouse. Ce n'est peut-être pas à moi de te dire ça, mais j'ai toujours cru que Sandrine t'adorait. Et même toi, tu étais aux petits soins avec elle... Tu lui faisais des petits cadeaux, tu cuisinais pour elle...

Elle bafouille, gênée de parler d'un sujet que nous n'avions jamais abordé auparavant. Je ne dois pas avoir l'air convaincu car elle continue à se justifier.

— Tu te rappelles la fois où tu lui avais fait une fête d'anniversaire surprise dans le McDo ? Qu'est-ce qu'on avait ri ! Tu avais truffé le hamburger de Martial avec des laxatifs, à midi, pour qu'il rentre chez lui, et ça n'avait pas loupé. On avait fermé à 20 heures, au risque de se faire virer, et tu nous avais organisé un super barbecue dans l'arrière-salle. Ça avait été une sacrée fête, tout le monde s'en souvient encore au McDo. Farid m'en a reparlé la semaine dernière. Sandrine en avait eu les larmes aux yeux. Tu sais, ce jour-là, je m'étais dit que j'aimerais bien rencontrer un mec comme toi...

Elle se tait et rougit un peu après cet aveu. Moi, je pense à Sandrine et à notre vie commune. Devant mon silence, Alice se sent une fois de plus obligée d'entretenir la conversation.

— Je sais bien que ça ne me regarde pas. Seulement, c'est rare de rencontrer un couple comme vous, aussi complémentaire. Elle la sérieuse et toi le fantaisiste, on avait l'impression que vous étiez faits l'un pour l'autre. Alors quand on se dit que même un couple comme le vôtre peut se séparer, c'est triste, tu comprends ?

Je comprends très bien et je ne lui en veux pas. Ce qu'elle ne sait pas, c'est que maintenant Mali m'attend quelque part et qu'il est déjà trop tard pour faire marche arrière. Je la rassure donc aussi vite que je peux sur son indiscrétion, je l'assure que je reviendrai la voir et je la quitte presque en courant pour aller rejoindre le doux cocon de Mali.

En arrivant devant son immeuble, je la vois s'activer dans sa boutique et je ne résiste pas à l'envie d'y jeter un coup d'œil. Dès que je passe la porte, je suis agressé par un million de couleurs, plus vives les unes que les autres. Les murs sont peints en rouge et vert fluo tandis que des portants croulent sous des tonnes de vêtements bigarrés. Çà et là, il y a des étagères pleines de bouteilles et de boîtes de conserve, indéniablement d'origine artisanale, et d'objets en bois dont j'ignore l'usage. En m'apercevant, Mali laisse tomber son boulot et vient se jeter à mon cou.

— Salut, toi, ça va ? Qu'est-ce que tu penses de mon magasin ? Tous ces vêtements viennent d'un atelier du nord de la Mesménie.

Fièrement, elle fait un mouvement de la main qui englobe la totalité des frusques arc-en-ciel, puis elle désigne une rangée en particulier.

— Et ceux-là, ce sont mes créations personnelles. Je leur envoie mes patrons et ils me retournent les modèles. Ils sont beaux, non ?

Je suppose qu'un Néandertalien, sous influence d'une bonne dose de LSD, pourrait trouver ces fringues sexy, mais je suis certain que Mali ne sera pas sensible à ce compliment. À la place, je préfère lui exprimer toute l'admiration, sincère, que je ressens pour elle et le travail qu'elle a effectué en deux mois seulement. Elle accueille mes compliments avec un sourire modeste et un haussement d'épaules.

— Oh, ce n'est pas grand-chose, des copains m'ont aidée, tu sais. Tu montes à l'appartement ? Moi, je termine le plan d'aménagement pour ta séance de dédicaces et je te rejoins ensuite, d'accord ?

Elle n'a pas à me le répéter deux fois, surtout que Nathalie attend mon coup de fil. Je récupère les clés et je grimpe l'escalier, tout en essayant de ne pas penser à la tête des copains qui ont aidé Mali à aménager sa boutique. Dès que mes fesses touchent le canapé, j'appelle Nathalie qui décroche à la première sonnerie.

— Thomas ! Je me demandais ce que tu faisais. Tu as lu l'article de *France Soir* ?

— Oui, je l'ai lu. C'est du délire. Il n'y a pas de sombre secret dans ce que j'ai écrit.

— On s'en fiche, Thomas ! L'important, c'est qu'on parle de toi. Tu te rends compte de la pub que cet article te fait ?

— Oui, mais quand même. Pourquoi il a parlé de « mes agissements », ton grand-père, comme si j'étais un criminel ?

Nathalie glousse à l'autre bout de la ligne.

— Il voulait sans doute te taquiner parce que reconnais que ce que tu as fait n'était pas très sympa pour lui.

— Moi ? Mais je n'ai rien fait ! C'est Sergeï qui...

— Peu importe. Ce qui compte maintenant, c'est que tu te prépares parce que les journalistes vont surgir de toutes parts.

— Mais je n'ai aucune imagination...

— À d'autres, Thomas, avec ton livre, on a bien vu bien de quoi tu étais capable. Ce que je peux faire pour toi, c'est te laisser un peu de temps. Je ne vais pas donner ton numéro directement et je vais choisir soigneusement les interviews auxquelles tu devras répondre. C'est le boulot d'un éditeur après tout. Et de ton côté, trouve une histoire à raconter, parce que tu vas en avoir besoin, d'accord ?

Nous nous quittons sur cet accord. Je suis soulagé d'avoir gagné un peu de temps et cependant je reste préoccupé. Combien de temps avant que je me retrouve face à un micro ? Deux jours ? Une semaine ? Et comment je vais pouvoir caser ma séance de dédicaces pour le compte de Mali ? Je ne vais pas avoir beaucoup de temps pour l'élaboration de mon histoire. Et puis, malgré ce qu'en dit Nathalie, je ne suis pas certain qu'Alvizaar a seulement voulu me taquiner.

Je voudrais avoir du temps pour réfléchir à tout ça, mais, comme pour me montrer que je ne vais plus avoir une minute à moi, Mali arrive juste à ce moment-là.

— *Привет любвеый !*

Ça veut dire « Bonsoir, chéri » en mesmène, et ces deux mots ont le pouvoir de dissiper toutes mes angoisses.

17

Deux jours plus tard

Toute l'Europe est prise d'une Mesménie-mania galopante. Les écologistes se sont vite calmés et Zornoïff a pu retourner dans son palais, mais les investigations sur le gisement de terres rares sont reparties de plus belle. Jusqu'où s'étend ledit gisement ? Y a-t-il des ramifications jusqu'en Estonie ou bien jusqu'en Russie ? Ces ramifications auraient-elles les mêmes concentrations élevées en métaux précieux que le gisement originel ? Ou encore, va-t-on en trouver dans la mer balte ? Et si c'est le cas, saura-t-on exploiter des ressources sous-marines ? Les experts se succèdent sur les chaînes télévisées pour donner des explications à grands coups de chiffres, de schémas et de graphiques, à un point tel qu'il ne doit plus y avoir un individu en France qui ne connaisse par cœur les symboles chimiques des lanthanides, dans le tableau de Mendeleïev.

Dans son enthousiasme, Bruxelles a monté une commission pour étudier la possibilité d'accorder une aide à la Mesménie. Les formes pourraient être diverses, comme une exonération d'impôts d'une durée de cinq ans pour toute entreprise s'installant dans le pays, des fonds spéciaux en vue de refaire la voirie ou des subventions à l'agriculture.

Mali suit cette actualité avec intérêt. Elle n'a pas l'air d'aimer beaucoup le vieux Zornoïff, comme elle l'appelle, mais, dans le fond, je crois que les terres rares, les écologistes et la politique mesmène la laissent indifférente. Sa seule préoccupation, c'est de voir la Mesménie à la une de tous les journaux pour la publicité qui rejaillit sur son fonds de commerce. Elle est persuadée qu'en un rien de temps elle va se faire connaître de toute la France, de toute l'Europe même et que, bientôt, il existera une franchise portant ce nom : *Un petit coin de Mesménie*.

Je n'ose pas la détromper et pourtant n'importe quel abruti pourrait se rendre compte du nombre ridicule de clients que son magasin attire. Même moi, je m'en suis rendu compte et je n'arrive pas à comprendre comment Mali peut être aveugle à ce point-là. Mais cet aveuglement fait partie de son charme. Elle est tellement entière, tellement passionnée, que rien ne peut lui résister. À la différence de Sandrine, elle ne s'inquiète pas pour l'avenir. En vertu du principe que le monde appartient aux audacieux, elle fonce sans états d'âme vers sa réussite. Elle ne s'invente pas de faux problèmes. Elle aurait toutes les raisons du monde de sombrer dans la déprime quand on sait qu'elle vient de divorcer et qu'elle a investi toute sa fortune dans cette misérable boutique, mais non ; elle y croit et elle bosse du matin au soir. Avec elle, je prends des leçons d'optimisme et de courage tous les jours.

J'aimerais pourtant qu'elle m'accorde au moins le dixième de l'attention qu'elle porte à sa petite boutique. Bien sûr nous faisons l'amour chaque fois que je réussis à l'attraper et à la serrer dans mes bras. Elle a toujours l'air un peu étonnée, mais elle ne se refuse jamais, au contraire. Elle se livre à tous mes jeux avec enthousiasme et énergie, mais, dès que je retombe sur le matelas, dégoulinant de sueur et vidé de ma substance, elle m'embrasse le bout du nez et repart travailler.

C'est ainsi qu'elle a réussi à monter ma séance de dédicaces en moins de quarante-huit heures et je me retrouve aujourd'hui derrière une petite table en bois, dans le magasin en dessous de l'appartement, à attendre patiemment mes admirateurs. Pour faire bonne mesure, j'ai demandé à Nathalie de me donner une cinquantaine de bouquins qu'elle a eu la mesquinerie de me faire payer au prix qu'elle pratique avec les autres libraires. Heureusement que je les revends au noir, ça me permet d'en tirer un substantiel bénéfice.

Je me suis installé à 8 h 30 du matin, sur l'ordre de Mali et, jusqu'à maintenant, 10 h 45 d'après ma montre, je n'ai pas vu le moindre amateur de signature. Heureusement, je peux me distraire en contemplant Mali qui, faute de clients, s'active en changeant la disposition de la vitrine.

Juste au moment où je me lève pour me dégourdir les jambes, une vieille femme pénètre dans le magasin, mon livre sous le bras.

— C'est vous, Thomas Lagrange ? Je viens pour la signature sur votre livre, comme vous avez marqué à la charcuterie.

De fait, Mali a laissé des tracts dans tous les commerces environnants pour annoncer ma prestation.

J'aurais préféré que ma première cliente n'ait pas eu l'idée de venir me voir en commandant un morceau de boudin ou de cervelas, mais je suppose que je ne peux pas me payer le luxe de choisir mes lecteurs. En revanche, si elle espère que je vais signer l'exemplaire qu'elle a sous le bras, elle se fourre le doigt dans l'œil. Je ne travaille pas gratuitement, moi. Je suis en train de lui expliquer qu'elle doit racheter mon livre si elle tient à sa dédicace, quand Mali intervient.

— Qu'est-ce que tu racontes, Thomas ? Bien sûr que tu vas signer le livre de madame, et tu vas lui mettre un joli mot de dédicace, aussi.

Et la voilà qui se tourne vers la vieille avec le charmant sourire qu'elle utilise pour séduire la planète entière.

— Excusez-le, madame, vous savez comment sont les artistes… Ils peuvent être de vrais ours quand ils ne sont pas bien réveillés…

La vieille me jette un regard mauvais.

— Je veux bien qu'il écrive : « Pour Germaine, avec tout mon amour. »

— Mais bien sûr, il va se faire un plaisir d'inscrire tout ce que vous lui demandez.

J'ouvre la bouche pour protester et, d'un froncement de sourcils, Mali m'oblige à la refermer, à m'asseoir et à écrire. La vieille inspecte son livre d'un air soupçonneux. Après avoir vérifié que mon écriture est lisible, que je lui ai donné tout mon amour sur le papier, elle le referme et remercie Mali avant de s'en aller.

Une fois seuls, Mali m'explique sa vision des choses. Je ne suis pas ici pour vendre mon livre, ni même en faire la promotion. Je suis là pour aider le magasin à se lancer. Je suis comme un morceau de gruyère dans une souricière. J'attire, j'appâte, et dès que les proies sont à portée de tiroir-caisse, Mali entre en scène et croque le contenu de leur portefeuille. Les hommes se sentiront obligés de prendre une bouteille ou deux de Kroach'Vodka et, pour les femmes, elles doivent ressortir avec une nouvelle garde-robe. Voilà ce que Mali m'explique. Pendant une seconde, j'ai la vision horrible de la vieille qui vient de sortir en mini-jupe orange fluo, imitation de peau de serpent comme il y en a autour de moi. Heureusement, cette mémère ventripotente a échappé aux mailles du filet de Mali.

On pourrait penser qu'elle est un peu gonflée de vouloir profiter autant de ma notoriété, surtout après seulement trois jours de passion torride. Si Richard était là, je suis certain qu'il ne manquerait pas de me le faire remarquer, ce pisse-froid moralisateur. Moi, je comprends Mali. Elle a mis tout son argent, tous ses espoirs dans ce business, alors on ne peut pas lui reprocher d'être obsédée par son chiffre d'affaires.

Je reprends donc ma place derrière la table en bois, persuadé de m'ennuyer ferme jusqu'à la fermeture du rideau de fer, ce soir. Et je me trompe lourdement. À partir de 11 heures, les chalands commencent à arriver. Bon, il n'y a pas vraiment de file d'attente devant moi, mais je ne passe pas dix minutes à me tourner les pouces non plus, ce qui est bon signe. Il y a une majorité de femmes entre quarante et soixante-dix ans, je dirais, et parfois j'ai la bonne surprise de lever les yeux sur un visage jeune et frais. Côté masculin, ça ne se bouscule pas au portillon et les trois ou quatre courageux qui viennent me demander ma signature ont, eux aussi, dépassé leur date de péremption.

À 2 heures de l'après-midi, mes statistiques sont déstabilisées par l'arrivée d'un jeune d'une trentaine d'années. Celui-là, je le soupçonne vite d'avoir été attiré par les fesses de Mali qui s'active encore dans la vitrine plutôt que par ma notoriété d'écrivain. Il erre dans le minuscule local comme s'il cherchait quelque chose de précis et je suis obligé de l'aborder pour attirer son attention. Je dois insister pour qu'il admette connaître vaguement mon nom ; il semble sincèrement surpris d'apprendre que j'ai écrit un livre et finalement il accepte d'en acheter un exemplaire en plus de la bouteille de Kroach'Vodka que Mali lui fourre dans la main. Il paie et, en parfait goujat, il se dirige vers la sortie sans me demander ma signature. Indigné, je me sens obligé de le rattraper et de lui proposer une dédicace qu'il accueille avec un haussement d'épaules dédaigneux. Seulement au moment où je prends mon stylo, il ne trouve rien à me dicter, et moi, en ma qualité de dédicaceur débutant, je ne possède pas encore de phrases toutes faites à inscrire. Je lui raconte donc la trame de mon livre pour lui donner des idées. Il se marre en apprenant que j'ai écrit un roman sur les vieilles, d'un rire vaguement vexant que je ne relève pas. Après cinq minutes de discussion, nous nous mettons d'accord sur « Pour Mamie, de la part de ton petit-fils qui t'adore » et il quitte enfin le magasin avec un air d'intense soulagement que je préfère ne pas interpréter.

Après lui, j'ai droit à une longue pause. Je vais m'acheter un sandwich dans la rue et je reviens le manger dans la boutique sous le regard réprobateur de Mali que je fais mine d'ignorer. Je suis prêt à tout sacrifier pour elle sauf les besoins de mon estomac.

Vers 17 heures, elle vient s'asseoir à côté de moi pour un premier bilan de la journée. Elle a vendu beaucoup moins de vêtements que ce qu'elle escomptait ; en revanche presque toutes les bouteilles de Kroach'Vodka et toutes les conserves de cervelles de lapin ont disparu – les gens ont les papilles aventureuses. Mali réfléchit déjà à une seconde journée de dédicaces : elle doit trouver une stratégie afin d'attirer les jeunes femmes, son cœur de cible vestimentaire, m'explique-t-elle. Et, juste au moment où Mali prononce ces paroles, elles pénètrent dans le magasin.

Par *elles* je ne veux pas dire les jeunes femmes, ce serait trop beau. Je veux dire une horde de vieilles qui ont l'air de se connaître les unes et les autres. Au premier regard, j'ai cru qu'elles étaient au moins une grosse douzaine, mais en fait ce n'était qu'un effet dû à la panique. Elles ne sont en réalité que cinq et c'est amplement suffisant. Elles sont venues armées de mon livre, chacune le sien, preuve qu'elles sont bien là pour moi. Leur groupe est curieux au point d'en être presque effrayant.

Disciplinées, elles se rangent en file indienne devant mon bureau et, à tour de rôle, me tendent leur exemplaire en dictant le texte qu'elles attendent de moi.

La première est une grande bourgeoise, avec un tailleur pied-de-poule et une bouche en cul du même volatile pour qui j'inscris : « Pour Adèle, amicalement. »

La deuxième a quelque chose d'une mémère grassouillette, elle est vêtue d'une sorte d'abat-jour fleuri et, à première vue, elle serait plutôt timide. Elle me demande de noter : « À Henriette avec tous mes compliments. »

Vient ensuite une sportive en jogging bleu roi, apparemment plus fraîche que ses copines, et elle me dicte : « À Liliane qui a toujours la banane. » Celle-là laisse traîner sa main sur la mienne en reprenant son livre et j'en éprouve une sorte de malaise.

La suivante porte un pull violet rentré dans un jean qui lui remonte jusqu'aux aisselles et, pour tout dire, elle ne ressemble à rien. Elle doit manquer d'imagination, car elle ne réclame qu'une modeste : « À Monique de la part de Thomas » alors que son prénom se prête si bien à la rime scabreuse.

Enfin, en dernière position, une Marilyn vieillissante s'approche de moi, la moue suggestive, et me murmure avec sensualité : « Des millions de baisers pour la belle Emma. » Celle-là aussi m'inspire de la méfiance.

Dès que je relâche une des vieilles, Mali la prend en main. De là où je suis, je peux presque la voir se lécher les babines. Parce que c'est une fine mouche, Mali, elle a bien repéré leur accoutrement et elle a compris que, malgré leur âge, elle était tombée sur une nichée de clientes potentielles. Celles qui se nomment Henriette et Monique se montrent particulièrement intéressées. Je me prépare déjà à voir un défilé d'horreurs me passer sous les yeux quand, à mon grand soulagement, je les entends se plaindre qu'il n'y a pas leurs tailles dans les vêtements que propose Mali. À la place, Mali leur suggère des accessoires du genre écharpes, moufles et sacs à main. Je la trouve décidément très forte de réussir à vendre des moufles en fourrure de lapin en ce mois de mai ensoleillé et mon admiration pour elle augmente encore d'un cran.

La seule réfractaire à la mode vestimentaire mesmène de la bande est la première des vieilles, celle qui répond au prénom d'Adèle. Elle regarde ses compagnes avec un air de vague réprobation puis, serrant son livre dédicacé contre la poitrine, elle se tourne vers moi d'un air gourmand. Sans me laisser le temps de battre en retraite, elle me mitraille d'une tonne de questions. Est-ce que mon livre est inspiré d'une histoire vraie ? Va-t-on en tirer un film bientôt ? Est-ce que je suis déjà allé en Mesménie ? Comment est-ce que j'ai appris cette langue presque inconnue ? Je réponds par de vagues monosyllabes, mais mon attitude rétive ne la décourage pas, au contraire. La voilà qui ouvre mon livre à un emplacement marqué par un Post-it, m'indiquant ainsi qu'elle avait préparé son attaque, et elle se met à lire avec application.

Andreï Bergoff habitait avec sa nombreuse famille la plus grande maison du village, située vers le milieu de la troisième rue à gauche de l'axe principal quand on pénétrait dans le village par l'entrée nord, nord-ouest, à trois cent cinquante mètres environ du poulailler où Maria avait trouvé Chlobak. L'homme était à la fois boiteux, bossu et loucheur, c'est-à-dire qu'il souffrait d'un affreux strabisme divergent. Ce physique désavantageux aurait sans doute constitué un handicap sévère partout ailleurs sur la planète, mais, en Mesménie, ça passait encore, d'autant qu'il en avait profité pour se défiler, au moment de partir à la guerre, et qu'il était un des rares spécimens mâles de sa génération dans toute la région. En parlant de génération, il était à peine plus vieux que Maria, dont il était amoureux depuis l'enfance, preuve que la laideur rend tenace puisqu'il ne devait pas être loin de ses soixante-quinze ans.

Elle relève la tête.

— Ne croyez-vous pas, jeune homme, que vous y êtes allé un peu fort ? Tout de même, qu'un homme de cet âge, avec ses handicaps, se mette à courir comme un lapin, quelques dizaines de pages plus loin, à la même vitesse que des soldats russes sans doute entraînés et dans la force de l'âge, c'est difficile à concevoir, non ?

Je me souviens très bien de ce passage. Il commençait par d'obscures considérations sur les origines de la famille Bergoff, que j'avais remplacées par la localisation de leur habitation, précision plus intéressante à mon avis pour le lecteur français. L'explication sur la différence des critères esthétiques en Mesménie par rapport au reste du monde est également de mon cru : elle m'avait paru nécessaire pour la crédibilité du rôle d'Andreï dans cette histoire. Après tous ces efforts, je trouve particulièrement injuste de me faire houspiller par une mémère qui pinaille sur les performances olympiques de ce personnage de second plan.

Heureusement, je n'ai pas à répondre car Mali termine ses ventes et se rapproche de nous avec sa nuée de petites vieilles portant toutes des paquets au nom du *Petit coin de Mesménie.* Elles arrivent juste à temps pour que j'entende le mesmène qualifié de « belle langue ».

Je commence à la connaître, Mali. Elle a le sourire ravi de celle qui vient d'avoir une idée éblouissante et elle confirme mon intuition en s'adressant à ma vieille pinailleuse.

— Je viens justement de le proposer à vos amies, pourquoi ne l'apprendriez-vous pas, cette belle langue ?

Adèle la regarde d'un air assez surpris.

— Mais… mais je n'en connais pas le moindre mot et je ne saurais pas où trouver un professeur.

— Je pourrais être votre professeure, si vous voulez, j'ai déjà été professeure, vous savez, j'ai même été la professeure de Thomas. J'aimerais beaucoup devenir la vôtre.

Les vieilles se regardent, s'interrogent du regard. Aucune d'elles ne semble vouloir être la première à prendre la décision et pourtant leur envie d'accepter est presque palpable. Mali aussi doit l'avoir senti, car elle enfonce le clou avec son sourire le plus charmant.

— Et ce ne serait pas cher, vous savez. Je vous ferais un prix d'ami, bien entendu.

Après une série de nouvelles œillades, la sportive Liliane se lance enfin.

— Eh bien, ça pourrait être amusant…

— Nous serions au cœur de l'actualité…

— Et vous pourriez aussi nous raconter la vie des habitants de ce pays…

— Mais nous n'aurions pas trop de devoirs à faire à la maison ?

Elles ont toutes parlé en même temps, montrant leur adhésion pleine et entière à ce projet. Ma merveilleuse Mali les rassure, les stimule, les embobine et, en moins de vingt minutes, elles ont décidé de commencer leurs cours dès le lendemain après-midi. Elles finissent par quitter la boutique et, dès qu'elles ont tourné le coin de la rue, Mali tourne la clé dans la serrure et vient se jeter à mon cou.

— Merci, merci, merci ! Grâce à toi, je viens vraiment de faire démarrer mon commerce !

Je lui tapote doucement le dos tout en me demandant si son comportement est bien de nature amoureuse.

18

Une semaine plus tard

Les vieilles sont venues suivre les cours. Mali a fixé un rythme d'enfer avec trois séances de deux heures par semaine. Son soi-disant tarif d'amies s'élève à quatre-vingts euros le cours, par personne, ce qui lui fait un gain de quatre cents euros pour un après-midi, mille deux cents euros pour une semaine et quatre mille huit cents euros pour un mois. Tout ça net de charges et d'impôts puisqu'elle se fait payer de la main à la main, naturellement. Sandrine aurait objecté qu'elle ne bénéficierait d'aucune couverture sociale et d'aucune cotisation pour la retraite, mais Mali est bien au-dessus de ces considérations.

Comme il n'y a pas assez de place dans le magasin, elle les reçoit dans l'appartement où elle leur sert du thé et des petits gâteaux. On pourrait penser que Mali se moque de ses élèves et qu'elle profite de leur naïveté pour leur apprendre deux ou trois mots de mesmène tout en grignotant et en sirotant des trucs de vieux, mais je peux attester qu'elle prend son rôle au sérieux. Elle a ressorti les cours qu'elle nous faisait à l'université, elle les adapte avec soin pour ses nouvelles recrues, et elle va elle-même faire les photocopies qu'elle leur distribue à chaque cours. Personnellement, j'admire sa conscience professionnelle et je n'ai pas l'impression que les vieilles se font arnaquer.

Pour ne pas fermer la boutique pendant les cours, elle m'a demandé d'assurer une sorte de permanence. Évidemment, je me suis empressé d'accepter de lui rendre ce petit service. Après tout, elle m'héberge gratuitement depuis dix jours et puis je dois dire que la tâche n'est pas très fatigante. Ma prestation de signatures a peut-être été un demi-succès sur le moment, mais elle n'a pas fidélisé de clientèle, comme l'espérait Mali. Personnellement, je ne blâme pas les abstinents : il faut bien reconnaître que le magasin propose à des prix indécents une marchandise dont je ne voudrais pas gratuitement. La plupart du temps, je reste toute l'après-midi le cul sur ma chaise, à feuilleter des magazines. J'ai suggéré à Mali de mettre une petite télé dans un coin de la boutique, mais elle s'est farouchement opposée à cette idée. D'après elle, il faut jouer la comédie du vendeur overbooké en permanence, même quand il n'y a pas un chat dans le magasin. C'est de l'ordre de la pensée magique, je crois : elle pense qu'en se comportant comme si nous avions des clients, un jour, nous aurons vraiment des clients. À la place de la télévision, elle m'oblige à écouter en boucle une musique mesmène qui s'accorde très bien avec le reste de la boutique.

Personnellement, je suis plus préoccupé par le comportement de Mali que par le manque d'activité du magasin. Je sais depuis le premier jour où je l'ai retrouvée qu'elle n'a aucun sentiment amoureux à mon égard. Elle a été douloureusement claire à ce sujet. Mais quand je me suis installé chez elle, j'étais persuadé que je pourrais trouver le chemin de son cœur. J'avais la certitude de la conquérir en utilisant mes plus belles armes de séducteur, mais rien ne fonctionne sur elle. Je suis entièrement à son écoute, je lui offre des fleurs, je lui mitonne des dîners aux chandelles, sans déclencher chez elle la moindre émotion. Hier soir elle m'a même demandé de rallumer la lumière, car les bougies n'éclairaient pas assez son assiette. Au lit, elle se prête à tous mes jeux amoureux, mais dès que son corps est rassasié, elle retourne à ses activités. Je n'ai d'existence à ses yeux que lorsque je lui parle de son commerce et de tout ce qui pourrait le faire progresser.

Quand je suis seul à la boutique, je n'ai pas d'autres activités que de penser à elle et d'inventer de nouveaux moyens d'attirer son attention. J'en deviendrais dingue si mon téléphone ne sonnait pas parfois, m'apportant des distractions bienvenues. Richard a essayé de me joindre à plusieurs reprises. La première fois, il m'a laissé un long message d'excuses pour son odieux article à mes dépens. Il m'a expliqué que le rédacteur en chef l'avait forcé à donner des détails, à me rendre suspect aux yeux du public. Dans les messages suivants, il me parle de Sandrine et de l'état de détresse dans lequel mon départ l'a plongée. À la fin, il me demande chaque fois de les rappeler, elle et lui ; il me supplie presque. J'ai conservé ces messages et je les écoute régulièrement. Il faudra bien que je les recontacte un jour, je ne pourrais pas me permettre de disparaître de leur vie sans aucune explication. Il me faut juste un peu de temps et mon instinct me dit que ce n'est pas encore le bon moment.

Et puis il y a eu Nathalie. Elle aussi m'a appelé tous les jours et, pour elle, j'ai décroché à chaque fois. En début de semaine, nous sommes tombés d'accord pour que je commence ma vie médiatique avec la presse écrite. J'ai réussi tant bien que mal à dompter ma peur de Sergeï, d'Alvizaar ou du mystérieux auteur en me persuadant que, s'ils avaient voulu s'en prendre à moi, ils seraient déjà passés à l'action. En revanche, j'avais expliqué à Nathalie que l'idée d'affronter les journalistes me rendait nerveux ; je me voyais déjà bafouiller et perdre mon sang-froid devant des inconnus hilares. Elle avait compris et m'avait déniché une interview pour un magazine qui s'appelle *Psychologie Madame*. J'ai rencontré la journaliste il y a trois jours et j'ai pu constater que Nathalie avait eu raison de me convaincre. J'ai eu le droit de travailler mes réponses, de me corriger, d'arrêter l'interview et de la reprendre à volonté, comme elle me l'avait expliqué. La journaliste a été très compréhensive et, à l'instant, je viens de recevoir le texte pour validation avant parution dans le numéro du mois prochain :

PSYCHOLOGIE MADAME : Bonjour, monsieur Lagrange.
MOI : Bonjour.
P.M. : Vous êtes l'auteur de *La Vie rurale en Mesménie* et vous avez gentiment accepté de venir en parler avec nous. Vous avez écrit ce livre en mesmène avant de le traduire en fran-

çais. Pourriez-vous nous préciser vos liens avec ce pays ?
MOI : Mes liens avec la Mesménie sont très simples. J'ai appris le mesmène il y a presque dix ans maintenant, lorsque j'étais encore à l'université. Ma professeure est devenue une amie intime et c'est par elle que je suis toujours resté en contact avec ce pays, même si je n'y suis jamais allé en personne.
P. M : Voilà donc un point éclairci. Venons-en au sujet de votre roman. Aujourd'hui, nous entendons beaucoup parler de ces femmes qui préfèrent les hommes plus jeunes qu'elles, comme dans votre roman. Que pensez-vous de ces femmes que l'on appelle des femmes cougars ?
MOI : Je pense qu'elles ont bien raison. C'est vrai, quand on y réfléchit : les hommes d'un certain âge sont souvent attirés par de jeunes femmes, alors pourquoi l'inverse serait-il choquant ?
P.M. : Dans votre livre cependant, le thème de la femme cougar est abordé sous un angle assez radical, si je peux me permettre : l'héroïne est une septuagénaire vivant dans un milieu très rural qu'on imagine peut-être à tort assez hermétique à cette vision des rapports amoureux. Pourriez-vous nous expliquer ce qui vous a poussé à aborder ce thème, et sous cet angle, dans votre premier roman ?
MOI : Ce sont les hasards de la vie. L'amie très proche dont je vous ai parlé est d'origine mesmène. Elle tient d'ailleurs une boutique d'art qui s'appelle *Un petit coin de Mesménie*, dans le Marais. Elle m'a raconté l'histoire d'une de ses vieilles tantes qui a quitté sa famille pour

partir avec un soldat ukrainien, beaucoup plus jeune qu'elle.

P. M : Votre livre est donc en quelque sorte biographique. Avez-vous conscience de son impact sur la société, de son apport pour la libération de toutes ces femmes qui ont jusqu'à présent été stigmatisées pour leur préférence sexuelle ?

MOI : Une petite correction : ce livre n'est pas tout à fait biographique dans le sens où la tante de mon amie était déjà mariée et mère de deux enfants quand elle a rencontré son soldat ukrainien. Pour répondre à votre question, quand j'ai écrit ce livre, je n'aurais jamais imaginé qu'il puisse avoir un tel succès. Rappelez-vous qu'on ne parlait pas du tout de la Mesménie, que les terres rares n'avaient pas encore été découvertes, au moment de sa publication. Nous l'avons écrit pour le simple plaisir de l'écriture en mesmène et de la traduction en français, sans espérer aucune forme de célébrité. Alors vous pensez bien que l'impact social pour les femmes cougars était loin d'être prémédité. Cela étant posé, je suis ravi de prendre part à l'ouverture d'esprit de mes contemporains sur ce sujet.

P. M : Certains journaux ont rapporté que vous n'aviez jamais eu de lien avec la Mesménie et ont même laissé entendre qu'il y avait à l'intérieur de vos pages un sens caché qui expliquerait certains points obscurs, comme cet objet mystérieux dont vous ne révélez jamais la nature. Pourriez-vous nous en dire un peu plus sur ce sujet ?

MOI : Je vous ai déjà expliqué mes liens avec la Mesménie. La plupart des journalistes qui ont écrit sur moi ou sur mon livre ne m'ont jamais

adressé la parole. Ils ont fait des suppositions à partir d'autres articles et, peu à peu, à grands coups de conditionnel, ils ont déformé la réalité. Je ne leur en veux pas, mais, sérieusement, qui pourrait croire à cette histoire de double sens ?
P. M : Vous avez accepté cet entretien avec *Psychologie Madame* et je vous en remercie au nom de toute la rédaction. Cependant, cette interview est la première que vous accordez et je suppose que vous avez déjà été sollicité auparavant. Pour quelle raison avez-vous été si discret dans les médias ?
MOI : Pour vous faire une confidence, je laisse à mon éditrice le soin de choisir les revues et journaux dans lesquels j'interviens. Comme dans bien des domaines, les femmes ont plus de bon sens et d'intuition que nous quand il s'agit de psychologie.
P. M : Je vous remercie du compliment. Il me reste une dernière question à vous poser, monsieur Lagrange. Pour revenir au début de cet entretien, vous nous avez dit comprendre et approuver ces femmes cougars. Pourriez-vous, un jour, imaginer en avoir une dans votre vie ?
MOI : Ce que je pense, c'est qu'on ne s'éprend pas d'une personne pour sa taille, sa race ou son âge. Une rencontre amoureuse, c'est magique, ça ne s'explique pas et ça ne se calcule pas, alors je dirais oui, pourquoi pas ?
P. M : Voilà une bonne nouvelle que nos lectrices apprécieront, j'en suis sûre. Il me reste à vous remercier d'avoir accepté cet entretien. Au revoir, monsieur Lagrange.
MOI : Au revoir.

Mali a lu le texte par-dessus mon épaule et elle me saute en cou en m'embrassant le visage. Dès qu'elle a su que j'allais donner cette interview, elle m'a supplié de parler de la boutique si j'en avais l'occasion. Elle n'a pas encore eu le temps de lire le livre, mais elle m'en a demandé les grandes lignes et c'est elle qui a eu l'idée de la vieille tante indigne, partie avec le soldat russe. Dans l'idéal, elle aurait même voulu que je la présente comme co-auteur secret du livre, celle qui en a pondu le texte mesmène. Et elle voudrait aussi que je demande à Nathalie de mettre son nom sur la couverture pour la prochaine édition, mais ça, je ne l'ai pas encore accepté. Ce sera peut-être mon ultime moyen de séduction si je n'arrive pas à la vaincre avec les autres.

Ce qui me fait rire dans le papier de *Psychologie Madame*, c'est le côté politiquement correct. Toutes ces questions que la journaliste m'a posées et auxquelles je n'ai pas su quoi répondre ! Elle m'a pour ainsi dire mis les mots dans la bouche et, au final, je ne reconnais plus du tout l'entretien que nous avons eu. Quelle importance, après tout ? Je lui ai donné comme unique instruction de parler du magasin et elle a tenu son engagement. Quand je vois la reconnaissance de Mali, je suis récompensé de mes efforts. Nathalie a dû recevoir le même texte que moi et je suis certain qu'elle va en être contente.

J'ai envie de profiter de l'humeur coquine de Mali, ça ne lui arrive pas si souvent. Je pourrais lui faire l'amour, là, sur le sol du magasin, avec le risque qu'on se fasse surprendre par un client. Risque modéré, je dois dire. Je caresse une seconde cette idée et puis je pense à ce qui m'attend ce soir et ma nervosité prend le pas sur ma libido.

Nathalie m'a imposé une autre prestation. Cette fois, c'est du sérieux. La participation, en direct, à la nouvelle émission littéraire *Des livres et des lettres*, animée par un certain Julien Pujol. Avec *Psychologie Madame*, j'ai pu au moins relire l'interview et je me sentais à l'abri derrière la couverture du magazine. En plus, je n'ai pas peur de voir n'importe quelle connerie imprimée parce que je ne connais personne qui lise ce genre de canard. Pas mes parents en tout cas, ni Sandrine ou Richard. Ce soir, de l'autre côté de l'écran, il y aura beaucoup de monde et tout ce que je dirai sera entendu par des tas d'oreilles indiscrètes. Je ne voudrais pas blesser Sandrine plus que je ne l'ai déjà fait, et pourtant je ne peux pas reculer. Mali et Nathalie me mettent trop de pression pour que je puisse me désister. Je vais devoir y aller et parler de Mali, au risque de causer des dégâts irréparables.

Me voilà sur le plateau télé. Dans les gradins, j'ai aperçu Nathalie aux côtés d'Alvizaar. Au premier rang, Mali me lance des petits sourires rassurants. Elle a mis un tailleur noir très sexy, pour une fois, et elle a relevé ses longs cheveux en un chignon façon Audrey Hepburn. Il n'y a pas une fille plus jolie qu'elle dans toute l'assistance et je suis presque certain que le caméraman la filmera en permanence, ce qui ne me plaît pas beaucoup : si Richard regarde l'émission, il la reconnaîtra et vendra la mèche à Sandrine, c'est sûr.

À côté de Mali, toutes les petites vieilles à qui elle donne des cours de mesmène : Henriette, Monique, Liliane, Emma, et surtout Adèle, avec comme d'habitude mon livre serré contre la poitrine. C'est une obsédée, celle-là. Chaque fois qu'elle arrive à me coincer après un de leurs cours, elle essaie de me poser une nouvelle question idiote sur mon livre. Heureusement, j'arrive presque toujours à l'esquiver en prétendant un travail urgent dans l'arrière-boutique.

Dans les loges tout à l'heure, j'ai fait la connaissance de deux des trois autres invités de l'émission : un grand maigre et chauve et un vieux hirsute comme un hérisson blanc. Le troisième n'est pas encore arrivé, ce qui met l'animateur Julien Pujol dans tous ses états.

Nous sommes installés autour d'une énorme table en verre, juchés sur des tabourets design, en fer forgé, particulièrement inconfortables. Au moment où une loupiote rouge se met à clignoter, signe que nous allons être à l'antenne, le dernier invité apparaît. C'est l'homme que j'ai vu sortir du bureau d'Alvizaar, à la MNCB, il y a une éternité de cela. Mon cœur s'emballe en le voyant approcher. Julien Pujol, au contraire, pousse un soupir de soulagement. Je crois qu'il ne s'est pas rendu compte que l'homme est soûl comme un cochon. De toute façon, il est trop tard pour l'évincer : l'émission commence et Pujol sourit à la caméra.

« Mesdames, messieurs, bienvenue à tous dans cette première émission *Des livres et des lettres*. Pour ce lancement, nous ne recevons que des spécialistes de la Mesménie, sujet à la mode s'il en est. Tout d'abord je vous présente nos invités : à ma gauche, le docteur Gérard Lebrun, chercheur au CNRS, pour *Peuple de Mesménie : russe ou européen ?* ; à côté de lui, Michel Alexandre, professeur à Sciences Po, qui nous présentera son livre, *Bienvenue en Europe* ; à ma droite, Alain Minardeau, qui vient de nous rejoindre. C'est un spécialiste de l'artisanat balte qui a publié aux éditions ELL'M *L'Artisanat mesmène*. Enfin, Thomas Lagrange, pour la première fois sur un plateau de télévision, nous parlera de son best-seller, *La Vie rurale en Mesménie*. »

Chacun salue le public à l'énoncé de son nom sauf Alain Minardeau. J'ai l'impression qu'à la place, il a jeté un coup d'œil assassin dans ma direction. Peut-être que je rêve et que la nervosité me joue des tours. Je me concentre sur Julien Pujol, qui se tourne vers le vieux hérisson.

« Docteur Lebrun, nous allons commencer par présenter rapidement votre livre. Dans cet ouvrage très intéressant, vous vous êtes interrogé sur l'origine de la Mesménie et des Mesmènes. Alors pourquoi cette question se pose-t-elle par rapport aux origines des autres pays baltes ?

— Eh bien, voyez-vous, c'est une très, très ancienne question. Par leurs caractéristiques physiques aussi bien que par leur langue – qui au passage est plus un dialecte qu'une langue –, tout semble indiquer que les Mesmènes sont le résultat du croisement d'anciennes migrations, certaines d'origine mongole – ce qui n'est guère surprenant – et d'une autre, plus surprenante, qui serait d'origine aztèque. Cette caractéristique ne se retrouve nulle part ailleurs sur notre globe. Et pour l'aspect même du pays, M. Lagrange a parfaitement raison lorsqu'il décrit la Mesménie en ces termes : *Ce pays est une pustule, un furoncle accroché par hasard aux Pays baltes, mais sans aucun rapport avec ceux-ci. On aurait aussi bien pu l'imaginer en Extrême-Orient ou en Amérique du Sud. La laideur de cette terre en fait une curiosité à part, à peine supportable pour la vue, sauf peut-être pour ses habitants qui n'ont jamais rien connu d'autre.* C'est assez désobligeant, mais étrangement correct, je dirais… »

Alain Minardeau l'interrompt par un reniflement méprisant. Pour ma part, je me sens plutôt flatté de rencontrer quelqu'un qui reconnaît mes mérites, pour une fois. Julien Pujol, déstabilisé une seconde par l'attitude de Minardeau, lui lance un regard inquiet puis se tourne vers son interlocuteur, comme s'il n'avait rien entendu.

« C'est intéressant. Pourriez-vous décrire les caractéristiques physiques dont vous parlez ?

— En moyenne, on peut dire que les Mesmènes sont grands, avec des membres longs. Il y a très peu d'obésité dans ce pays et ce n'est pas seulement dû au mode d'alimentation. Ensuite, ils ont des pommettes hautes, comme les Slaves, mais ils ont aussi cette curieuse couleur de l'iris, d'un violet intense qu'on ne retrouve nulle part ailleurs. En revanche, leurs cheveux, la forme de leur nez, de leurs oreilles viennent indubitablement de l'autre côté de l'Atlantique. »

Comme je m'y attendais, la caméra se fixe sur Mali qui correspond trait pour trait à la description qui vient d'être faite des Mesmènes. Si tous les Mesmènes lui ressemblent, il va y avoir une affluence de touristes là-haut, cet été. Julien Pujol, lui, ne s'intéresse qu'à son professeur.

« Donc, vous pensez que les Mesmènes devraient conserver leur autonomie et qu'ils ne devraient même pas rejoindre l'Europe ?

— Non, naturellement non. Ce n'est pas parce qu'on recherche les origines d'un peuple qu'on pense qu'il ne doit pas évoluer. La question est complexe et comme n'importe qui, ils doivent s'adapter au monde moderne...

— Bien. Merci pour cette introduction très prometteuse. Nous allons y revenir tout à l'heure, mais d'abord présentons nos autres invités à nos spectateurs. Thomas Lagrange, vous avez récemment été malmené dans la presse : on a dit que vous ne parliez pas mesmène, que vous n'aviez été que le prête-nom d'une maison dont nous ne parlerons pas ici, que ce petit opuscule était initialement destiné à faire passer un code secret. Que répondez-vous à ces accusations ? »

Je sursaute en entendant mon nom. Pour je ne sais quelle raison, je m'étais attendu à passer en dernier sur la sellette. Peut-être parce que je suis le plus jeune. Il faut donc que je trouve une réponse en vitesse. Sans réfléchir, je repense à mon interview de *Psychologie Madame* et je reproduis ma réponse.

« En ce qui concerne ma connaissance du mesmène, je vais vous répondre très simplement. J'ai appris cette langue il y a presque dix ans maintenant, lorsque j'étais encore à l'université. Ma professeure est devenue une amie intime. Vous pouvez d'ailleurs la voir dans le public, car elle m'a accompagné aujourd'hui. »

D'un geste, je désigne Mali. Le caméraman, celui qui l'avait déjà repérée, zoome sur son beau sourire. Un murmure approbateur parcourt le public. Je pense aux téléspectateurs, à Richard, à Sandrine peut-être, qui regardent ce programme. J'ai envie de disparaître sous terre. Julien Pujol, après s'être rincé l'œil en regardant Mali, se tourne vers moi.

« Voilà donc un mystère élucidé d'une manière bien sympathique. Nous reviendrons tout à l'heure sur l'autre partie de ma question. »

Alain Minardeau ricane, s'étrangle pour finir par émettre un rot sonore, la bouche ouverte. Il pourrait donner des leçons de vulgarité à bien des piliers de bistro. Cette fois, le docteur Gérard Lebrun ne laisse pas passer l'interruption. Ses poils blancs se hérissent comme ceux d'un chat en colère.

« Enfin, monsieur Pujol, nous ne sommes pas venus pour supporter les comportements indécents de cet ivrogne ! Faites quelque chose !

— Tu sais ce qu'il te dit, l'ivrogne ? Je m'en fous de ta gueule à toi. C'est le guignol que je veux me faire… »

En proférant ces menaces, il brandit un poing menaçant dans ma direction. Je ne comprends pas très bien l'objet de sa colère aussi je prends un air dégagé, comme si je ne me sentais pas visé.

« Allons, messieurs, un peu de calme, attendez votre tour pour parler… »

Julien Pujol est complètement dépassé tandis que Minardeau semble être énervé par mon indifférence.

« Mais il va me regarder, le guignol ! »

Il descend de son tabouret pour venir dans ma direction, plus menaçant que jamais. J'aimerais avoir le courage de lui demander ce qu'il me veut, mais je ne me suis pas battu depuis la maternelle. Je n'ai pas envie de prendre une raclée face aux caméras. Le docteur Lebrun se lève pour essayer d'arrêter le fou furieux tandis que je me lève pour tenter de lui échapper. Trop tard. Minardeau échappe au contrôle de Lebrun. Au moment où je réalise qu'il est en train de fondre sur moi et que je devrais fuir vers les coulisses, son poing s'abat sur mon pif.

Tout s'éteint autour de moi.

19

Le lendemain matin, vers 11 heures

Je me réveille avec la sensation qu'une armoire m'est tombée sur la figure. Des croûtes de sang ornent les bordures de mes narines : je peux les détacher et les analyser à l'aide de mon œil droit parce que je suis incapable d'ouvrir le gauche. Je suis en train de me livrer à ce travail quand un poids atterrit sur ma poitrine, vidant mes poumons de l'air qu'ils contenaient, m'obligeant à tousser et accentuant mon mal de crâne. J'ouvre la bouche pour protester et à ce moment-là un éclair blanc agresse mon œil valide. Mali, en tee-shirt violet et pantalon multicolore, est à califourchon sur mon estomac, son fichu appareil photo à la main.

— Ne bouge pas, il faut que j'en fasse plusieurs.

— Mais qu'est-ce que tu fais ?

— Tu vois bien : je prends des photos pour mon site Internet.

J'essaie de me redresser sans y parvenir, et je proteste en me laissant retomber sur le matelas.

— Non, mais ça ne va pas ? Tu ne vas quand même pas publier des photos de moi dans cet état ?

— Bien sûr que si ! Thomas, si tu savais comme je suis contente ! On ne parle que de toi à la télévision. Tu fais exploser les réseaux sociaux et, grâce à toi, je vais avoir des millions de clients. Tu ne peux pas savoir, tu es mon héros !

Je ne suis pas certain d'apprécier cet hommage, mais je suis trop patraque pour me lancer dans une dispute. Tant bien que mal, je m'extirpe des draps pour aller prendre une aspirine dans la salle de bains. Mali m'immortalise encore une fois ou deux puis abandonne la partie.

Je me lève pour aller pisser, j'avale une aspirine et, en revenant dans la chambre, je réalise que mon téléphone portable sonne et vibre comme un malade dans la poche de mon jean que j'ai laissé au pied du lit, hier soir. Le son me vrille les tempes, alors je me précipite pour l'éteindre. Je me laisse retomber sur le lit, la tête dans l'oreiller, en attendant que l'aspirine fasse son effet.

Je me réveille une demi-heure plus tard. Le silence m'informe que Mali a quitté l'appartement. Le mal de crâne est encore là, tapi derrière mes paupières comme une bête prête à me sauter sur les tempes. Malgré tout, j'ai faim et j'ai envie d'un café. Mon premier apport à la cuisine de Mali a été une superbe cafetière Nespresso. Je vais m'en faire couler un sur-le-champ, tout en mordant dans un quignon de pain resté sur le plan de travail. La douleur reflue un peu pour se cantonner à mon œil tuméfié. Mes pensées s'éclaircissent.

Et la première de ces pensées va à mon agresseur d'hier soir. Comment s'appelle-t-il, déjà ? Ah oui, Alain Minardeau. La brute épaisse que j'avais vue sortir du bureau d'Alvizaar en menaçant de casser les doigts d'un mystérieux individu, s'il le trouvait sur son passage. J'ai bien envie de retrouver ce mec et de lui demander des comptes, voire de lui rendre son bourre-pif, mais la raison prend le dessus tout de suite. À l'évidence, le type est un sauvage qui ne connaît que la violence comme moyen de communication. Je n'obtiendrai sans doute aucune réponse intelligible de sa part et, en revanche, je risque bien d'avoir le dessous dans une nouvelle confrontation physique. N'empêche, je ressens un certain malaise en repensant à hier soir et la phrase qui me vient à l'esprit est digne du plus haletant des thrillers : « Ils sont à mes trousses. »

Plutôt que me laisser aller aux idées noires qui m'assaillent, je préfère écouter mon répondeur. Le premier message vient de Nathalie. Elle l'a laissé il y a une heure à peine. La chaîne de télé qui produit *Des livres et des lettres* l'a appelée. Ils craignent le procès. Elle a la gentillesse de s'enquérir de mon état avant de me demander de la rappeler.

Avant elle, tôt ce matin, la chaîne de télé m'a appelé aussi. Une voix masculine me demande d'un ton inquiet de les contacter aussi vite que possible.

Les autres messages ont tous été laissés hier soir. Parmi eux, il y en a de vieux copains que je n'ai pas revus depuis un an ou deux. Hilares, ils me demandent ce que c'est que ce canular ou, respectueux, ils me disent qu'ils savaient que je réussirais dans la vie. Se prendre un poing dans la figure à la télévision n'est pas précisément l'idée que je me fais de la réussite, mais bon, à chacun ses conceptions. Alice, ma copine de McDo, s'inquiète pour mon œil et m'informe que je sais où la joindre si j'ai besoin d'aide. Je la remercie intérieurement. Ma mère, égale à elle-même, exige de savoir si *la fille* de la télévision était la sorcière mesmène pour qui j'ai déjà failli gâcher ma vie et me conjure de me reprendre en main. Je reconnais bien là son sens du mélodrame.

Le dernier que j'écoute est de Richard. Il me l'a laissé juste à la fin de l'émission, quand je n'étais plus en état de me préoccuper de mon téléphone. Il semble furieux, il aboie un méchant : « C'est quoi ces conneries ? Qu'est-ce que tu fais dans cette émission ? Et avec cette gonzesse ? Tu te rends compte qu'on te croyait au bord du suicide et qu'on a appelé les flics et tous les hôpitaux de Paris ? T'as intérêt à appeler dès que tu auras ce message parce que sinon… » Et il raccroche sans préciser sa menace.

Je sais que le « on » de Richard inclut Sandrine, mais elle ne m'a laissé aucun message en direct. Je ne sais pas si je redoutais ou si j'espérais entendre sa voix. Il faudra bien que je lui parle bientôt : plus le temps passe, plus je réalise à quel point j'ai été dégueulasse avec elle. Dès que mon œil ira mieux, je l'appellerai. Demain peut-être, ou après-demain.

En attendant, je dois impérativement contacter Nathalie. Elle pourra m'expliquer ce que me veut la chaîne de télé.

— Allô ? C'est Thomas.

— Ah, Thomas ! J'attendais ton appel. Tu vas bien ?

— Ça va, à part mon œil.

— Tu es parti comme un voleur hier, avec ta copine. On n'a pas pu te faire examiner par l'équipe médicale de la chaîne.

À vrai dire, je ne me rappelle pas grand-chose des événements d'hier. Pas après l'agression, en tout cas. Je me souviens d'un tohu-bohu autour de moi et de mon adversaire, d'un tas de gens, venus du public ou des coulisses, qui ont envahi le plateau pour neutraliser l'ivrogne et pour me demander comment j'allais. Et puis je me suis retrouvé dans un taxi avec Mali qui tenait un mouchoir sous mon nez ensanglanté. C'est à peu près tout.

— Ça va, je te dis. Je n'ai pas besoin de me faire examiner.

— C'est une question d'assurance. Tu peux venir maintenant jusqu'à mon bureau pour qu'on en discute ?

J'accepte. Après tout, je n'ai rien d'autre à faire.

En sortant de l'immeuble, je vois Mali dans la vitrine du magasin. Elle n'a pas perdu de temps : elle est en train de coller des photos grand format de moi avec mon œil au beurre noir. Je passe la tête par l'embrasure de la porte pour lui faire remarquer qu'elle exagère un peu, mais son grand sourire me désarme.

— Ah, Thomas, tu tombes bien ! J'allais monter pour te dire de venir t'occuper de la boutique.

— Ben, euh... ça ne va pas être possible, maintenant. Je dois aller voir Nathalie...

— Ah non ! Mes élèves vont arriver et on ne peut pas fermer maintenant.

— Si, on peut. Et je n'en ai que pour une ou deux heures. Pour une fois, le magasin restera fermé, c'est tout.

— Mais tu ne comprends rien, il ne faut pas s'endormir en attendant le dégel !

— Si ton cul est glacé, je le réchaufferai quand je reviendrai et tes super photos, là, elles devraient suffire à attirer du monde, si tu veux mon avis.

C'est bien la première fois que je lui parle aussi sèchement et, aussitôt, elle rentre dans sa coquille, tel un escargot outragé à qui on aurait tapé sur les cornes. J'hésite, je voudrais m'excuser sans céder à son caprice, mais les mots ne viennent pas alors je referme la porte doucement et je pars chez Nathalie.

Celle-ci m'accueille à bras ouverts, comme si j'étais un héros revenant du combat.

— Dis donc, il ne t'a pas raté ! Tu es sûr que tu vas bien ?

— Oui, puisque je te le dis. Je suis vraiment obligé de faire cette visite médicale ?

— C'est juste une formalité, surtout si tu n'as rien. Est-ce que tu envisages une action en justice ?

— Ben… non. Je n'y ai pas pensé. Tu crois que je devrais ?

— Honnêtement ? Non. Tu n'as rien à y gagner. Alain est désolé d'après ce qu'il a dit à grand-père. C'est un type bien, tu sais, seulement il est persuadé que tu es responsable de l'échec de son livre.

— Je m'en fous, ce type est un malade. Je ne veux plus le voir, un point c'est tout.

En soupirant, Nathalie abandonne ce terrain délicat.

— Bon, de toute façon, je ne t'ai pas fait venir pour te parler de lui. Je voulais t'annoncer une bonne nouvelle. Devine qui a appelé à propos de ton livre ?

Je pense à Sergeï. Je pense au véritable auteur du livre, à Minardeau, à Alvizaar et ma gorge se serre d'angoisse. *Ils sont à mes trousses et ils se rapprochent*, voilà ce qui me vient à l'esprit. Et naturellement, si ma vie est en danger, cette inconsciente de Nathalie serait incapable de le réaliser.

— Comment... comment veux-tu que je devine ?

Je suis tellement affolé que ma question est sortie dans une sorte de couinement. Insensible à ma terreur, Nathalie me sourit, prend la pause et lève un sourcil mystérieux. Enfin, après une éternité, elle condescend à briser le suspens.

— Catherine Deneuve !

Je la regarde, complètement interloqué. Qu'est-ce que Catherine Deneuve peut bien venir faire dans cette histoire ? Elle ne serait quand même pas l'auteur caché du livre ? Une autre idée me vient en tête, une idée que je ne peux pas m'empêcher d'exprimer tout haut même si elle me paraît complètement folle.

— Pourquoi ? Est-ce qu'elle est... ou bien a été... la maîtresse de Minardeau ?

À son tour, Nathalie paraît stupéfaite avant d'éclater de rire.

— Mais non, qu'est-ce que tu vas chercher ! Elle voulait savoir où en étaient les droits cinématographiques et elle a été très claire : elle veut absolument jouer le rôle de Maria si le film est tourné. Tu te rends compte de la gloire ?

Je suis surtout soulagé. Et tout de suite je réalise l'importance de la nouvelle. Un film, ça veut sans doute dire plus de sous et plus de notoriété. J'en connais une qui va bondir de joie en entendant cette nouvelle et je demande tout de suite à Nathalie quand le film va sortir et ce qu'il me rapportera. J'ajoute que je n'aurai rien contre une autre avance sur mes droits d'auteur, car mon pécule fond à vue d'œil. Elle redescend tout de suite sur terre.

— Attend une minute. Je n'ai jamais dit que le film allait se faire. Bien sûr, après l'émission d'hier soir, on a décidé de réimprimer ton livre encore une fois. On va même faire un énorme tirage. Peut-être encore une fois cinquante mille exemplaires. En revanche, nous n'allons pas te donner un nouvel à-valoir, tu en as déjà eu assez comme ça et nous te paierons à échéance. Si tu veux une avance, il faudra que tu me proposes un nouveau texte. N'importe quoi du moment que c'est en rapport avec la Mesménie.

Elle me regarde droit dans les yeux. Aucun doute sur ses intentions : cette sangsue essaie de me faire chanter pour obtenir encore plus de bénéfices de ma notoriété. Je devrais m'indigner, me rebeller, la traiter de tous les noms d'oiseaux, mais les forces me manquent et je n'arrive qu'à émettre une vague protestation.

— Je t'ai déjà dit que je n'avais aucune imagination. Et je te rappelle que je n'ai pas écrit ce maudit bouquin.

— Comme tu voudras, mais réfléchis bien avant d'agir. Pour une avance, il me faut un nouveau livre.

Je quitte Nathalie après les politesses d'usage. Au fond, cette discussion, pleine de faux espoirs et de vraies frayeurs, me laisse un goût amer. Je vois tout en noir aujourd'hui, sans doute à cause de la douleur.

Quand j'arrive chez Mali, les vieilles sont déjà reparties. Je réalise que je suis resté absent pendant près de quatre heures, en comptant la marche que j'ai faite dans les rues de Paris en sortant de chez Nathalie. Mali est assise devant son ordinateur, le visage fermé. Un coup d'œil rapide m'apprend qu'elle est en train de mettre à jour son site Internet et mon portrait avec un œil à coquart en est la vedette.

— Salut, c'est moi.

— Salut.

Je ne l'ai jamais vue aussi froide, aussi sèche à mon égard. Moi qui voulais lui reprocher de m'utiliser avec un manque de tact grossier, je me sens maintenant inquiet, presque coupable et je suis prêt à tout pour retrouver ses faveurs.

— Qu'est-ce qui se passe ? Ça n'a pas l'air d'aller.

— Si, ça va, ne t'occupe pas de moi.

Elle ne me regarde pas, et deux minutes passent dans le silence le plus total. Je suis sur le point de m'interposer entre elle et sa fichue bécane quand elle se décide à parler, toujours sans me regarder.

— Je suis en train de travailler, au cas où tu ne l'aurais pas remarqué, alors si tu n'as rien de mieux à faire, je te conseille de retourner voir ta Nathalie.

Aussitôt des voyants rouges s'allument dans mon cerveau. Je pourrais interpréter sa pique comme une forme de jalousie, mais mon instinct me souffle qu'elle est plutôt en colère parce que je n'ai pas été là pour m'occuper du magasin. Et qu'elle va peut-être en profiter pour me larguer comme une vieille chaussette. Contrairement à Sandrine, elle n'hésiterait pas à me foutre dehors sans se soucier de ce que je deviendrais. Je suis partagé entre l'envie de m'excuser et celle de proclamer mon droit de voir qui je veux, quand je veux. Finalement, j'opte pour une proclamation de mon droit faite sur un ton d'excuse.

— Je n'ai pas de compte à te rendre, il me semble.

— C'est vrai et moi je n'ai pas d'obligation de t'héberger, il me semble.

On s'affronte du regard pendant deux secondes puis elle se jette dans mes bras, en fondant en larmes.

— Excuse-moi, excuse-moi, excuse-moi. J'ai tellement peur de perdre tout mon investissement dans ce magasin ! Tu es le seul à pouvoir m'aider en me prêtant ton image, tu comprends ?

Son angoisse me rassure à moitié. Au moins, ce n'est pas la guerre que je redoutais entre nous. D'un autre côté, elle avoue sans détour qu'elle a plus besoin de ma notoriété que de ma personne physique. Je la console malgré tout comme je peux, en piquant son visage de petits baisers doux. Nous nous rapprochons du lit, petit à petit, jusqu'à tomber sur la couette en continuant à nous embrasser. Nous ne faisons même pas l'amour ; nous restons là, à nous caresser et je lui dis les mots doux sur son inévitable succès qu'elle a sans doute besoin d'entendre.

Une heure plus tard, la faim m'attire à la cuisine. Le réfrigérateur est toujours aussi vide. J'ai acheté du riz et des boîtes de conserve pour les situations d'urgence, comme aujourd'hui. Pendant que je mets l'eau à chauffer, Mali s'installe à table.

— Et toi, comment s'est passée ta visite chez Nathalie ?

— Oh, elle voulait me parler d'hier soir et me transmettre les excuses de Minardeau. Et me parler de mon bouquin aussi.

— Et alors ? Elle va le réimprimer ?

— Oui, elle veut surfer sur mon succès, elle aussi. On en fera peut-être un film, mais rien n'est encore décidé. En revanche, elle a refusé de me donner une avance. D'après elle, il est temps que j'écrive autre chose. Comme si j'en étais capable !

— On pourrait peut-être s'y mettre à deux ? Ça rapporterait beaucoup ?

— Tu pourrais inventer une histoire et la raconter dans un bouquin, toi ?

— Ça dépend. Si on écrivait la suite de ton livre par exemple, on trouverait bien des idées. Il se termine comment, d'ailleurs ?

Je pousse un soupir de lassitude. Je sais qu'elle n'a pas beaucoup de temps, mais je pense malgré tout qu'elle pourrait prendre celui de lire mon roman, en mesmène et en français, pour me dire ce qu'elle pense de ma traduction. Elle qui voudrait prétendre en être le co-auteur pourrait avoir au moins cette honnêteté-là. Je pouvais comprendre les réticences de Sandrine, mais le désintérêt manifeste de Mali me blesse profondément. C'est donc en me renfrognant que je réponds à sa question.

— Ce n'est pas le genre de bouquin dont on écrit la suite et si tu l'avais lu tu le saurais.

Elle ne relève pas la pique, mais son enthousiasme retombe.

— J'imagine que si tu ne poursuis pas ta carrière, tu vas retomber dans l'anonymat à plus ou moins long terme.

Je ne lui réponds pas. Elle a raison, bien sûr. Je suppose qu'elle est en train d'en déduire les conséquences pour son commerce. Pendant que je mange mon riz, Mali se fait une tasse de thé. On est silencieux tous les deux et j'ai comme une boule au fond de la gorge. Je pense à tous mes espoirs quand j'ai entendu la voix de Mali au téléphone, il y a deux semaines à peine, lorsque j'étais sur le quai du RER B. Je nous voyais déjà, amoureux et insouciants, traversant une vie semée de roses, mais je dois être réaliste : je suis incapable de séduire Mali, et je suis incapable de renoncer à cette idée. En un mot, je suis dans la merde la plus totale. Et elle, elle est là, en face de moi, avec sa figure triste, la plus belle fille que j'aie jamais vue. J'ai une envie folle de la toucher, de l'embrasser, de la serrer contre moi. Elle a dû sentir que je la regardais parce qu'elle relève la tête d'un seul coup. Son expression a complètement changé. Elle n'est plus abattue du tout, au contraire : une lueur joyeuse danse dans ses yeux.

— Tu sais ce qu'on devrait faire ?

— Non, mais je sens que tu vas me le dire.

— On devrait inviter le mec qui t'a frappé dans la boutique, dans quelques jours, pour que vous fassiez le match retour.

— Non, mais ça ne va pas dans ta tête ? Tu veux qu'il me bousille l'œil droit aussi ?

— Mais pas du tout. D'abord il sera sobre puisque ce sera le matin. Et tu m'as bien dit qu'il était désolé de son comportement, non ?

— Oui, mais en me revoyant, il risque de se mettre en colère encore une fois. Il est complètement cinglé, ce type.

— On fera bien attention et je pourrais demander à des copains de venir faire le service d'ordre. Tu es d'accord ?

Encore cette allusion à une bande de copains. Elle a un copain pour son site Internet, des copains pour un service d'ordre, des copains pour tout et pour n'importe quoi. Et surtout des copains que je n'ai jamais vus et que j'imagine grands, beaux et forts. Pourtant, je n'ai pas envie de la contrarier en lui posant des questions stupides à leur sujet, ni en rejetant en bloc la rencontre avec Minardeau. En l'espace d'une après-midi, on a déjà failli s'engueuler deux fois et je ne veux pas d'une troisième occasion. Je souris donc en haussant les épaules.

— Tu me laisses y réfléchir un peu, OK ?

Elle glousse de plaisir.

— Tu verras, tout se passera bien. Lui non plus n'a pas intérêt à se battre avec toi encore une fois, il passerait vraiment pour un dangereux psychopathe, si tu vois ce que je veux dire. On pourra écrire le scénario de votre échange à l'avance si ça peut te rassurer.

Au fur et à mesure que l'excitation la gagne, ma migraine revient à la charge. Mécaniquement, je passe la main sur mon œil endolori.

— Oh, mon pauvre chéri ! Je parle comme une pipelette et toi tu as encore mal à tes blessures de guerre ! Viens, on va te soigner.

Elle m'entraîne vers la chambre. Malgré la douleur, je ne peux pas m'empêcher de répondre à ses caresses ; elle prend la direction des opérations, je reste allongé sur le dos tandis qu'elle m'entraîne dans un océan de plaisir, en prenant toutes les précautions pour épargner le côté gauche de mon visage.

Une demi-heure plus tard, rassasiés et en sueur, nous glissons ensemble dans le sommeil. Juste avant de sombrer, je l'entends murmurer des propos confus à propos de l'organisation de notre journée de demain. Sans réfléchir, je donne ma bénédiction à tout ce qu'elle demande.

J'émerge du sommeil des heures plus tard, avec l'impression qu'une autre armoire m'est tombée dessus. Une armoire moins grosse que celle d'hier, mais une armoire quand même. Les croûtes dans mon nez sont moins nombreuses aussi et je peux ouvrir un peu mon œil gauche. Je suis seul dans le lit. J'appelle Mali, elle ne répond pas. Immédiatement, je pense à notre soirée et à sa tristesse. Au moment où les événements me reviennent en tête, j'entends la clé dans la serrure.

— Coucou, tu es réveillé ?

Le ton enjoué de sa voix me rassure tout de suite. Elle a retrouvé la gaieté et la bonne humeur que j'aime tant chez elle. Elle rentre dans la chambre, toute fraîche et souriante, la plus belle fille du monde.

— Devine ce que j'ai acheté ?

Elle brandit à bout de bras un bouquin dont je n'arrive à identifier ni le titre ni l'auteur. Avec obligeance, elle vient s'asseoir à côté de moi pour que je puisse voir la couverture. C'est le livre d'Alain Minardeau, *L'Artisanat mesmène*, avec, en sous-titre, *Une vision moderne d'un pays oublié*.

Sincèrement, j'aurais préféré qu'elle me rapporte des croissants.

20

Deux mois plus tard

Mali ne m'étouffe pas du tout avec son amour. Pas du tout, du tout. Elle ne m'étouffe pas tout court, en quelque sorte. Après le poing de Minardeau que je me suis pris dans la figure, par exemple, Sandrine m'aurait obligé à garder le lit pendant des jours et elle m'aurait obligé à aller faire un scanner pour s'assurer que je n'avais pas de séquelles. Mali, elle, a insisté pour me maquiller l'œil, histoire d'accentuer les marques de mon coquart au fur et à mesure qu'il disparaissait. J'avais l'air grotesque, mais il m'a fallu une semaine de protestations pour qu'elle renonce à cette idée. Au début, son attitude ne me gênait pas vraiment. Au contraire, j'éprouvais une incroyable impression de liberté, un sentiment de force, une énergie qui me permettrait de conquérir Mali et le monde entier. Je n'avais plus ni mère, ni compagne, ni copain pour me retenir aux noms sacro-saints de la prudence et de la raison. Seulement le temps s'est mis à passer et je n'ai rien conquis du tout. Pire encore, le doute commence à s'insinuer en moi et l'exaltation que je ressentais il y a quelques semaines à peine retombe comme un soufflé, me laissant vidé de l'intérieur.

Pour ne rien arranger, les affaires du magasin ne vont pas bien fort. Mali a un mal fou à s'approvisionner en Kroach'Vodka et les conserves à base de lapins, de gros lapins albinos qui pullulent en Mesménie, paraît-il, nous restent sur les bras. En un sens, je comprends les clients, ces boîtes n'ont rien de ragoûtant à la vue ou à l'odeur et, quand on les a goûtées, c'est encore pire. Je refuse d'avaler la cervelle de lapin, malgré l'insistance de Mali qui voudrait qu'on écoule le stock à nous deux et, en ce qui concerne les autres conserves, celles où le lapin est cuisiné en gelée, avec des morceaux de carottes, du chou ou avec des pommes de terre, elles me laissent des aigreurs d'estomacs abominables.

Nous avons trouvé un rythme de travail, maintenant – si ma présence végétative dans la boutique peut porter le nom de travail. J'y reste cinq jours et demi sur sept, de 10 heures à 19 heures tandis que Mali fait de son mieux pour lancer la vente par correspondance à partir de son site Internet et donne des cours de mesmène.

Aujourd'hui, ma première cliente pénètre dans la boutique à 11 h 45, ce qui est exceptionnellement tôt. Elle paraît très âgée, avec ses cheveux d'un blanc à reflets bleutés et son déambulateur. Je me précipite pour lui tenir la porte.

— Merci, jeune homme.

— Bonjour madame, je peux peut-être vous aider ?

— Je viens voir un peu les produits que vous avez de Mesménie.

Je lui adresse mon plus beau sourire.

— Faites comme chez vous, la boutique est toute à vous.

Elle fait le tour des quelques rayons à la vitesse maximale que lui permet son appareil, puis elle revient me voir à la caisse.

— Dites-moi, jeune homme, j'ai vu que vous vendez du pâté de lapin et des fourrures de castor. Vous croyez que c'est bien logique ?

— Je ne suis pas sûr de vous comprendre...

— De mon temps, jeune homme, quand on tuait une bête, on utilisait tout ce qu'elle pouvait nous donner. Vous, les jeunes, vous avez perdu le sens du respect de l'animal.

Cette vieille amatrice de Mesménie est aussi agressive que le jeune de banlieue dans un McDo. Elle n'a pas tout à fait tort, évidemment, elle pourrait malgré tout le dire plus gentiment. Je tente un sourire.

— Peut-être que là-haut, en Mesménie, ils mangent des pâtés de castor et qu'ils portent des écharpes en peau de lapin, qui sait ?

— Et pourquoi vous n'en vendez pas, alors ?

Visiblement, elle est hermétique à mon humour. Je prends donc un ton plus sérieux pour lui demander si elle a trouvé quelque chose à son goût.

— Je reviendrai peut-être à Noël, pour acheter un bonnet à mon petit-fils. Au revoir, jeune homme.

Et elle sort sans l'ombre d'un paquet sous le bras. Heureusement que Mali ne l'a pas vue. La dernière fois qu'elle a assisté à ce genre de scène, elle m'a demandé si j'étais capable de vendre des hamburgers, à l'époque où je bossais encore chez McDo. J'avais fait la sourde oreille, mais ses sarcasmes commencent à m'agacer sérieusement.

À 16 h 40, une autre femme entre dans le magasin. Plutôt entre deux âges, celle-là. Entre le troisième et le quatrième âge, plus exactement. Je reste derrière le comptoir, cette fois. Je commence à en avoir marre de toutes ces vieilles qui me prennent pour leur larbin. Ma cliente ne semble pas se formaliser de mon apathie. Elle examine lentement chaque étagère, chaque portant de vêtements, puis se rapproche de la caisse où je suis assis avec un cintre et une boîte de conserve dans les mains, ce qui est plutôt bon signe.

— Vous avez ce pull en taille enfant ?

— Vous avez des biscuits apéritifs, pour grignoter avec la Kroach'Vodka ?

— Les boîtes de pâté de cinq cents grammes, ça existe ?

Patiemment, à chacune de ces questions, je réponds la même chose : « Non, madame. Nous n'en avons pas en magasin pour le moment. » Elle secoue la tête avec désapprobation.

— De toute façon, vous n'avez plus de Kroach'Vodka non plus.

Je confirme avec toute la neutralité dont je suis encore capable. Si elle connaît l'existence de cette boisson, c'est qu'elle doit faire partie de nos clientes régulières, même si sa tête aux joues couperosées ne me dit rien. La Kroach'Vodka est le seul produit qui nous a permis de vaguement fidéliser une clientèle. Je ne vais donc pas me la mettre à dos par un simple mouvement d'humeur.

— Et vous savez si je peux en trouver à Monoprix ?

— Non, ma petite dame, vous n'en trouverez pas ailleurs qu'ici. Les poivrotes qui veulent biberonner du mesmène sont obligées de venir s'approvisionner chez nous.

Je me rends bien compte qu'on ne parle pas ainsi à une cliente, et je lui fais mon plus beau sourire pour atténuer la violence de mes propos. Peine perdue. À l'instant où ses neurones imbibés réalisent le sens de mes paroles, elle émet un petit bruit avec ses lèvres, comme celui d'un bouchon sortant d'une bouteille de champagne éventée, et elle quitte le magasin sans rien dire, en laissant le pull et la boîte de conserve qu'elle avait posés sur le comptoir. De nos jours, même les vieux ne respectent plus aucune règle de politesse.

Elle est partie depuis à peine une demi-heure qu'une autre cliente pousse la porte. Décidément, il y a foule, aujourd'hui. La cliente me semble jeune et alors que je vais lui faire mon sourire le plus commercial, je reconnais Nathalie, mon éditrice, que je n'ai pas revue depuis deux mois.

— Bonjour Thomas. Je passais dans le quartier et j'en ai profité pour venir voir comment tu t'en sortais.

La dernière fois que je lui ai parlé, je lui avais appris que je montais un commerce avec mon amie mesmène, sans préciser que le magasin appartenait à Mali. De toute façon, je bosse tellement pour elle que je me sens un peu associé à l'affaire, maintenant. Elle vient vers moi, m'embrasse sur les deux joues et regarde autour d'elle. Son œil de lynx doit remarquer qu'elle est la seule cliente et que la plupart des étagères sont vides.

— Ça marche comme tu vois. Aujourd'hui, nous n'avons pas beaucoup de clients, ça doit être la pluie.

Elle lève un sourcil étonné. Il a plu ce matin, juste quelques gouttes, et les trottoirs ont eu le temps de sécher depuis. Il y a même un rayon de soleil maintenant. Mon argument n'est pas très convaincant.

— Tu sembles aussi à court de produits ?

— Tu dis ça à cause des étagères vides ? On est victime de notre succès. Les fournisseurs ont beau passer deux fois par semaine, nous n'arrivons pas à suivre le rythme de notre clientèle. Surtout la vodka. C'est dingue ce que les vieilles aiment la vodka.

Je n'aurais pas dû prononcer cette dernière phrase. J'ai avoué sans le vouloir que le cœur de cible de la boutique était essentiellement le troisième âge féminin et, au sourire qu'elle réprime, je vois que Nathalie a compris. Tant pis.

— Tant mieux si tu réussis. L'important, c'est de bien fidéliser la clientèle. Tu as déjà pensé à faire des promotions ?

— Non, pas encore. Tu as l'air de t'y connaître ; tu as déjà travaillé dans un commerce ?

— Mes grands-parents paternels possédaient une mercerie. J'allais parfois les aider pendant les vacances d'été.

— Et tu as d'autres tuyaux à me donner ?

— Ma grand-mère me disait toujours que le seul moyen de durer dans le métier, c'était de vendre des produits de qualité au juste prix. Pas d'astuce, tu vois. Ça… ça ne me regarde pas, mais j'ai l'impression que ça ne marche pas aussi bien que tu espérais, non ?

— Disons que ça pourrait aller beaucoup mieux.

Elle part sans se presser en direction du rayon plein de jupes. Elle en sort une verte, puis une rose. Elle les colle contre sa taille.

— Tu me vois avec une jupe de ce style ?

Malgré moi, j'éclate de rire.

— Pas vraiment ton style, non.

Elle reprend son air sérieux tout en replaçant les jupes.

— Tu as pensé à ma proposition d'écrire un autre livre ? Je te publierai, tu sais. Rien que sur ton nom, on doit être capables d'en vendre cent mille exemplaires.

— Je n'ai rien à écrire, je n'ai aucune idée, aucune imagination.

— Bon, c'est à toi de voir. Je te laisse réfléchir.

Elle va prendre une boîte de pâté qu'elle pose sur le comptoir.

— Je m'en voudrais tout de même de ne pas goûter une spécialité mesmène. C'est bon ?

Je suis tenté de lui dire la vérité sur les réclamations de nos vieilles clientes, surtout de celle qui a dû subir un lavage d'estomac. D'un autre côté, les affaires sont au plus bas et ce n'est pas le moment de dénigrer les quelques produits qui nous restent.

— Tu te feras ton idée. C'est un cadeau.

— Non, non, non. Je veux contribuer à la réussite de ton projet.

Elle tourne la boîte dans sa main pour voir le prix. Devant les 65,50 euros inscrits sur l'étiquette, elle lève un sourcil, mais elle me tend deux billets de cinquante euros sans rien dire. Je lui rends sa monnaie.

— Allez, salut, et réfléchis encore à ce que je t'ai dit.

Trois minutes après son départ, j'entends du bruit dans l'escalier de l'immeuble. C'est dingue ce que les vieux bâtiments sont mal insonorisés de nos jours. Je n'ai pas besoin de tendre l'oreille pour reconnaître Mali et sa bande de vieilles élèves. Immédiatement, je comprends qu'il se passe quelque chose d'inhabituel. D'abord, elles sont restées là-haut beaucoup plus longtemps que d'ordinaire et ensuite leurs piaillements m'indiquent qu'elles sont surexcitées.

— C'est une idée merveilleuse !

— Il faut un visa ?

— J'ai toujours rêvé d'être une exploratrice !

Comme d'habitude, je vais me planquer au fond de l'arrière-boutique pour échapper aux assiduités d'Adèle. Elles se dispersent dans la rue, je peux entendre leurs « au revoir, à bientôt ! » lointains en mesmène, alors je reviens derrière le comptoir. Quand Mali entre dans le magasin, elle a un sourire comme je ne lui en ai plus vu depuis des semaines déjà et je me rappelle pourquoi je suis tellement amoureux d'elle. Elle vient se jeter à mon cou.

— Chéri, j'ai eu une idée magnifique. Tu ne devineras jamais !

Elle se trompe, j'ai déjà deviné.

— Tu veux organiser un voyage en Mesménie, c'est ça ?

— Tu nous as entendues ? Qu'est-ce que tu en penses ? C'est génial, non ?

— Tu te rends compte du travail que ça représente ? Il faut réserver des hôtels, des transports. Trouver des activités à faire sur place. Prendre une assurance. C'est un métier, voyagiste, au cas où tu ne le saurais pas.

— Il faut toujours que tu dramatises. Elles cherchent seulement un peu d'aventure, pour mettre du piment dans leur vie. On va leur en offrir, c'est tout. On parle de ce voyage depuis une semaine et j'ai déjà pris contact avec mon atelier de couture, en Mesménie. Ils sont d'accord pour nous recevoir et leur confectionner des vêtements sur mesure. Naturellement, je prendrai une belle commission.

— Tu vas les accompagner ?

— Bien sûr ! On va les accompagner tous les deux.

C'est bien ce que je craignais. Si j'accepte, je vais devoir servir de chauffeur à la bande d'allumées que sont les élèves de Mali ; si je refuse, je ne donne pas cher de notre couple, si on peut vraiment parler de couple. Je tente de composer avec Mali.

— Tu ne crois pas que nous devrions y réfléchir encore un peu avant de prendre une décision ?

Elle se renfrogne instantanément.

— Eh bien, réfléchis tout seul si tu veux. Moi, je vais faire un tour.

À la voir partir ainsi, je pourrais imaginer qu'elle va rejoindre son amant, mais l'idée même me paraît saugrenue. Ce n'est pas que je la soupçonne d'avoir des principes ou d'être trop amoureuse de ma personne pour me tromper, non. J'ai simplement compris, depuis le temps que je la fréquente maintenant, qu'elle ne s'intéresse pas assez aux hommes pour entretenir deux relations en même temps. Une relation c'est déjà trop pour elle, en tout cas lorsque je suis l'autre moitié de cette relation. Elle préfère s'occuper de son foutu commerce. Je suis sûr qu'elle va aller au café le plus proche pour commencer à organiser le voyage sur le petit calepin qui ne la quitte jamais. Elle va essayer de planifier les étapes, le trajet, le prix qu'elle demandera à chacune de ces pauvres vieilles qu'elle va encore arnaquer. Et quand elle rentrera ce soir, elle jouera de son charme pour me persuader de les accompagner, au cas où je n'aurais pas déjà cédé à sa demande.

Je commence à réaliser que, malgré mes sentiments, notre vie commune ne va peut-être pas durer. Elle pensait avoir besoin de moi et de mon image pour lancer sa boutique et, pour le moment, elle a encore besoin de moi pour tenir le magasin. Mais dans les semaines ou les mois à venir, quand le commerce fera faillite, elle risque de me liquider avec lui. La raison me dicterait donc de la laisser aller seule avec ses vieilles en Mesménie.

Seulement, je suis incapable de prendre cette décision. J'ai tout laissé tomber pour elle. Ma famille, Sandrine, Richard, tous ceux à qui je n'ose même plus donner de nouvelles tellement j'ai honte de les avoir abandonnés. Je me sens obligé d'aller au bout de mon histoire avec Mali, d'essayer encore et encore de la conquérir même si mes chances de réussite avoisinent le zéro absolu. Et puis, soyons honnête : j'ai encore envie de voir son sourire éclatant, de sentir sa peau contre la mienne, d'enfouir mon visage dans ses cheveux.

Le téléphone vibre de ma poche. Je m'en fous, je ne réponds pas. Je ne regarde même pas qui m'appelle. Je n'ai envie de parler à personne. Je sais déjà que je vais l'accepter, ce foutu voyage, et tant pis s'il tourne à la catastrophe, je ne vois pas d'autre chose à faire dans l'immédiat.

Je monte à l'appartement, ragaillardi par cette lâche décision, et j'allume la télévision pour attendre le retour de Mali et lui annoncer ma décision. Dans ma poche, le téléphone vibre encore. Quelqu'un a dû me laisser un message et le répondeur me le signale furieusement, toutes les dix minutes. J'aimerais bien désactiver cette option, si je savais comment faire. Après le troisième rappel, je regarde le nom de l'imbécile qui ose me déranger dans un moment pareil.

Sergeï. Un courant électrique me traverse des orteils aux racines des cheveux. Sergeï m'a appelé et m'a laissé un message. Je le croyais sorti du paysage, celui-là, neutralisé. Et j'ai peur de savoir ce qu'il a à me dire. Mais s'il veut une partie du magot que va me rapporter le livre, pourquoi se manifeste-t-il seulement aujourd'hui ? S'il voulait m'engueuler, j'ai l'impression qu'il l'aurait déjà fait depuis longtemps. Peut-être qu'il s'est juste décidé à me dire enfin d'où il vient, ce satané bouquin ? Ou bien va-t-il me proposer un nouveau travail ? Je ne peux pas m'empêcher d'écouter ce qu'il a à me dire. J'appelle la messagerie et la voix geignarde de Sergeï se fait entendre :

— Allô, Thomas ? Pourquoi tu me faire ça à la famille, Thomas ? Pourquoi, Thomas ? Appelle-moi et dis à moi, Thomas.

Ce court et énigmatique message me laisse un vague sentiment de malaise et me conforte dans ma décision de fuir en Mesménie.

21

Deux semaines après

Quand nous arrivons à l'aéroport, les élèves de Mali sont déjà là, attroupées devant le comptoir de Baltic Airways, excitées comme des souris affamées qui viennent de flairer un morceau de cantal. Je suis résigné à jouer le rôle du cantal pendant les huit jours à venir, puisque c'est ce que Mali attend de moi.

Nous n'avons pas vraiment organisé le voyage. En dehors des billets aller-retour de Paris à Tallinn, Estonie, Mali a seulement contacté une ferme à proximité de l'atelier artisanal qui produit les hardes qu'elle voudrait mettre à la mode. Nous n'avons même pas de guide sur la Mesménie : il n'en existe pas. Quand j'ai fait remarquer à Mali que nous ne pouvions pas partir sans carte routière, sans connaissance des infrastructures touristiques du pays, elle m'a rétorqué que nous pourrions écrire le guide nous-mêmes, à notre retour. Chaque fois que je lui adresse la parole, depuis quinze jours, son exaspération est presque palpable.

Nous sommes donc là, dans le hall 4 du terminal Ouest d'Orly, et nous ne connaissons même pas l'itinéraire pour rejoindre le but de notre voyage. Mais je préfère ne rien dire.

Dès qu'elles nous aperçoivent, les vieilles se trémoussent et poussent en chœur des petits piaillements :

— Dieu merci, vous voilà !

— Nous sommes là depuis une heure et nous ne savions plus quoi faire !

— Nous pensions avoir mal compris le lieu de rendez-vous !

— Nous avions si peur de rater l'avion !

Nous ne sommes pourtant pas en retard. Nous allons même devoir déambuler pendant trois heures dans l'aéroport en attendant le début de l'embarquement. Je remballe toutefois les sarcasmes qui me viennent aux lèvres, ce serait un mauvais départ.

Mali, toute souriante, s'approche du groupe et les embrasse l'une après l'autre, chaleureusement. Quand elle a fini son petit tour, elle se tourne vers moi et je me sens obligé de l'imiter. Au passage, je note qu'elles sont accoutrées encore plus bizarrement qu'à l'ordinaire.

Henriette. Une robe informe sous un manteau en poils de chameau qui lui arrive à mi-mollet.

Liliane. Un survêtement, des baskets, un anorak sur le bras. Presque normale.

Monique. Un poncho, un bonnet, une écharpe et des gants de style mexicain.

Adèle. Un tailleur-pantalon noir et sobre, gâché par une chemise blanche à jabot, retenu par une sorte de broche genre camée, très XIXe siècle.

Emma. Grosse doudoune rose avec Moon Boots assorties, pantalon collant à poils ras, imitation léopard, comme si on partait en expédition polaire.

Je me retiens de leur demander si le but exact de ce voyage est vraiment d'agrandir leur garde-robe : à mon avis, elles n'ont pas besoin de la haute couture mesmène pour se faire remarquer.

Au comptoir d'enregistrement, l'hôtesse est navrée de nous apprendre qu'elle ne pourra pas nous placer les uns à côté des autres, ce qui n'est pas pour me déplaire. J'ai déjà vu cette maniaque d'Adèle avec mon bouquin sous le bras, prête à me tomber dessus. Je m'empresse donc de prendre la place isolée, dans le fond de l'appareil. Mali se retrouve à quelques rangées devant moi, entre Emma et Monique. De là où je suis, je peux voir le haut de leurs têtes qui s'agitent. Je suppose que ces vieilles n'ont jamais voyagé de leur vie. Les trois autres sont regroupées à l'avant, loin de mes regards.

Dès que l'avion quitte la piste, je replonge dans mes préoccupations du moment.

Sergeï. Je le revois encore le jour où il m'a remis le manuscrit. Avec son gros visage rouge et suintant, son ventre imposant et ses jambes aussi épaisses que des allumettes. Je revois aussi son air inquiet de conspirateur et je me souviens de ses propos absurdes. Ce louche individu m'a téléphoné exactement sept fois en deux semaines. Je n'ai pas répondu à ses appels et à chaque fois il m'a laissé un message, chacun plus long et plus plaintif que le précédent, d'où il ressort que je lui ai fait du tort, à lui, à sa famille en général, et à sa grand-mère en particulier, que j'ai bafoué leur honneur et que je dois répondre de mon crime sans délai. Il peut toujours courir, je n'ai pas l'intention de comparaître devant une tribu composée d'ersatz de Sergeï de tout âge et de tout sexe.

À force de réfléchir à ses propos inquiétants et à toute cette affaire, j'ai trouvé une explication qui me paraît cohérente. Évidemment, la famille dont parle Sergeï n'a rien à voir avec la génétique et il s'agit bien de ce nom qu'on donne à la mafia sur toute la surface de la planète, « grand-mère » étant le nom qu'on donne au parrain, dans ces étranges pays. En posant cette hypothèse de base, j'ai donc causé du tort à la mafia balte, ce qui me met dans de sales draps. Sergeï ne serait qu'un homme de main, un sbire, un pistolero qui aurait commis une trahison et qui essaierait de me faire porter le chapeau pour sauver sa peau.

Mais quelle serait cette trahison ? Eh bien, voilà la théorie que j'ai échafaudée. Le parrain, ou la « grand-mère » selon le langage codé de Sergeï, ce serait Alvizaar, bien sûr. Peut-être pas tout en haut de la pyramide, mais proche du sommet pour le moins. Le manuscrit en mesmène que Sergeï m'a remis ne serait pas un roman comme je l'ai cru, mais l'histoire véridique d'une vieille parente d'un personnage politique, ou d'un juge, que la mafia balte aurait voulu faire chanter. Et Sergeï, à son tour, a voulu faire chanter la mafia en volant ce manuscrit et en le faisant traduire en français. Cette partie est la partie la plus faible de ma théorie, car je ne vois pas bien en quoi ma traduction est une menace pour quiconque. Mais bon, je suppose qu'il y a une explication logique derrière tout cela. Peut-être voulait-il vendre le manuscrit à la mafia française et peut-être que Sergeï a commis une erreur d'aiguillage si bien que Nathalie a récupéré le livre par accident.

Pour confirmer mes soupçons, une idée géniale m'est venue à l'esprit. Il y a peut-être un détail dans le livre en mesmène qui m'aurait échappé et qui mettrait directement en cause une personnalité de la vie publique mesmène. Ou bien l'objet mystérieux dont je n'ai pas su découvrir la signification pourrait être une référence connue de tous les mesmènes. Et Sergeï serait furieux de mon omission, ce qui serait compréhensible. J'ai donc mis le marché entre les mains de Mali : elle lisait les deux versions et elle m'indiquait ce qui m'avait échappé dans le bouquin mesmène, et moi j'acceptais d'aller en Mesménie avec les vieilles. Elle a accepté la mission sans faire de commentaire, mais, depuis, elle m'adresse à peine la parole.

Juste avant d'atterrir, je me demande où nous allons dormir ce soir. J'aurais aimé voir Mali s'investir un peu plus dans l'organisation de notre périple. Après tout, c'est elle qui connaît le pays. Mais, chaque fois que j'abordais la question, je me faisais engueuler :

— On trouvera bien des restaurants et des endroits où dormir. Tu crois que la Mesménie c'est le tiers-monde ?

Évidemment que je le crois, mais je n'en ai rien dit. Sandrine préparait nos vacances des mois à l'avance. Elle rappelait plusieurs fois les hôtels où elle avait réservé pour s'assurer que tout était en ordre, achetait des guides et des cartes routières, sortait les valises une semaine avant le départ. Je la trouvais ridicule et je me moquais d'elle sans me rendre compte de la sécurité qu'elle m'apportait. Avec Mali, j'ai l'impression de vivre à côté d'une bombe nucléaire, toujours prête à exploser.

De grandes rafales de vent secouent notre appareil pendant l'atterrissage. J'agrippe les accoudoirs, pas très rassuré par cette arrivée instable. Je laisse les autres passagers descendre de l'avion, le temps de retrouver mon calme.

La bande à Mali m'attend devant le tapis à bagages. Les vieilles pies sont silencieuses, sans doute encore secouées par notre atterrissage périlleux. Elles restent sagement groupées derrière Mali et m'indiquent du menton les valises et les sacs que je dois récupérer pour elles. J'entasse tous nos bagages sur des chariots qui finissent par peser des tonnes. Je pousse le plus lourd des deux vers la sortie, Liliane pousse l'autre avec un clin d'œil complice à mon endroit, et nous nous dirigeons vers les agences de location de voitures.

Nous n'avons eu aucune difficulté à trouver un monospace pour huit personnes, ce qui donne raison à Mali : les pays baltes sont accueillants pour les touristes et il n'était pas nécessaire de préparer outre mesure notre virée.

Je prends naturellement le volant. Henriette demande d'une voix mal assurée si elle peut s'installer à côté de moi. Elle est, paraît-il, malade en voiture quand elle monte à l'arrière du véhicule. Je la regarde de travers, persuadé qu'elle va régurgiter, au bout de deux kilomètres et sur mes genoux, le contenu de plateau-repas qu'on nous a servi dans l'avion. Elle a l'air tellement anxieuse pourtant que je ne peux tout de même pas lui refuser la place de copilote. Elle grimpe à l'avant et je démarre. Mali a sommairement regardé la carte que l'agence Hertz nous a fournie et décide que nous ferons halte pour la nuit à Kohtla-Järve, dernière ville avant la frontière mesmène. Nous avons cent cinquante kilomètres de route à faire avant la nuit. Au bout d'une demi-heure, Henriette se lance dans une longue série de questions, d'un ton inquiet.

— Vous croyez qu'on trouvera de l'essence ?

— Mais oui, Henriette. C'est même une richesse du pays, le pétrole.

— Vous croyez qu'on trouvera un restaurant ?

— Mais oui, Henriette. Je suis sûr que les gens d'ici mangent aussi, comme en France.

— Vous croyez qu'on trouvera un hôtel ?

— Mais oui, Henriette. Je suis sûr que les gens d'ici dorment aussi, comme en France.

Elle ne me rétorque pas que les gens d'ici mangent et dorment sans doute comme en France, mais qu'ils le font peut-être chez eux, comme la majorité des Français. Au fond, je partage ses préoccupations. Si seulement Mali avait bien voulu m'écouter, on aurait fait les réservations par Internet avant le départ. Maintenant, c'est trop tard, il ne reste plus qu'à compter sur notre bonne étoile.

Je contrôle l'arrière du monospace dans le rétroviseur. Emma et Monique trouvent tout absolument exotique : un champ d'éoliennes tournant à plein régime ; une mouette qui se lâche sur le pare-brise ; des cantonniers à l'ouvrage ; une forêt de conifères. Adèle promène ses yeux inquisiteurs entre le paysage et mon bouquin. Elle doit le connaître mieux que moi, à force de le lire. Liliane la Sportive me rend chacun de mes regards dans le rétroviseur : plus de doute sur son approche amoureuse à celle-là, et je prépare déjà ma contre-attaque, au cas où elle déciderait de passer à l'action. Mali, comme Adèle, fait partie des gens capables de lire en voiture sans attraper la nausée. Elle tourne tranquillement les pages de ma traduction et je la vois sourire de temps à autre, ce qui me paraît plutôt bon signe.

Il est 19 h 35 quand on atteint la banlieue de Kohtla-Järve. Je suis agréablement surpris de voir tout de suite l'enseigne d'un charmant hôtel de campagne avec un toit en chaume, des murs blancs crépis, une pelouse bien tondue, une allée en gravier dans laquelle je m'engage. Les vieilles restent dans le monospace pendant que Mali et moi allons à la réception.

Une grande blonde nous accueille dans une langue qui m'est incompréhensible. Ça doit être de l'estonien. Mali engage la conversation. Je savais qu'elle parlait mesmène, français, russe, italien, anglais ; je ne savais pas qu'il fallait encore ajouter l'estonien à la liste. Après quelques échanges, elles se sourient toutes les deux et la fille de l'hôtel nous indique un panneau que j'arrive à interpréter. Dans la colonne de gauche il doit y avoir la description des chambres : une, deux ou trois personnes, avec douche, avec baignoire, ce genre de détails. Dans la colonne de droite les prix. Le plus petit est de trois cent quatre-vingts euros. La chambre double est à cinq cent vingt euros. Nous avons besoin de quatre chambres. À ce rythme-là, pour une semaine nous nous en tirerons à environ quinze mille euros rien qu'en frais d'hôtel. C'est un paquet d'argent, mais Mali a demandé la somme astronomique de cinq mille euros par personne pour le séjour, nous en avons donc les moyens.

J'ouvre le coffre du monospace pour en sortir les bagages quand j'entends Mali, dans l'habitacle, annoncer d'un air navré que l'hôtel est complet. Je suis certain qu'elle ment, pourtant je vais docilement me remettre derrière le volant. Pas très loin, on visite un deuxième puis un troisième hôtel, tous les deux trop chers pour Mali. À proximité du centre-ville, on tombe sur un grand bloc rectangulaire, façon soviet. Là, les tarifs conviennent à Mali, mais malheureusement l'hôtel est vraiment complet.

Il est 21 h 05. Plus personne ne parle dans le véhicule. Dans les rues, les quelques restaurants commencent à fermer. Il n'y a aucun piéton, presque pas de circulation. J'ai une furieuse envie de me retourner vers Mali et de lui jeter à la figure un « Je te l'avais bien dit » accusateur quand elle pousse un grand cri en désignant une enseigne.

— Là, il y a des chambres !

— Où ça, là ?

— Sur ta gauche. Arrête-toi.

Il faut reconnaître au moins une chose à la ville de Kohtla-Järve : il n'y a pas de problème de stationnement. Je me gare le long du trottoir, sans faire de créneau, et une fois de plus j'accompagne Mali à la réception.

Un homme revêche, dans les soixante ans, chauve, nous reçoit. Sans cérémonie, Mali l'interpelle. Il répond par des phrases courtes et des monosyllabes. Au bout de deux minutes, Mali se tourne vers moi.

— C'est un ancien lycée. Cinquante euros la chambre de deux. Salle de bains sur le palier. On prend.

— Tu ne trouves pas que c'est un peu trop rustique pour elles ?

— Qu'est-ce que tu proposes ?

— On pourrait retourner dans le premier hôtel qu'on a vu, non ?

— Tu plaisantes ? Tu as vu le prix ? Elles voulaient de l'exotique, elles vont en avoir !

De retour dans la voiture, Mali explique la situation. Comme d'habitude, Emma et Monique trouvent cet arrangement merveilleusement typique alors qu'Adèle pince un peu plus ses lèvres déjà serrées. Liliane s'amuse de la situation et Henriette s'inquiète de la sécurité de l'endroit. J'entrevois déjà l'enfer que va être la semaine à venir.

Les chambres sont minuscules, meublées de lits une place, en tubulures d'acier, surmontés de matelas de trois centimètres d'épaisseur. Par terre, du linoléum d'une propreté douteuse et, sur les murs, plein de graffitis estudiantins. Les couvertures sont trouées, les draps sont gris et les vieilles font la gueule. Quand elles découvrent l'état de la douche commune, sur le palier, l'atmosphère s'alourdit encore. Heureusement, elles sont trop désorientées pour protester avec véhémence.

Nous reprenons la voiture pour partir à la recherche d'un restaurant ouvert. Nous finissons par dénicher une pizzeria de banlieue où un adolescent boutonneux vient prendre notre commande en se mettant le doigt dans le nez. Il n'est pas aimable ; à l'évidence, nous sommes les derniers clients et il a hâte de rentrer chez lui. Il ne leur reste que des pizzas au jambon, notre choix est donc vite fait. Elles arrivent au bout d'un quart d'heure, encore congelées au centre, brûlées sur les bords. De mauvaise grâce, nous grignotons ces amalgames de croûtes garnies de ketchup, de fromage au goût de plastique et de jambon reconstitué. Personne n'a envie de tester les desserts, ni même le café. Nous demandons l'addition, Mali paie en utilisant sa carte Visa et nous quittons cet endroit lugubre aussi vite que possible.

Dehors, un crachin froid nous tombe dessus. Emma, déjà équipée d'une doudoune et de Moon Boots rose bonbon sort de sa poche un couvre-chef assorti. Ainsi attifée, elle ressemble à un flamant rose obèse, mais elle s'en fout complètement. Elle est à l'abri de l'eau et du froid.

À l'hôtel, dans un silence qui en dit long, les vieilles se répartissent les chambres. Emma et Monique, Liliane et Henriette, Adèle seule dans une chambre. Rapace comme elle l'est, j'ai peur un moment que Mali ne lui réclame un supplément, mais elle s'abstient. Elle n'y a sans doute pas pensé. Je pose les bagages au pied des lits de chacune d'elles et je vais rejoindre Mali, déjà dans notre chambre. J'aimerais réunir nos deux lits, mais les pieds sont fixés au sol. C'est aussi bien, après tout. Je suis tellement crevé que je ne pense qu'à dormir. Mali, elle, s'est replongée dans mon livre. Juste avant de sombrer, j'ai la force de lui demander ce qu'elle en pense.

— C'est pas mal. Je comprends comment les vieilles femmes peuvent aimer ce genre de bouquins. On dirait un truc à l'eau de rose, un peu cucul, spécialement écrit pour le troisième âge.

Je me sens plutôt vexé par ses commentaires. Malgré tout, elle ne me dit pas ce que j'ai envie de savoir.

— Et tu crois qu'il y a quelque chose de bizarre dans ma traduction ? Tu as regardé la version originale ?

— Pas encore. Pour l'instant, je trouve ton machin un peu décousu, c'est tout.

On ne peut pas dire qu'elle maîtrise tout à fait l'art du compliment. Sur ces bonnes paroles, je lui souhaite bonne nuit et lui tourne le dos.

22

Un jour plus tard

La Mesménie est encore pire que dans mes pires cauchemars. Lorsque j'essayais d'imaginer cet endroit, je ne pensais pas à son climat. Alors que nous sommes en plein mois de juillet, une espèce de pluie fine n'a pas cessé de tomber depuis que nous avons passé la frontière. Les paysages qu'on devine par les fenêtres embuées du monospace sont baignés dans une sorte de bruine grisâtre, les rares collines que l'on distingue ressemblent à des miches de pain complet en train de moisir dans une atmosphère saturée d'humidité.

Avec une insouciance criminelle, Mali ne s'est même pas souciée de savoir où se trouvait exactement la ferme qui est notre destination finale ; tout ce qu'elle sait se résume à l'adresse du centre d'artisanat où elle se fournit et qui se trouve dans le nord du pays. Je me dirige donc à l'instinct et à la boussole, avec des arrêts réguliers dans les villages que nous rencontrons et où Mali se fait confirmer la direction. On pourrait penser qu'un si petit pays se traverse en une demi-journée, mais l'état des routes et la météo ne permettent pas de dépasser le quarante à l'heure.

Avec nos arrêts fréquents, et à la vitesse où nous avançons, j'ai bien été obligé de remarquer quelques panneaux le long de la route. Il y en a peu et ce sont toujours les deux mêmes : l'un possède un fond kaki et l'autre tire plutôt sur le jaune moutarde. En dehors de cette différence, ils sont curieusement identiques, avec le portrait du président mesmène Androv Zornoïff au milieu et une inscription en lettres capitales juste en dessous que je n'arrive pas à déchiffrer. Je suis suffisamment intrigué pour demander des explications à Mali qu'elle me donne en haussant les épaules.

— Ce sont bientôt les élections et le président est en campagne.

— Oui, mais on ne voit que les panneaux de Zornoïff. Il n'y a qu'un seul parti, en Mesménie ?

— Mais non, il y en a deux, tu vois bien. Les affiches kaki, c'est pour le PG, Parti des gens et les jaunes pour le PPT, le Parti pour tous.

— Alors pourquoi Zornoïff figure-t-il sur les deux panneaux ?

— Parce qu'il est le secrétaire général des deux partis, qu'est-ce que tu crois !

Elle m'a répondu sur un ton tellement agressif que je n'ose pas continuer à l'interroger, mais, après une minute, je l'entends pousser un soupir de résignation et elle reprend ses explications.

— Quand nous sommes devenus indépendants, en 1991, il a fallu organiser le pays dans l'urgence. Avant, tout dépendait de la Russie. La famille Zornoïff étant la seule famille ayant un peu d'influence dans la région, c'est elle qui a naturellement pris en main la vie politique du pays. Donc Androv

Zornoïff a fondé le PG et son frère Polopov a créé le PPT. Ils ont décidé qu'ils seraient élus à tour de rôle, tous les quatre ans. Le système a bien fonctionné et quand Polopov est mort, en 2003, Androv a hérité de son parti, si bien que maintenant il s'occupe des deux tendances à la fois.

— Parce qu'il y a un parti de droite et un parti de gauche, c'est ça ?

— Pas vraiment non. Ils s'affrontent plutôt sur des sujets concrets comme la date de la fête nationale ou la couleur des frontons des écoles, le PG voulant qu'ils soient kaki alors que le PPT les peint en jaune moutarde. En fait, les terres rares constituent le premier thème important pour Androv. Il a expliqué que s'il était élu en tant que président du PG, il continuerait à être pour leur exploitation, alors que si le PPT gagnait, il serait contre. C'est simple, non ?

Personnellement, je trouve le système absurde et je me demande comment il va pouvoir tenir, maintenant qu'Androv Zornoïff va être soumis à la pression internationale. Pourtant, comme Mali semble avoir retrouvé sa bonne humeur dans la conversation, je m'abstiens de tout commentaire.

D'autant qu'un autre problème va bientôt se poser. Depuis ce matin, nous n'avons pas mangé grand-chose. À la pause déjeuner, Mali nous a ramené du pain gris et du saucisson de grenouille qu'elle avait achetés dans une ferme où elle avait demandé notre chemin. Et, depuis, nos estomacs sont vides. En plus, le soleil est très bas à l'horizon et à cette latitude cela indique qu'il va bientôt falloir se poser pour la nuit. Je suis en train de me dire qu'en tenant compte de l'attrait touristique du pays ça ne va pas être une partie de plaisir quand j'aperçois une sorte de hangar orné d'un drapeau, sur lequel est dessiné un chou monstrueux, et d'une gigantesque banderole où le mot « Bienvenue » s'inscrit dans une bonne vingtaine de langues, du moins je le présume. Pour ma part, je reconnais « Welcome » et « Wilkommen ». Je me pincerais bien pour savoir si je rêve, mais Henriette, à côté de moi, s'en charge déjà très bien.

— Regardez, Thomas ! Vous croyez qu'ils ont fait ça pour nous accueillir ?

J'ignore totalement cette hypothèse absurde et je me tourne vers Mali tout en gardant un œil sur la route.

— Qu'est-ce que c'est, à ton avis ?

Elle hausse les épaules.

— Mais ce machin, là, le drapeau immonde, ça ne te dit rien ?

— C'est le drapeau de la Mesménie, alors un peu de respect, s'il te plaît. Pour le reste, je ne sais pas ce qui se passe, mais arrête-toi quand même. Il faut bien qu'on passe la nuit quelque part et ils ne vont pas nous mordre, je suppose.

J'aurais préféré une réponse plus enthousiaste. Je gare cependant le monospace à côté du bâtiment et nous descendons tous pour pénétrer à l'intérieur. En fait d'accueil, l'espace qui s'offre à nous ne comporte que des tables à tréteaux disposées en U sans rien dessus et aucune présence humaine n'est là pour nous expliquer en quoi nous sommes les bienvenus. Désemparées, les vieilles errent dans le local vide et je suis sur le point de sonner le rappel lorsqu'une porte, à l'autre bout du hangar, s'ouvre avec prudence. Un homme passe d'abord la tête par l'embrasure puis, jugeant sans doute que nous ne présentons pas de danger, il entre tout à fait. Cette apparition porte une étrange combinaison d'un vert pomme criard et son crâne est rasé, à l'exception d'une longue mèche, au-dessus de la tête, attachée par une bande de tissu assortie à la combinaison. Il nous regarde d'abord avec des yeux ronds puis son visage s'éclaire d'un grand sourire. Il passe ses deux mains derrière ses grandes oreilles qu'il écarte deux fois en s'écriant quelque chose d'incompréhensible. Sa langue claque plusieurs fois sur son palais, puis il repart en courant par où il est venu. Médusé, je regarde Mali.

— Qu'est-ce que c'était ? Qu'est-ce qu'il a dit ?

— Textuellement, il a dit : « Bonjour, bonjour, ne bougez pas, je reviens. »

— Mais le truc qu'il a fait avec ses oreilles ? Et sa coiffure idiote ?

— Une tradition de la région. Ici, on se salue avec les oreilles. Quant à la coiffure, elle est typique du sud de la Mesménie. Tu sais, c'est une région agricole, un peu retardée par rapport au reste du pays. La coiffure vient des cosaques ukrainiens. On a beau être ennemis, on a des points communs. Tu n'as pas lu *Tarass Boulba*, de Nicolas Gogol ?

Évidemment que je connais ce roman ! J'ai même vu le film qui en a été tiré, mais il me semble que le fier Yul Brynner du film n'a rien à voir avec l'individu qui vient de faire une apparition. Je suis sur le point d'en faire la remarque quand un tintamarre nous parvient de l'extérieur et, soudain, une demi-douzaine de portes que je n'avais pas vues s'ouvrent à la volée. En quelques secondes les lieux sont envahis par des dizaines d'hommes, de femmes et d'enfants qui s'agitent en tous sens, jettent des sortes de nappes bariolées sur les tables à tréteaux, posent dessus des ustensiles de cuisine et, dès qu'ils ont les mains libres, s'en servent pour décoller leurs oreilles à notre intention, en nous prodiguant de grands sourires. Nos vieilles à nous, passées les premières secondes de surprise, répondent de la même manière et avec un enthousiasme équivalent. Seule Mali semble avoir gardé toute sa tête, aussi je me tourne une nouvelle fois vers elle.

— Tu peux m'expliquer ce qui se passe, là ?

— Comment veux-tu que je le sache, à la fin ? Ce n'est pas parce que je suis mesmène que je dois pouvoir comprendre les moindres faits et gestes de tous les habitants de ce pays !

Malgré tout, elle va demander des explications à l'homme en combinaison vert pomme, à l'autre bout du bâtiment, qui à l'évidence supervise ce chantier. Je commence à observer le manège des chaudrons bouillonnants et des gamelles pleines qui arrivent sur les tables quand une main me tape sur l'épaule. Je me retourne pour voir Adèle l'Obsédée avec mon livre à la main.

— Dites-moi, Thomas, la fin de votre roman se situe bien dans cette région de la Mesménie ?

Je n'avais jamais pensé à localiser précisément l'action de ma traduction alors je me contente d'une moue dubitative qui ne m'engage à rien.

— Allons Thomas, ne faites pas insulte à mes capacités de déduction. Puisque vos héros passent la frontière estonienne à pied, ils doivent bien se trouver dans la région !

Je me demande quel plaisir elle peut prendre à jouer les miss Marple de la littérature mesmène, mais je suis bien obligé de convenir que son argument tient la route.

— Admettons. Et où voulez-vous en venir ?

— Eh bien, j'ai relevé ce passage :

Chlobak, en soldat accompli, connaissait l'art de la guerre. Il aurait donc pu se servir du moindre tronc d'arbre, d'une colline insignifiante ou du plus petit des talus pour se mettre à l'abri et répondre aux tirs de ses assaillants. Il avait tous les moyens de se protéger des regards dans cette région vallonnée et boisée et il n'aurait pas hésité à monter des embuscades pour canarder ses adversaires s'il n'avait pas eu de bonnes raisons de s'abstenir. D'abord, il ne voulait pas blesser Maria par inadvertance ou même Katia, quoiqu'il en voulût encore à cette dernière d'avoir sympathisé avec les Russes. Et en plus il était à court de munitions. Il se contenta donc de ramper dans un ruisseau en pente raisonnable, en reprenant parfois son souffle à la surface, pour voir où en était la troupe ennemie et c'était ainsi qu'il avait aperçu la frontière estonienne.

— Voyez-vous, ce qui m'étonne, c'est que vous parliez d'une région pleine de collines et de forêts alors que celle que nous avons traversée aujourd'hui est plate comme une limande et recouverte de cette mousse étrange…

Il n'y a rien de plus exaspérant que ces gens qui, pour briller en société, essaient de mettre leur interlocuteur dans l'embarras. Adèle appartient sans aucun doute possible à cette catégorie, c'est pourquoi je ne me gêne pas pour rétorquer du tac au tac.

— Vous savez, le roman se passe il y a plus de cinquante ans, alors les paysages ont eu le temps de changer.

— Je veux bien pour la végétation, mais l'érosion des collines, en cinquante ans, tout de même… Et puis il y a cette histoire de frontière. Comment peut-il se rendre compte qu'elle est à ce niveau ? Est-ce qu'il y a un poste de douane ? Et dans ce cas, pourquoi les douaniers n'interviennent-ils pas ?

J'ai une envie folle de lui faire avaler mon bouquin. Heureusement pour elle, Mali revient à ce moment-là et nous livre l'explication de ces festivités, si bien que je n'ai pas à remettre Adèle vertement à sa place.

— Ce type en combinaison vert pomme, c'est le maire du village. Depuis qu'il a entendu parler des terres rares, il s'est mis en tête d'exploiter le filon d'un point de vue touristique. Il m'a dit qu'ils avaient déjà reçu deux Anglais et trois Suédois, mais nous sommes le plus grand groupe qu'ils ont vu jusqu'à ce jour. Ils ont décidé de faire une fête du capistniou chaque fois qu'un groupe d'étranger vient visiter le village...

— Le capistniou, ce n'est pas ce chou dont vous parlez dans votre livre, Thomas ? Il me semble même que vous faites allusion à cette fameuse fête.

Naturellement, c'est Adèle-je-sais-tout qui vient de prendre la parole. Pour une fois, elle n'a pas tort et je me souviens précisément d'avoir traduit ce passage. C'est celui-là même qu'ils ont lu, à l'émission du *Masque et la Plume*, il y a une éternité. Cependant un détail m'intrigue.

— Mais c'est censé être la fête du printemps, non ?

Mali hoche la tête.

— Tout à fait. Le Sud est la grande région du capistniou. Vous avez sans doute remarqué les grands champs de culture, le long de la route. Ce chou commence à sortir de terre dès le mois de mars et c'est pourquoi on le célèbre une fois par an, au début du printemps. Cette année, exceptionnellement, ils vont rejouer la fête pour la quatrième fois : la première fois c'était pour le village lui-même, puis pour les Anglais, les Suédois et maintenant pour nous. D'ailleurs, regardez, les danseuses arrivent !

En effet, quatre filles entrent par une des portes dérobées. Elles doivent avoir seize ou dix-sept ans et elles seraient indiscutablement des top models en France sans leur accoutrement. Même dans ce pays aux mœurs vestimentaires étranges, leur tenue me laisse perplexe. La pièce principale du costume ressemble à une combinaison de fourrure blanche un peu miteuse, à manches et pantalons courts. Autour de la taille, elles ont une ceinture en feuilles de capistniou, c'est du moins ce que doit être ce végétal qui ressemble à de la moisissure en branche, et leurs chevilles et leurs poignets portent des bracelets dans cette même matière. Pour parachever le ridicule, un énorme chou violacé leur sert de coiffure. Les pauvres filles ont l'air de faire la gueule et, franchement, je les comprends. Être obligées de se livrer à cette cérémonie non pas une, non pas deux, non pas trois, mais quatre fois dans l'année, devant des étrangers rigolards qui plus est, il y a de quoi déprimer. Pourtant, lorsqu'un groupe de jeunes se met à taper et à gratter des instruments que j'avais pris pour des ustensiles de cuisine, elles se résignent et se lancent dans une chorégraphie à mi-chemin entre le Casatchok et la Danse des canards. Pour ne pas en rajouter à leur humiliation, je fixe mon attention sur les musiciens et leur drôle de coiffure. Eux aussi portent une unique mèche sur la tête, mais, au lieu d'être bien au milieu du crâne comme celle de leurs aînés, elle se trouve sur le côté gauche et leur tombe négligemment sur l'oreille. Mali se tient à côté de moi et j'en profite pour lui poser encore une question en les désignant du menton.

— C'est une autre coiffure traditionnelle ?

— Non, eux ce sont des rebelles. Tu n'as jamais été adolescent, peut-être ?

Heureusement, la danse ne dure pas longtemps. Très vite les musiciens émettent des sons brefs avec la gorge, de plus en plus forts et rapprochés, que la foule reprend en chœur puis brusquement c'est le silence et l'immobilité dans la salle, suivis de grands rires, et tout le monde lève son verre de Kroach'Vodka. Le festin commence alors. Chacun boit et se sert dans les gamelles. Il n'y a pas d'assiettes à proprement parler. La bouillie blanche et grumeleuse qui fait office de plat principal se mange au creux de feuilles de capistniou. Une fois encore, je fais appel au savoir de Mali.

— Ce que je ne comprends pas, c'est pourquoi ils se servent de choux pourris alors qu'ils doivent bien en avoir des frais à disposition ?

Elle lève les yeux au ciel dans une expression que je trouve méprisante à mon égard.

— Ce n'est pas du chou pourri. Le capistniou a cet aspect flétri dès qu'il sort de terre.

Je commence à comprendre pourquoi la terre avait l'air d'être recouverte de moisissure, depuis que nous étions rentrés en Mesménie. La mauvaise humeur de Mali commence à me taper sur les nerfs, aussi je décide d'aller faire la causette avec les petites danseuses qui m'ont l'air d'être de meilleure composition maintenant qu'elles ont fini leur prestation.

— Bonjour, mesdemoiselles, et félicitations pour votre numéro !

J'ai parlé distinctement, en mesmène, mais elles me regardent en riant et répondent quelque chose d'incompréhensible, en émettant les mêmes claquements de langue que le maire du village. Je suis sur le point de leur demander de répéter plus lentement quand une voix se fait entendre dans mon dos. Adèle.

— Elles disent qu'elles ne vous comprennent pas, Thomas. Ce doit être à cause de votre accent. Ici, vous savez, ils prononcent les voyelles en faisant claquer leur langue sur le palais.

Je n'en reviens pas. Comment ose-t-elle me donner des leçons de mesmène, à moi, alors qu'elle ne prend des cours que depuis quelques semaines ? Cette bêcheuse, sans s'apercevoir de mon indignation, continue sur sa lancée.

— D'ailleurs, à ce propos, j'ai relevé un passage dans votre livre que j'aimerais soumettre à votre sagacité. Il se situe au début du roman, juste après la rencontre entre Maria et Chlobak :

Lorsque Maria considéra Chlobak enfin à l'abri derrière le tas de détritus qui jonchait le sol de son grenier, elle s'adressa à lui avec sa grosse voix gutturale aux accents traînants, transformée en même temps par les premiers élans amoureux. « Vous ne pas bougez jusqu'à la nuit, et vous ne pas mangez déchets toxiques sur le sol. Je reviendre à la nuit pour donner nourriture et faire les cochonneries que vous voulez avec vous. » Chlobak essaya de la retenir, mais, se servant de son postérieur imposant comme d'une massue, Maria réussit à se dégager. « Vous devoir raisonnable être et attendre le monde du village dormir. » Et elle lui décocha une œillade si pleine de promesses que Chlobak y puisa la patience qui lui manquait.

— Voyez-vous, puisque Maria est de cette région comme nous l'avons déjà établi, ne devrait-elle pas parler avec des claquements de langue plutôt qu'avec les accents traînants que vous lui prêtez ? Et pourquoi parle-t-elle avec ces affreuses fautes de syntaxe puisque le mesmène est sa langue d'origine ? Qu'en pensez-vous ?

— J'en pense que vous devriez plutôt surveiller votre copine Henriette, là-bas...

Adèle sc retourne pour voir son amie en train de boire directement au goulot d'une bouteille de Kroach'Vodka. Et, d'un pas affolé, elle me quitte en émettant des caquètements de poule inquiète qui lui vont beaucoup mieux, à mon sens, que ses propos de Sherlock Holmes.

23

Le lendemain matin

Nous roulons depuis deux heures et le silence dans le véhicule n'est interrompu que par la pluie qui tombe et la toux d'Henriette. Dans le rétroviseur, je peux examiner les autres vieilles et le spectacle n'est pas beau à voir. Les habits sont froissés, les chignons de travers et le maquillage barbouillé sur les visages. Emma et Monique ont l'air carrément hagard, tandis que Liliane, malgré ses traits tirés, a une expression rêveuse. Je me prends à espérer qu'elle s'est trouvé un amoureux mesmène et qu'elle va enfin me foutre la paix avec ses avances. Après les litres de Kroach'Vodka qu'elles ont descendus comme du petit-lait, hier soir, je trouve qu'elles ne s'en sortent tout de même pas trop mal. Seule Adèle est égale à elle-même. Il faut dire qu'elle n'a aucun mérite parce qu'elle, elle n'a pas touché une goutte d'alcool. Au contraire. Pour autant que j'aie pu en juger, elle courait de l'une à l'autre de ses compagnes pour essayer de leur retirer verres et bouteilles des mains. Et, entre deux tentatives, elle venait s'immiscer dans ma conversation avec les jeunes danseuses mesmènes. Même si je dois admettre que ses interventions m'ont parfois été utiles pour déchiffrer le baragouin de mes interlocutrices, je l'ai trouvé d'une impolitesse rare. Après tout, qu'est-ce qui lui prouvait que mon incompréhension totale n'était pas feinte, qu'elle n'était pas une ruse pour amuser mes petites Mesmènes et m'attirer leurs faveurs ? Adèle, avec ses « Voyons Thomas, elles vous demandent simplement si vous vivez à Paris » et ses « Mais répondez donc ! Elles veulent savoir si vous êtes célibataire ! Vous voulez que je dise que vous êtes le mari de Mali ? », me faisait manifestement passer pour un imbécile aux yeux de la jeunesse mesmène.

À vrai dire, je me foutais totalement de l'avis de ces adolescentes ridicules avec leur chou sur la tête. Celle dont je voulais attirer l'attention, celle dont je voulais attiser la jalousie, c'était Mali. J'en ai été pour mes frais. Dès que les feuilles de chou se sont remplies de cette bouillie dégueulasse, dès que la Kroach'Vodka a commencé à couler, elle est entrée en grande conversation avec le maire du village, dans un coin du hangar et elle ne semblait même plus se rappeler notre présence, aux vieilles et à moi. Sandrine, elle, ne m'aurait pas quitté des yeux en prenant son air de chien battu que je connais si bien. J'ai éprouvé un pincement au cœur en imaginant son petit visage triste au milieu de cette fête et son image m'a hanté tout le reste de la soirée.

Quand l'heure est venue de nous coucher, vers 3 ou 4 heures du matin, nos amis du hangar nous ont apporté des matelas et des couvertures, et nous avons dormi sur place, dans nos vêtements et sans même nous laver les dents.

Au moment de m'endormir à côté de Mali, j'ai voulu tourner en ridicule ce maire avec sa salopette vert pomme et sa coiffure à la Tarass Boulba et je me suis fait rabrouer durement.

— Ce n'est pas parce que c'est un plouc qu'il n'est pas intéressant, figure-toi !

Et elle m'a tourné le dos pour continuer la lecture de mon livre. Je dois vraiment lui reconnaître cette qualité, à Mali. Quand elle entreprend quelque chose, elle le fait à fond. Elle n'a pas dû beaucoup dormir, car, à un moment de la nuit, je l'ai vue fouiller dans mes affaires pour en sortir la version originale de mon roman.

Ce matin, pendant que les vieilles cuvent et qu'Adèle inspecte le paysage, Mali continue sa lecture à l'arrière du véhicule. Je la vois prendre des notes, froncer les sourcils et sourire par moments, ce qui me donne l'impression qu'elle va bientôt me donner son avis sur ma traduction.

Henriette tousse sans interruption, ce qui me tape sur les nerfs. Pourvu qu'elle ne tombe pas vraiment malade, on serait bien incapables de la soigner ici.

Vers midi, nous pénétrons enfin dans un village qui a l'air légèrement plus avenant que les autres. La plupart des maisons possèdent un jardin, les façades sont entretenues, les volets sont peints. Il y a même une église au milieu, chose rare dans ces terres païennes de Mesménie. À moitié par curiosité, à moitié pour aérer le véhicule chargé de relents de Kroach'Vodka, je décide d'un arrêt touristique.

— Prenez vos parapluies, mesdames, nous allons visiter notre premier monument historique.

À l'arrière, Emma et Monique émergent un peu de leur état comateux tandis que Liliane sort de sa rêverie. Adèle est tout de suite sur le pied de guerre, prête à la critique, je suppose. Henriette s'affole parce qu'elle ne trouve plus son parapluie. Le temps de quitter le véhicule et elles sont tout aussi excitées que si nous allions descendre dans le gouffre de Padirac.

Je prends la tête de l'expédition et je pousse la porte de bois d'un geste théâtral. Dès le premier regard, mon enthousiasme retombe. L'église est plus quelconque que la plus quelconque des églises du plus petit des villages français. Les murs sont peints en blanc sale, le sol est en carrelage brun foncé, l'autel et les bancs des fidèles sont en bois de pin brut, sans même une couche de peinture. À la place des traditionnels vitraux, on peut voir de simples vitres teintées en vert kaki. Je m'apprête à faire demi-tour quand les vieilles se mettent à faire des commentaires :

— Voilà donc le fameux art religieux des Mesmènes...

— C'est sûr, ça valait vraiment le déplacement depuis Paris...

— Ils devraient faire payer l'entrée...

Je reste bouche bée. Je ne sais pas si elles ironisent ou si elles sont gâteuses au point de ne pas remarquer la banalité du lieu. Je regarde Mali qui me fait un signe d'incompréhension. Et puis l'inévitable Adèle s'approche de moi.

— Dites-moi, Thomas, vous décrivez, à un moment de votre roman, l'église dans laquelle Maria rêvait de se marier lorsqu'elle était enfant. Je vous cite :

Des dizaines et des dizaines d'années avant de rencontrer Chlobak, quand elle n'était encore qu'une enfant, Maria rêvait comme toutes les petites filles de se marier en blanc et à un âge raisonnable. Elle imaginait alors une cérémonie touchante dans le bâtiment en torchis marron qui tenait lieu d'église au petit village. Il faut bien comprendre que le pays était alors sous l'influence de la Russie communiste et que les églises y étaient particulièrement mal vues. En réaction, la population locale, ayant gardé une tendresse particulière pour les fêtes religieuses, avait choisi ce bâtiment, le plus pauvre et le plus laid d'entre tous, afin d'en faire un lieu de culte qui ne serait pas remarqué par d'éventuels étrangers. Et c'était dans ce bâtiment miteux, sans fenêtres et dont le sol était recouvert de paille, que Maria aurait encore voulu concrétiser ses rêves d'enfant avec Chlobak. Malheureusement, la fuite de son amant avait mis fin à ses espoirs. Elle était assise devant cette église de fortune, pleurant, la morve au nez, quand Katia arriva en courant pour la prévenir que les Russes voulaient l'arrêter.

— L'édifice religieux que vous décrivez ne ressemble en rien à cette charmante petite chapelle. N'auriez-vous pas pu prendre quelques libertés littéraires et placer cette petite merveille de simplicité dans le village de Maria ?

Si je lui disais les libertés littéraires que j'ai prises, elle ne me croirait pas. La vérité c'est que j'ai entièrement réécrit ce passage. Dans la version mesmène, Maria se lamente sur la perte de son amant en évoquant ses prouesses sexuelles d'une manière qui m'avait semblé obscène quoique assez obscure. J'avais d'abord essayé d'édulcorer la scène, mais le résultat me paraissant plutôt pauvre, j'avais choisi de le renforcer par quelques éléments culturels. Évidemment, je ne peux pas expliquer cette complexité technique à Adèle et je cherche désespérément comment lui répondre quand Henriette émet un éternuement sonore.

— Ils pourraient juste revoir un peu l'isolation.

Elle a parlé d'un ton tellement plaintif que les autres éclatent de rire. Henriette les regarde, d'abord surprise, puis soudain ravie d'avoir provoqué l'hilarité de ses copines. Emma, qui ne quitte jamais sa doudoune, vient frotter le dos de la malade.

— Allez, ma grande, on va vite remonter en voiture pour que tu ne prennes pas froid.

Aussitôt dit, aussitôt fait. Je redémarre et je tourne le bouton du chauffage au maximum. Je ressens comme un élan de tendresse pour toutes ces mamies qui m'ont sauvé des persécutions d'Adèle. Je me demande même si, dans le fond, elles ne l'ont pas fait exprès parce que, après tout, je ne suis peut-être pas le seul à être harcelé par cette mégère et j'ai l'impression que les autres ont surtout envie de s'amuser. En attendant, mon escapade culturelle a atteint son but. L'ambiance s'est nettement réchauffée à l'arrière du monospace. Les vieilles papotent, regrettent de ne pas avoir photographié l'église et s'interrogent sur l'heure d'arrivée à notre destination finale.

— Combien de kilomètres nous reste-t-il à franchir, Thomas ?

— Je ne sais pas exactement, mais j'espère que nous arriverons avant ce soir.

— Et nous pourrons dormir dans de vrais lits ? Mais c'est une journée de rêve !

Elles rigolent encore. Mali essaie de partager leur bonne humeur, mais je la sens lointaine.

À 17 heures, nous tombons sur un des premiers panneaux de signalisation du pays et Mali le montre du doigt, tout excitée : « Arrête, Thomas, c'est ici ! » Je m'arrête sans conviction. Il ne faut pas être très perspicace pour se rendre compte que nous sommes au milieu de nulle part. Cependant, le coin semble être de loin le plus riche que nous ayons vu depuis hier. Après concertation, je me remets en route et, au bout de cinq minutes, une jolie ferme apparaît à l'horizon. Mali reprend sa rengaine : « C'est ici, c'est ici ! » Je me dirige dans cette direction et je gare le véhicule devant la porte de ce qui ressemble à une grande cuisine. Une femme dans la soixantaine vient à notre rencontre, tout en s'essuyant les mains sur ses multiples jupons. J'aurais pu la prendre comme modèle pour la Maria de mon roman. Mali va à sa rencontre, lui sert la main et engage une discussion animée. Cette façon civilisée de saluer me rassure un peu. Nous ne sommes assurément plus chez les paysans du Sud capables de penser que prendre un air idiot en se décollant les oreilles est un signe de bienvenue. La Mesmène écoute Mali, hoche vigoureusement la tête, fait de grands sourires édentés et finalement nous fait signe de la suivre. Ce doit être la vieille avec qui Mali a pris contact lorsque nous étions encore à Paris.

Dix minutes plus tard, nous nous installons autour d'une grande table rustique que la femme charge de charcuterie, d'un reste de soupe aux légumes et de grosses miches de pain. C'est appétissant. Dehors, la pluie s'arrête pour la première fois, un rayon de soleil pointe même entre deux nuages gris. Au moment où les corbeilles de fruits arrivent sur la table, deux ouvriers agricoles, grands, costauds, couverts de sueur, pénètrent dans la pièce. Sans faire de manière, ils se mettent à table et entament la conversation. Ici, plus de claquements de langue, mais, malgré tout, je suis vite noyé sous leur débit trop rapide et je suis incapable de répondre à leurs questions, même à celles que je comprends. Mali, de son côté, est visiblement intéressée par ce qu'ils racontent. Elle écoute puis leur pose des questions sur le centre artisanal et ils lui expliquent comment nous pourrons nous y rendre.

La conversation s'oriente ensuite vers la politique, les terres rares, l'avenir du pays. J'entends plusieurs fois le nom d'Androv Zornoïff mais comme il semblerait que ce soit le seul homme politique important du pays, je n'en tire aucune conclusion. Mali, qui parle beaucoup, leur raconte son adolescence à Govnia, son départ pour Paris, son désespoir chaque fois qu'elle pense à son pays. Ils approuvent vigoureusement. Il a dû se passer un événement tragique dans les jours qui viennent de s'écouler, mais je ne comprends pas lequel. Et puis le ton change. Un des ouvriers désigne notre groupe du menton tout en posant une question. Mali lui répond sur un ton enjoué qui provoque chez l'homme un rire puis une nouvelle question. Elle se tourne alors vers les vieilles, toute souriante.

— Ces messieurs proposent gentiment de vous faire visiter la propriété cet après-midi. Ensuite, nous nous installerons ici pour quelques jours, dans des chambres doubles, puis dès demain nous irons au centre artisanal. Est-ce que le programme vous convient ?

Roses de plaisir, nos compagnes demandent à voir les chambres pour se rafraîchir un peu avant la visite. La femme qui aurait pu être Maria laisse ses fourneaux pour leur faire les honneurs de la maison. Les ouvriers retournent dans la cour pour attendre leurs visiteuses. Je reste seul avec Mali qui aussitôt reprend un air naturel, beaucoup moins souriant. Au moins, elle ne fait plus la gueule.

— Tu as compris ce qu'ils m'ont raconté ? Il semblerait que les fouilles pour trouver des terres rares ont été définitivement stoppées. On craint de nouveaux troubles à Govnia.

— Stoppées ? Mais pourquoi ont-ils pris la décision de stopper ces fouilles ?

— Je ne sais pas. Sans doute l'Europe a-t-elle décidé que ce serait trop polluant finalement, et que le jeu n'en valait pas la chandelle.

Elle a sans doute raison. De toute façon, pour le moment, je suis plus préoccupé par mes problèmes personnels que par l'écologie de la planète.

— Tu crois que c'est prudent de rester ici avec les vieilles ? Et tes parents, tu ne t'inquiètes pas trop ?

Elle hausse les épaules avec fatalisme.

— Je ne crois pas qu'il va se passer quelque chose. Tu sais, les gens d'ici sont plutôt blasés. Ils ont l'habitude des fausses promesses et des désillusions. La vie va reprendre comme avant, c'est tout.

Les vieilles passent dans la cour avec les deux ouvriers agricoles ; elles sont tellement accaparées qu'elles ne nous jettent même pas un coup d'œil. Je me tourne vers Mali.

— Tu veux les accompagner ?

— Non. Ça leur fera du bien de se débrouiller un peu toutes seules en mesmène. D'ailleurs, Adèle le parle presque couramment maintenant. Je vais aller dans la chambre finir de lire la version originale de ton bouquin.

Je la suivrais bien pour avoir enfin un moment d'intimité. D'un autre côté, j'ai vraiment envie d'avoir son avis sur la différence entre les deux versions. Si je vais avec elle dans la chambre, je ne pourrai pas m'empêcher de lui demander toutes les cinq secondes ce qu'elle en pense, ce qui l'exaspérera. Il vaut mieux que j'aille me balader en attendant le verdict. La perspective d'un moment de solitude n'est d'ailleurs pas pour me déplaire, après ces deux jours de vie en communauté. Je pars me promener sur la route par laquelle nous sommes arrivés, dans la direction opposée de celle prise par mes compagnes.

Tout en marchant, je suis de nouveau assailli par mes idées noires. Sergeï a encore essayé de me joindre à plusieurs reprises et, dans chaque message, il insiste lourdement sur le tort que j'ai fait à sa pauvre grand-mère. Toujours sa pauvre, sa malheureuse grand-mère, si bien qu'une idée horrible a commencé à germer dans mon esprit. Et si le manuscrit que m'a remis Sergeï était en réalité la biographie de sa grand-mère Maria ? Mais il est mentionné dans le livre, noir sur blanc, qu'elle était encore vierge à l'âge de soixante-dix ans. Maria et Chlobak auraient-ils adopté des enfants, une fois arrivés en Estonie ? Ou pire encore, se pourrait-il que Maria ait été la seule femme de l'histoire du monde à avoir échappé à la ménopause ? Serait-elle une sorte de phénomène médical ultra-célèbre en Mesménie ? Un cas sur lequel il y aurait eu des tas de polémiques avec des scientifiques criant à l'imposture ? Si elle a eu deux ou trois enfants après l'âge de soixante-dix ans, il se pourrait que Sergeï et Igor Alvizaar soient tous les deux issus de cette famille de fous. Plus d'histoire de mafia alors. Juste deux cousins dont l'un veut faire connaître l'histoire de la famille et l'autre veut l'enterrer. Je sens que je me rapproche de la vérité, mais ce que je ne comprends toujours pas, c'est ce que me reproche Sergeï.

Perdu dans mes pensées, je n'ai pas prêté attention aux lapins qui se dirigeaient vers moi. Ils sont maintenant une bonne dizaine, de gros lapins blancs, albinos, à la fourrure miteuse et avec des trognes franchement peu engageantes. Ce doit être cette race de lapin qui sert pour les conserves de cervelles que nous vendons dans la boutique de Mali. Pour un peu, je jurerais qu'ils retroussent les babines et qu'ils sont prêts à m'attaquer. Je repense à ce vieux film des Monty Python, *Sacré Graal*, où un chevalier se fait attaquer par ce type de rongeur. Ils ont sans doute puisé leur inspiration en Mesménie, ça me paraît soudain évident. Au temps pour leur imagination. Avant de me faire égorger, je décide de rejoindre Mali. De toute façon, il faut que je lui parle du cas médical que représente Maria, elle en a sûrement entendu parler.

Elle est installée sur le lit, en train de s'épiler les jambes à l'aide d'une pince de torture. Mes deux livres sont fermés à côté d'elle, sur le couvre-lit. Je les désigne du menton.

— Alors, tu as fini ? Qu'est-ce que tu en penses ?

— Ben, je n'en pense pas grand-chose. C'est juste n'importe quoi.

— Quoi ? Qu'est-ce qui est n'importe quoi ?

— Ta traduction. Elle ressemble autant à l'original qu'un épisode de *Benny Hill* ressemble à un bouquin de Barbara Cartland.

J'ai bien envie de lui répondre que cette comparaison en dit long sur sa culture, mais je suis trop estomaqué. Je voulais avoir une vraie discussion de fond sur qui est en réalité Maria Pavlovna Zoriagna et voilà que je me retrouve à devoir défendre mon travail.

— Oh, arrête ! J'ai fait certains changements pour adapter l'ensemble pour les lecteurs français, mais je n'ai pas modifié l'histoire ou l'esprit de tout le bidule.

— Tu plaisantes ? Il n'y a pas une ligne qui respecte le texte. Je peux te donner mille exemples, si tu veux. Tiens, au hasard, le début du chapitre quinze. Ce que moi je traduis, c'est :

Chlobak plongea son regard de braise dans les yeux profonds de Maria sans dire un mot. Son beau visage à l'expression fière et butée lui rappela le jour lointain où il avait trouvé refuge dans son poulailler. Elle l'avait alors sauvé d'une mort certaine, elle avait pansé sa blessure à l'épaule qu'il avait voulu lui cacher pour ne pas l'inquiéter. Pendant qu'elle lui administrait ses soins, son visage avait exprimé de nobles sentiments, il avait pris un air tendre et troublé, et lui, pauvre Ukrainien en fuite, il n'avait pu s'empêcher de vouloir embrasser ses lèvres pulpeuses. Elle s'était alors cabrée comme un cheval sauvage et il avait maudit son comportement d'idiot maladroit. Aujourd'hui, elle s'offrait à lui avec la fougue de son amour tout neuf...

— Et toi, ce que tu traduis, ça donne :

Chlobak ne trouva rien à dire à Maria qui le regardait avec des yeux interloqués. D'instinct, il sentait que cette femme, avec son visage ridé et fier, le poursuivrait sans relâche de poulailler en poulailler. Pourtant, depuis le jour où elle avait accepté de le cacher, le sauvant ainsi des Russes et des microbes en soignant sa blessure à l'épaule, il avait eu un sentiment de tendre pitié pour elle, au point d'avoir voulu embrasser ses vieilles lèvres tremblantes. De surprise, elle avait bondi comme un cheval maladroit et lui s'était senti complètement idiot. Aujourd'hui, elle tendait ses lèvres en cul-de-poule, attendant de lui baisers et caresses, comme il n'avait plus eu le courage de les lui refuser depuis la première fois où il s'était laissé aller…

— Il y a aussi la description physique de Katia et Maria. Magnifique, ta traduction, franchement. Parce que voilà ce que moi je lis en mesmène :

Katia et Maria étaient les deux beautés du village, mais leurs charmes étaient si différents qu'il ne pouvait y avoir de jalousie entre les deux amies. Maria la pulpeuse, la voluptueuse, aux formes généreuses et à la taille de guêpe représentait la Femme, la Mère dont on pouvait attendre réconfort et soutien, alors que Katia, avec ses attaches fines, ses traits délicats et son corps menu, inspirait aux hommes une folle envie de la protéger. Ces deux jeunes filles avaient en commun la seule douceur de leur caractère et jamais il ne leur serait venu à l'esprit de jouer de leurs atouts physiques si différents, si Chlobak n'avait pas fait irruption dans leur vie.

— Mais sous ta plume, ça devient ce machin-là :

Katia et Maria étaient deux phénomènes physiques que le village acceptait malgré leur différence, surtout les femmes qui ne pouvaient vraiment pas en être jalouses. Maria avait la particularité de ressembler à un gros insecte, peut-être une guêpe, et en général les gens avaient peur d'avoir affaire à sa force, alors que Katia était maigre à faire peur si bien qu'on évitait de la toucher de peur de la voir se casser en deux. Leurs bizarreries les avaient forcément rapprochées, mais, quand Chlobak avait débarqué dans le poulailler, leur vrai caractère s'était révélé et elles avaient commencé à se tirer méchamment dans les pattes.

— Et je peux t'en lire d'autres. Tiens, le dernier paragraphe. La version originale, ça donne :

Maria venait tout juste de fermer leur petite échoppe pour la nuit quand elle sentit un bras vigoureux enserrer sa taille de guêpe, semant dans son dos une myriade de délicieux frissons. Sans se retourner, elle posa sa main sur la nuque de Chlobak. Avec une lenteur hypnotique, il l'obligea à lui faire face. Leurs lèvres s'effleurèrent puis Chlobak posa sa bouche brûlante sur les doigts de Maria, baisant l'anneau nuptial de sa main gauche, cet anneau que sa mère lui avait donné quand il avait quitté l'Ukraine, cet anneau par lequel ils avaient uni leur destin à jamais.

— Ta version à toi :

Maria ferma la boutique de sabots quand elle sentit un gros bras autour de sa guêpière, réveillant ses douleurs dorsales. Elle leva un bras pour attraper Chlobak par la peau du cou. Il l'obligea à se retourner pour lui brûler les doigts avec le mystérieux objet que sa mère lui avait remis quand il avait quitté l'Ukraine, ce mystérieux objet en fusion capable de changer les destins à jamais.

— Franchement, tu es bizarre. Une alliance que la famille se remettait de génération en génération, toi tu la qualifies d'objet mystérieux en fusion ? Qu'est-ce qui t'a pris ?

— J'étais fatigué.

Je suis anéanti. Je n'ai pas relu ma traduction depuis le jour où j'ai rencontré Alvizaar. Et encore, ce n'était qu'un tout petit extrait. Je n'avais aucune raison de la relire en entier puisque le bouquin avait été publié avant que je puisse apporter la moindre modification. Je ne sais pas quoi dire d'autre pour ma défense et Mali reprend la parole.

— Ce que je ne comprends pas du tout, c'est pourquoi tu as transformé l'héroïne en vieille bonne femme.

— Quoi, transformé ? Je n'ai rien transformé du tout. Maria est une vieille de soixante-dix ans, c'est écrit noir sur blanc dès la première phrase.

— C'est vraiment ce que tu as compris ? Tu te rends compte que tu es complètement à côté de la plaque ?

— Eh bien, vas-y. Donne-moi ta version puisque tu es si forte.

Je me montre agressif pour cacher mon incertitude. Au fond de moi, je sais que Mali aurait été bien plus capable de faire cette traduction, même si le français n'est pas sa langue maternelle, et j'ai l'impression de devoir me justifier à ses yeux.

— Tu veux les deux versions ? D'accord ! Voici ce que tu as écrit :

Le jour de ses soixante-dix ans, alors qu'elle aurait déjà dû être grand-mère, Maria Pavlovna Zoriagna rencontra Chlobak Androv Peranovski et ce fut son premier amour.

— Et moi j'aurais traduit :

Le jour où sa grand-mère fêtait ses soixante-dix ans, Maria Pavlovna Zoriagna rencontra Chlobak Androv Peranovski et ce fut son premier amour.

— Et tu ne t'es pas arrêté là. En dehors de Chlobak, aucun personnage ne correspond. Tu confonds la petite-fille et sa grand-mère, les amies de l'une et les copains de l'autre. Pourquoi tu as fait ça ?

Elle semble sincèrement curieuse et je ne trouve rien à répondre. Je me revois en train de me débattre avec tous ces patronymes et de pester contre la manie russe d'introduire un tas de personnages avec un tas de noms différents dans leurs romans. Pas une minute il ne m'est venu à l'esprit que je pouvais faire erreur à ce point.

— Tu… tu n'as pas fait exprès de traduire de cette façon, c'est ça ?

Au fur et à mesure que la vérité s'impose à elle, la stupeur se peint sur ses traits, puis, petit à petit, je sens qu'un fou rire monte en elle, fou rire qu'elle tente de maîtriser en se mordant la lèvre. Je suis mortifié, incapable de jouer la comédie de celui qui prend l'affaire à la rigolade et plus Mali se retient de glousser plus je sens une boule de frustration et de dépit se former dans ma gorge. Mali finit par se rendre compte de mon état et elle pose gentiment une main sur la mienne.

— Allez, c'est pas si grave, va ! Moi, je trouve la situation plutôt cocasse.

— C'est facile à dire, mais si ça venait à se savoir ? Tu imagines à quel point je passerais pour un con ?

— Mais non. Tu sais, dans le fond, tout le monde s'en fiche…

Je pense aux multiples messages de Sergeï et je n'en suis pas si sûr. Je commence à bien comprendre le sens de ses récriminations. Comme Mali n'est pas au courant de ces appels, elle ne peut pas partager mon malaise. Elle essaie pourtant de me consoler avec ardeur.

— Tu sais, je devrais me sentir aussi vexée que toi…

— Pourquoi tu dis ça ?

— Eh bien, c'est moi qui t'ai appris le mesmène et quand je vois le résultat…

Elle pouffe et je ne peux pas m'empêcher de lui répondre par un sourire. Contente de son succès, elle m'attire contre elle.

— Viens donc te coucher, j'ai une petite idée de la manière de te remonter le moral.

Jamais encore je ne l'ai sentie aussi concernée par mon sort et je suis pris d'un élan de tendresse pour elle. Malgré tout, je ressens le besoin d'un réconfort plus liquide pour me faire passer le goût amer que j'ai dans la bouche.

— Tu crois qu'ils ont de la Kroach'Vodka dans cette ferme ?

24

Le lendemain matin

Je me réveille avec la pire gueule de bois que j'ai eue de ma vie. Dès que je bouge les yeux dans leur orbite, une barre de fer me transperce la tête d'une tempe à l'autre en m'envoyant une onde de douleur fulgurante. Pas d'aspirine dans ce pays, il va falloir que j'attende que ça passe. En attendant, je vais éviter de remuer les yeux d'un millimètre. Et je vais boire. De l'eau.

Je suis seul dans la chambre. Pour autant que je sois capable de me le rappeler, je n'ai pas entendu Mali sortir. Hier soir, après les révélations sur ma traduction, je suis sorti pour aller fouiller les placards de nos hôtes. J'ai trouvé une bouteille de Kroach'Vodka pleine et une autre à peine entamée et je les ai ramenées dans la chambre. Nous les avons bues à deux, Mali et moi, tandis qu'elle pouffait encore en évoquant mes erreurs de traduction. À la seconde bouteille, je riais avec elle et ensuite nous avons essayé de faire l'amour, mais j'étais trop saoul pour réussir à bander et ça aussi, ça nous a fait rire. Pour la première fois depuis que j'ai retrouvé Mali, j'avais l'impression d'être vraiment avec elle. Après, tout devient flou.

Malgré le mal de crâne, je dois sortir à la recherche d'une boisson quelconque, de préférence non alcoolisée. J'emprunte le long couloir qui mène à la cuisine et je tombe sur les cinq vieilles attablées autour de grands bols de café et de tartines beurrées. Dans un coin, Mali discute avec notre hôtesse et les deux garçons de ferme. Leur conversation est animée et ils n'arrêtent pas de regarder un vieux téléviseur noir et blanc, où les images sont tellement brouillées que je n'arrive pas à distinguer quoi que ce soit.

— Un café, Thomas ? Vous n'avez pas l'air bien réveillé !

Liliane me fait un clin d'œil et se lève pour me servir tandis que les autres gloussent de plaisir, comme si la scène était la plus comique au monde. En me voyant, Mali délaisse ses compatriotes et s'approche de moi.

— Ah, Thomas, tu es enfin réveillé. Tu peux venir avec moi ? Je voudrais te parler.

Dès que nous sommes seuls, elle se met face à moi en posant ses deux mains à plat sur ma poitrine, comme pour me tenir à distance et j'ai l'impression que ce qu'elle va me dire ne va pas me plaire du tout.

— Thomas, j'ai un grand, grand service à te demander.

C'est confirmé, je ne vais pas aimer ce qu'elle va me dire. Je ne peux cependant pas esquiver donc j'acquiesce et j'attends la suite.

— Je me suis trompée, hier soir. Lorsqu'elle a appris que les terres rares ne seraient pas exploitées, la population s'est révoltée. Il y a eu des émeutes à Govnia et les travailleurs se sont mis en grève. Rien à voir avec les grèves françaises, bien sûr, mais ils ne travaillent plus. Avec les élections qui arrivent et Androv Zornoïff qui ne sait plus quoi faire, personne ne sait exactement ce qui va se passer, maintenant.

— Et qu'est-ce que tu attends de moi ? Tu veux que je remette de l'ordre dans le pays ?

Elle émet un rire un peu forcé.

— Si seulement tu pouvais, je ne dirais pas non !

Elle reprend son sérieux et me montre un visage que je ne lui ai jamais vu. Un visage grave et anxieux.

— Non, je voudrais que tu ramènes mes élèves à Paris, le plus rapidement possible, tu veux bien ?

Mon cœur se serre. Tous les griefs que j'ai accumulés contre elle depuis des semaines n'existent plus. Je sais que je vais la perdre et, cette fois, ce sera définitif. Je pose la question maudite, celle dont je connais la réponse, mais que je dois poser quand même.

— Et toi, qu'est-ce que tu vas faire ?

— Moi ? Je vais rejoindre Govnia et mes parents. Je suppose qu'ils doivent être terrifiés et qu'ils ont besoin de moi.

— Mais après ? Tu reviendras à Paris ?

— Sans doute un jour, oui. Il faudra bien que j'y retourne pour vendre l'appartement et le magasin.

Exactement ce que je craignais. Elle tourne une page et je ne suis, pour elle, qu'une ligne de la page précédente. Je ne sais pas comment protester, mais elle doit comprendre ce que je ressens, car elle accentue la pression de ses mains sur ma poitrine et elle me parle avec beaucoup de douceur.

— Thomas… On s'est bien amusés tous les deux, mais ça ne pouvait pas durer et nous le savions bien, non ? Il faut grandir un jour et je crois que ce jour est arrivé pour nous deux. Toi, tu t'es planté avec ta traduction, moi je me suis bercée d'illusions sur ma capacité à monter un commerce d'artisanat mesmène et sur bien d'autres choses encore. Nous avons fait assez d'enfantillages et, pour moi, il est temps de retourner au bercail.

Un silence s'installe pendant lequel nous ne bougeons pas. J'ai l'impression d'avoir reçu un coup de poing dans le ventre et le goût de métal m'envahit la bouche. Je n'avais pas prévu une rupture aussi définitive. Mon corps entier réagit et proteste à l'idée d'être à jamais privé de la peau de Mali, de ses fesses, de ses seins, de son énergie quand nous faisons l'amour. Les images de la nuit que nous venons de passer me reviennent en force comme pour me prouver que ce n'est pas possible, que je dois avoir mal compris, mais, au moment où je vais lui demander de s'expliquer plus clairement, elle reprend la parole.

— Toi aussi, tu devrais rentrer chez toi, avec ton amie… comment s'appelle-t-elle, déjà ? Sandrine ? Tu n'arrêtes pas de parler d'elle et je suis certaine que vous êtes faits l'un pour l'autre.

J'en reste bouche bée. Je me souviens vaguement d'avoir fait allusion à Sandrine une ou deux fois, mais je n'avais absolument pas conscience de l'avoir mentionnée aussi souvent. Pourtant, je ne peux pas nier que la comparaison entre elles deux était de plus en plus présente à mon esprit. Mais je ne veux pas penser à Sandrine maintenant. Je suis sous le choc, incapable de réagir ou de penser rationnellement, et Mali s'impatiente déjà.

— Alors ? Tu acceptes de faire le chauffeur pour nos amies ?

Évidemment, j'accepte. Je n'ai pas le choix. À condition bien sûr qu'elles soient d'accord, les mémères. Après tout, elles ont payé pour une semaine et nous ne sommes en Mesménie que depuis trois jours.

— Tu es sûre qu'elles vont venir avec moi ? Tu vas leur rembourser une partie du voyage ?

— Oui, je suis sûre qu'elles voudront quitter le pays après ce que je vais leur dire. Et je ne vois vraiment pas pourquoi je les rembourserais. D'abord, j'estime qu'elles en ont eu pour leur argent. Et puis elles sont riches, tu sais. Elles ne sont pas à cinq mille euros près. Tu as vraiment des idées bizarres parfois, je trouve.

Effectivement, je suppose que ses idées me sont aussi étrangères que les miennes le sont pour elle. Je ne réponds donc pas et nous retournons tristement rejoindre nos compagnes à l'intérieur.

Je me ressers un café tandis que Mali s'assied à table, à côté d'Adèle.

— Mesdames, je viens de recevoir de bien tristes nouvelles de mes parents. Hier soir, alors qu'il essayait de ramener un peu de calme dans les rues de Govnia, mon père a été grièvement blessé. Nous ne savons pas s'il passera la journée.

Elle déglutit comme si elle ravalait des sanglots. Je la regarde faire et j'en reste sans voix. Elle a vraiment un culot inégalable quand elle veut parvenir à ses fins. Les vieilles commencent déjà à s'apitoyer et à lui tapoter les bras et le dos en signe d'affection.

— Vous comprendrez bien sûr que, dans ces conditions, mon devoir est de courir à son chevet.

Vous me rendriez un grand service en acceptant de rentrer en France avec Thomas.

— Mais bien sûr que nous acceptons, c'est la moindre des choses !

— Y a-t-il autre chose que nous pouvons faire pour vous, ma pauvre Mali ?

— Si ce n'est pas trop indélicat, nous pourrions peut-être vous venir en aide avec un peu d'argent ?

Mali se lève en laissant couler ses larmes. Cette comédienne va se planter devant le lavabo en leur tournant le dos, mais en laissant voir les sanglots qui la secouent. Adèle fouille dans son sac, va rejoindre Mali, la prend dans ses bras et lui glisse discrètement une liasse de billets dans la main. Mali émet une sorte de gémissement étranglé qui pourrait passer pour un remerciement et quitte la pièce en courant. Décidément, elle est trop forte pour moi.

— Qu'est-ce qu'on fait maintenant ?

C'est Adèle qui a parlé, mais toutes les vieilles se tournent dans ma direction. Après les révélations de Mali, je passerais pour un monstre si je ne m'occupais pas d'elles et si je ne les ramenais pas à Paris. Je leur demande donc d'aller faire leurs bagages et de se préparer à partir dans deux heures. Dociles, elles quittent la cuisine pour revenir une heure plus tard avec bagages, écharpes et bonnets, prêtes à affronter toutes les intempéries du pays.

En les attendant, j'ai pu admirer Mali en train de faire du charme à un des garçons de ferme pour qu'il la conduise jusqu'à Govnia. Je ne sais pas si c'est le choc de la rupture, la perspective de la séparation imminente ou bien son mensonge sur l'agression de son père qui a transformé la vision que j'ai d'elle, mais je la trouve froide et calculatrice, maintenant, et le pouvoir qu'elle a exercé sur mes sens pendant tant d'années décline à vue d'œil. J'observe avec compassion sa nouvelle victime, presque un gamin, prêt à mordre à l'hameçon, et je suis soulagé de m'être sorti de ses griffes de sorcière, puisque c'est ainsi que l'appelle ma mère.

Quoi qu'il en soit, j'ai autre chose à faire que de philosopher sur mes sentiments. Je dois réfléchir à la façon de m'y prendre pour quitter ce pays sans l'aide d'une autochtone : je n'ai pas de carte routière, les panneaux de signalisation sont inexistants ici et, comme si ça ne suffisait pas, je vais devoir affronter le brouillard qui envahit les terres. Heureusement, la côte ouest du pays est bordée par la mer, ce qui me donne une idée. Je prends un bout de papier, je dessine grossièrement la Mesménie et je vais montrer mon œuvre à Mali. Autant que j'utilise ses connaissances pendant que je l'ai encore sous la main.

— Tu peux me montrer où on est et dans quelle direction est la mer ?

Avec condescendance, elle prend mon dessin et mon stylo et redessine avec précision la carte du pays, puis elle place une croix pour symboliser l'endroit où nous sommes et elle trace un semblant de réseau routier.

— Tu n'as qu'à prendre la route qu'on a prise à l'aller, mais, au prochain carrefour, tu tournes à gauche. Ensuite, c'est tout droit et tu devrais trouver le bord de mer en une heure. En longeant la côte, tu devrais rejoindre l'Estonie ce soir.

Elle a compris mon idée et j'acquiesce sans rien dire.

Vient ensuite le moment des adieux. Adèle, Liliane, Monique, Henriette, Emma serrent Mali dans leurs bras et lui souhaitent toutes sortes de bonnes choses pour l'avenir comme la guérison de son père, la réussite dans ses projets, une vie heureuse pour elle et tous les siens. Quand arrive mon tour, elle me prend les mains et essaie de m'embrasser sur la bouche, mais je tourne la tête et l'embrasse rapidement sur la joue.

— Tu es fâché, Thomas ? Il ne faut pas, tu sais. J'ai simplement fait ce que j'avais à faire. J'espère que tu comprendras et que nous resterons en contact.

Je hausse les épaules, indécis sur la réponse que je pourrais lui faire, et avant que je ne décide quoi que ce soit, notre vieille hôtesse vient se mettre sur la pointe des pieds pour me claquer un baiser sonore sur chaque joue. J'en profite pour m'esquiver et embarquer mes vieilles dans le monospace. Je réfléchirai plus tard à Mali et à notre hypothétique amitié future.

Je roule vite, nerveusement. Conscientes qu'un événement tragique pour la Mesménie a eu lieu pendant la nuit, les vieilles se tiennent tranquilles. Elles doivent sentir que les visites de monument historique et les fêtes du capistniou ne sont plus de mise. Même Henriette, toujours assise à mes côtés, fait de son mieux pour cacher la trouille que lui procure ma conduite. Pour une fois, ses protestations seraient pourtant justifiées : à plusieurs reprises, on manque de se trouver embourbés jusqu'aux essieux. Je ne ralentis même pas, j'ai envie de quitter ce pays de malheur au plus vite.

Mali n'a au moins pas menti sur un point : au bout d'une heure, on aperçoit la côte. J'hésite à arrêter le véhicule, mais le crachin mesmène a repris de plus belle alors je braque à gauche. Pas une contestation à l'arrière. Je roule pendant quatre heures encore, jusqu'à ce qu'Adèle, d'une petite voix ténue, ose me perturber.

— Thomas, nous pourrions peut-être faire une petite pause pour nous restaurer et nous... hummm... rafraîchir un peu. Si nous ne nous arrêtons pas d'ici quelques minutes, Emma risque de se rafraîchir dans la voiture, si vous comprenez ce que je veux dire.

L'intéressée émet un petit rire gêné sans démentir la menace. Pour la restauration, elles vont devoir attendre : pas question de trouver à manger tant qu'on n'a pas passé la frontière que j'évalue à trois heures d'ici. Surtout que je n'ai rien pour payer. La question des toilettes est plus délicate. Les stations-service ne sont pas équipées de sanitaires ici, comme ce serait le cas dans n'importe quel pays civilisé. Je n'ai pas d'autre choix que de stopper le véhicule sur le bas-côté de la chaussée.

Les vieilles ne bronchent pas.

— Qu'est-ce que vous attendez ? Allez-y !

— Thomas, vous n'imaginez tout de même pas que nous allons nous rafraîchir comme ça, dans la nature ?

Je me tourne vers Adèle qui s'est fait la porte-parole du groupe.

— Écoutez. Vous avez sans doute remarqué que la situation n'est pas ce qu'elle devrait être. Je vais essayer de nous rapatrier entiers, dans les meilleures conditions possibles, mais, pour ça, je n'ai pas besoin de vos jérémiades en prime. Compris ?

Devant ma rebuffade, elles se recroquevillent et obéissent. Par un vieux réflexe féminin, elles organisent leurs équipes sanitaires. Liliane sort avec Adèle, Monique, Emma et Henriette forment le trio suivant. Pendant ce temps, je m'éloigne un peu pour me soulager aussi à l'abri de leurs regards. Quand on se remet en route, un silence réprobateur s'installe dans le véhicule. Elles sont furieuses d'avoir été obligées de faire leurs besoins en pleine nature, peut-être pour la première fois de leur vie. Je les ignore, j'ai bien d'autres soucis en tête.

Nous passons la frontière à 19 h 20, conformément à mes prédictions. Nous sommes de retour à Kohtla-Järve, presque en terrain familier. Dès que nous laissons la Mesménie derrière nous, mon corps et mon esprit se relâchent d'un seul coup, une vague de soulagement parcourt mes membres. Je sais maintenant avec certitude que j'ai laissé Mali derrière moi et que plus jamais je n'aurai envie de la revoir. La malédiction est enfin brisée.

J'ai envie de partager ce plaisir avec quelqu'un, mais quand je me tourne vers mes compagnes de voyage, je ne vois que des visages crispés. Je me sens soudain très coupable vis-à-vis d'elles. Bien sûr, elles sont surtout victimes de Mali et de ses manigances, mais j'ai été le complice de toute l'affaire. Pour me faire pardonner, je choisis de passer la nuit dans le premier hôtel que nous avions vu à l'aller, celui où les chambres doubles coûtaient cinq cent vingt euros. Je suis déjà dans la mouise côté finance alors un peu plus ou un peu moins, je ne verrai pas la différence. Et puis on a tous besoin d'une bonne nuit de sommeil.

À l'accueil, je reconnais la grande blonde qui nous avait reçus. Pour elle, je dois être un client comme un autre. Avec son œil averti, elle comprend même que je suis étranger au pays puisqu'elle s'adresse à moi en anglais.

— *Good evening, Sir. How can I help you ?*

Je lui demande quatre chambres, deux doubles et deux simples, une pour moi et une pour Adèle. Un portier s'occupe de nos bagages. Quand je découvre la mienne, avec son lit moelleux, sa télévision à écran plat, sa salle de bains somptueuse, je suis content d'avoir fait ce choix. Les pauvres vieilles méritent un peu de luxe, après ce que nous leur avons fait subir.

L'heure du souper est déjà presque passée et je vais les rejoindre dans le hall de l'hôtel. Toutes souriantes, elles me demandent le programme de la soirée. Pas question de retourner dans la lugubre pizzeria. Adèle lorgne le menu du restaurant de l'hôtel. Pourquoi pas, après tout ? Je peux bien leur payer un bon dîner, ce ne sera qu'un coup de pelle supplémentaire qui creusera mon déficit budgétaire. Nous nous installons donc et, après la deuxième bouteille d'un vin local tout à fait acceptable, mes compagnes commencent à me questionner.

— Thomas, pourquoi avez-vous été en colère pendant toute la route ?

— Avons-nous fait quelque chose qui vous a déplu ?

— Peut-être auriez-vous préféré rester avec Mali ?

— Êtes-vous inquiet pour sa sécurité ?

Je n'ai aucune envie de leur mentir. Après tout, ces braves femmes ont enduré l'inconfort et ma mauvaise humeur depuis trois jours sans se plaindre, elles ont vu leurs vacances écourtées et elles ont été dépouillées par Mali. Je leur dois au moins un peu de sincérité. Et puis j'ai besoin de me confier. Je leur explique que je ne suis que le traducteur du livre fétiche d'Adèle et que j'ai commis de telles erreurs que je me sens comme un imposteur. Je leur raconte comment Mali leur a menti au sujet de son père blessé pour couper court à toute réclamation sur un éventuel remboursement de leur voyage. Je leur raconte qu'elle m'a laissé tomber, moi aussi, simplement parce que je ne lui étais plus d'aucune utilité. Quand je me tais enfin, Henriette, la pauvre petite souris toujours malade, pose sa main sur la mienne :

— Et elle est partie avec le reste de l'argent du voyage, c'est bien ça ?

— Ben... oui.

Qu'est-ce que je peux répondre d'autre ? Mali a mis tout l'argent des vieilles sur son compte, tout simplement.

— Mais j'attends une entrée d'argent, pour mon livre, vous savez. Si vous pouvez attendre un peu, je pourrai vous rembourser.

C'est le mieux que je puisse faire. Un dialogue s'instaure autour de la table, un dialogue muet à coups de mouvements de mentons, de sourcils et de sourires complices. Un dialogue dont je suis exclu. Enfin, Liliane prend la parole.

— Il ne faut pas en vouloir à Mali, Thomas. Vous savez, elle est très courageuse, elle travaille fort pour s'en sortir. Elle a commis une indélicatesse envers nous, une autre envers vous, et c'est très mal, bien sûr, mais personne n'est parfait, n'est-ce pas ?

— Vous savez ce que nous allons faire, Thomas ? Nous allons payer les frais de gîte et de couvert jusqu'à la fin de ce voyage, les vôtres compris, si vous acceptez. Et bien entendu, il est hors de question que vous nous remboursiez.

Je les regarde bouche bée et elles éclatent de rire. Tout excitées, elles s'expriment les unes en même temps que les autres.

— À nos âges, vous savez, on ne sait plus quoi faire de nos sous !

— Il faut bien aider la jeunesse !

— Et on pourra enfin choisir nos hôtels et nos restaurants !

Mais c'est Henriette qui me surprend le plus. Elle se penche vers moi avec un air de vouloir me faire la plus intime des confidences.

— Et vous savez, Thomas, je trouve que Mali a des goûts déplorables en matière vestimentaire...

25

Trois jours plus tard

Nous atterrissons à Orly en tout début d'après-midi. Je suis entouré par Adèle et Emma, dignes et satisfaites. Derrière nous Monique et Liliane applaudissent en sifflant comme à un match de foot. De là où nous sommes, nous ne voyons pas Henriette ; elle a demandé à une hôtesse éberluée une place à l'avant de l'appareil parce qu'elle est malade dans les transports.

Contre toute attente, les trois jours qui viennent de passer ont été les meilleurs de notre séjour. Nos billets n'étaient pas échangeables, il aurait fallu en acheter de nouveau, plein tarif, pour rentrer plus tôt à Paris. Mes nouvelles amies m'ont supplié de ne pas abréger le voyage. Après tout, qu'est-ce qui m'attendait à l'arrivée pour que je sois pressé de rentrer ? Une explication avec Sergeï ? Une engueulade avec ma mère ? J'ai cédé.

Dès que j'ai accepté cette attente forcée, elles m'ont pris en charge comme si elles avaient été payées pour organiser le voyage. Adèle prétendait qu'elle m'avait tourmenté avec ses constantes questions sur ma traduction et avait pour ambition de se faire pardonner. À Tallinn, elles ont acheté un guide touristique, ont choisi le meilleur hôtel de la ville, une chambre pour chacune d'elles et une pour moi, ont repéré tous les restaurants gastronomiques. Ensuite, elles se sont concocté un programme sur mesure plein de shopping, de visites de musées, de balades dans les parcs et dans tous les coins de la ville. Partout, elles me traînaient avec elles. Le soir, elles payaient le champagne et le caviar tout en me racontant leur vie. J'ai appris qu'Emma et Adèle fument comme des pompiers ; Monique tient mieux l'alcool que moi ; Liliane a été mariée trois fois, elle est riche à ne plus compter ses sous et elle n'a pas d'héritier, me dit-elle toujours, en faisant un clin d'œil aguicheur. Je sais maintenant qu'elle plaisante. Elle avait remarqué ma crainte d'être dragué par elle et elle s'était gentiment moquée de moi sur le sujet. Maintenant je rentre dans son jeu et nous en rions tous les deux.

Henriette, pour qui j'ai développé une véritable tendresse, a eu la vie la plus triste : gravement malade pendant toute son enfance, elle a grandi dans les hôpitaux et les cliniques, d'où son hypocondrie chronique, la seule maladie dont elle souffre vraiment aujourd'hui.

Et pendant ces trois jours, j'ai l'impression d'avoir vieilli de dix ans. Dans le bon sens du terme. J'ai commis tellement d'erreurs pendant ces derniers mois, j'ai été inconséquent, je me suis laissé guider par mes pires instincts et j'ai surtout réussi à blesser à peu près tous ceux qui tenaient à moi. Peu à peu, l'alcool et les remords aidant, j'ai raconté toutes mes conneries à mes compagnes en leur demandant ce qu'elles feraient si elles étaient à ma place. Avec tact, mes nouvelles amies m'ont fait comprendre que j'allais devoir remettre de l'ordre dans ma vie, réparer ce qui pouvait être réparé et vivre avec les conséquences de ce qui ne pouvait pas l'être. Je suis bien décidé à suivre leurs conseils. Pour la première fois de ma vie je me sens dégrisé, lucide et prêt à affronter la réalité en face. Sandrine serait fière de moi. Si elle est encore capable d'éprouver un sentiment positif à mon égard, mais quelque chose me dit que ce n'est pas gagné, de ce côté-là.

J'ai eu aussi tout le loisir de réfléchir à ma traduction, et à ce pauvre Sergeï dont j'ai tellement maltraité l'aïeule. Une fois seulement depuis que je connais la vérité, j'ai osé remettre le nez dans mon travail. Je suis tombé sur des morceaux de phrases telles que *L'étrange amour de Chlobak pour cette vieillarde à la peau ridée* et *L'arthrose de Maria l'empêchait de tenir le rythme effréné de son amant* avant de refermer mon œuvre frauduleuse. Sergeï a toutes les raisons du monde de m'en vouloir à mort. Ce que je ne comprends pas, en revanche, c'est pourquoi il a attendu si longtemps pour me contacter, ni pourquoi Alvizaar et Alain Minardeau sont, eux aussi, furieux après moi. Je suis bien décidé maintenant à éclaircir toute cette histoire et à y mettre un point final au plus vite. Tant pis si je dois me prendre un nouveau coup de poing sur le nez, je l'ai peut-être mérité.

Nous venons de récupérer nos bagages, c'est le moment de nous dire adieu. Tour à tour, elles se pendent à mon cou et m'embrassent sur les deux joues comme les braves grand-mères qu'elles sont ou pourraient être.

— Au revoir, Thomas, ça fait longtemps que je ne m'étais pas autant amusée !

— On reste en contact, promis ?

— Je n'avais jamais passé d'aussi bonnes vacances, je vous jure, Thomas, c'était tellement imprévisible !

— Si vous organisez d'autres voyages, vous n'oubliez pas de me faire signe, d'accord ?

Je les regarde partir vers la station de taxis et sans doute hors de ma vie. Aucune d'elles n'a l'intention de reprendre des cours de mesmène. Au cours des trois jours qui viennent de s'écouler, elles m'ont révélé qu'elles étaient copines de bridge depuis de longues années et qu'elles avaient l'intention de s'y remettre maintenant, même si elles admettaient la fadeur de ce jeu comparée à l'imprévu de notre voyage.

— Au revoir, mesdames, vous allez me manquer.

Je vais prendre mon RER, déjà happé par les ennuis qui m'attendent. Dans la rame, je mets mon portable en marche. Les trois notes de musique familières puis mon code PIN à rentrer. Trente secondes plus tard, l'appareil me signale qu'on a cherché à me joindre et j'écoute le répondeur. Ma mère a appelé cinq fois sans laisser de messages. Sergeï a encore cherché à me joindre deux fois et Nathalie m'a laissé un message : « Thomas, où es-tu ? Tu peux me rappeler, s'il te plaît ? J'ai d'excellentes nouvelles pour toi. Et puis non, ne rappelle pas, viens plutôt me voir dès que tu peux. Tu vas être content, je te le garantis. Et puis je voulais aussi te dire qu'un type avec un drôle d'accent cherche à te joindre. Je n'ai pas compris ce qu'il m'a dit, mais ce n'est pas un journaliste. Il n'a pas l'air commode du tout. »

Je suppose que cet individu louche n'est autre que Sergeï. Je dois régler ce problème, comme je dois régler un bon nombre d'autres problèmes. Le premier d'entre eux requiert d'ailleurs une solution immédiate : je dois décider où je vais dormir ce soir.

Tant que Mali est en Mesménie, je suppose que je peux encore utiliser son appartement, tout au moins pour ce soir. Ensuite, je devrai aviser. Peut-être que les bonnes nouvelles de Nathalie sont d'ordre financier, ce qui me permettrait de trouver un logement décent le temps de réfléchir à ce que je vais faire du reste de ma vie. Je décide donc d'aller la voir demain.

Je rentre dans l'immeuble et je pénètre seul dans l'appartement que je connais si bien maintenant. Au passage, j'ai regardé dans la boutique fermée du rez-de-chaussée. Avec ses couleurs criardes, elle me paraît incongrue et étrangère. Je ne m'attarde pas et je monte à l'appartement. Alors que je suis allongé sur le lit, les dernières paroles de Mali me reviennent en mémoire. « Le moment est venu de prendre nos vies en main », m'a-t-elle dit. Elle parlait pour elle aussi bien que pour moi. Ce sont sans doute les paroles les plus sensées qu'elle ait jamais prononcées. Mali, mon rêve d'adolescent attardé ! Maintenant que le charme est rompu, je la vois telle qu'elle est vraiment. Un bulldozer avec un corps parfait et une frimousse à se damner, mais un bulldozer quand même. Je n'ai plus envie de la blâmer pour tout ce qu'elle a fait et je réalise à quel point Adèle a raison : Mali est courageuse, elle est venue seule en pays étranger pour chercher fortune et elle a fait tout ce qu'elle a pu pour réussir. Donner des cours de mesmène, épouser son vieil Italien Tony qui lui a apporté un semblant de richesse, monter un commerce d'artisanat de son pays. Elle a dépensé une énergie folle et n'y a pas mis un sentiment, ni pour moi ni pour personne, me semble-t-il. Comment ai-je pu abandonner Sandrine pour suivre ce fantasme ? Comment surtout ai-je pu le faire aussi impitoyablement ? Le remords me serre la gorge et je ressens le besoin urgent de faire quelque chose pour réparer mes torts, si toutefois il y a quelque chose à faire.

Je décide d'appeler Richard. Avec un peu de chance, il sera libre tout de suite pour aller prendre une bière. Je vais devoir m'excuser auprès de lui aussi. Lui raconter à quel point j'ai été un imbécile sur toute la ligne. Il va m'engueuler, c'est certain, mais je crois qu'il arrivera à comprendre ma folie. Je sais déjà qu'il m'aboiera dessus, qu'il va me traiter de déplorable connard qui n'écoute que sa queue et il aura raison. Je crois même qu'en cet instant précis ses insultes me feront du bien. Et quand il sera calmé, il me donnera enfin des nouvelles de Sandrine.

Il décroche à la troisième sonnerie.

— Allô, Richard ? C'est moi.

Un silence, puis :

— Je sais. J'ai vu ton nom s'afficher.

Un nouveau silence. Il a décidé de ne pas me faciliter la tâche. C'est réussi.

— Je ne sais pas par où commencer… j'aurais dû appeler plus tôt.

Silence. Je reprends :

— J'étais furieux à cause de ton article et après tout est allé tellement vite…

Toujours le silence.

— Mais, putain, dis quelque chose ! Ou alors tu raccroches tout de suite et je sais à quoi m'en tenir.

— Tu es où, là, encore avec ta Mesmène ?

— Non, je rentre de Mesménie et elle est restée là-bas.

Je l'entends soupirer à l'autre bout du fil, signe qu'il commence à envisager de me pardonner. J'insiste :

— Écoute, on ne pourrait pas se voir ? Je sais que je n'aurais pas dû disparaître dans la nature, comme je l'ai fait, mais je me suis laissé aller, et… c'est compliqué par téléphone. J'ai vraiment plein de trucs à te raconter et je suppose que toi aussi. Tu as décidé de partir en Angleterre, au fait ?

— Attends deux secondes.

Il a dû mettre sa main devant le micro car je l'entends demander à quelqu'un d'une voix assourdie s'il peut m'inviter à dîner. J'aurais préféré le voir seul à seul, sans sa Charlotte, mais tant pis, le temps des concessions est arrivé. La voix familière qui lui répond ne ressemble pas à celle de Charlotte. Je reconnais cette voix, elle fait naître en moi un mauvais pressentiment, mais je n'ai pas le temps de comprendre pleinement que déjà il reprend la conversation.

— OK. Tu peux passer à la maison demain soir. Vers 20 heures, c'est bon ?

— Merci. Je serai à l'heure. Allez, à demain.

Je vais raccrocher quand je l'entends qui me crie d'attendre.

— Qu'est-ce qu'il y a ?

— J'ai déménagé. J'habite chez Sandrine, maintenant.

Évidemment. Voilà le mot que je me suis répété toute la nuit. Évidemment. À quoi est-ce que je pouvais m'attendre ? Ou plutôt, comment est-ce que j'ai fait pour ne pas m'en douter ? Quand j'ai disparu de la circulation, ils ont dû se parler tous les jours au téléphone, peut-être même se voir tous les soirs, et puis ensuite, quand ils m'ont vu à la télévision lorsque Minardeau m'a lâché son poing dans la figure, Richard a sans doute consolé Sandrine en lui expliquant que je n'étais qu'un salaud ingrat, un invalide de la reconnaissance, un immature qui ne pensait qu'avec son sexe.

Et lui, qui devait se battre contre ce monstre de Charlotte et ses envies d'Angleterre, il a dû réaliser qu'il pouvait profiter du trésor que j'avais abandonné sur le côté de la route. Évidemment. Je n'arrive même pas à leur en vouloir. Ils auraient sans doute pu attendre un peu au lieu de se jeter l'un sur l'autre dès que j'ai eu le dos tourné, mais, après tout, je n'ai eu que ce que je méritais. En conclusion, j'irai à ce repas, je me montrerai digne en leur souhaitant bonne chance et je n'aurai plus qu'à reprendre ma route en essayant de ne pas me tromper de direction au prochain carrefour.

À travers les persiennes, je vois le jour se lever. Je vais devoir l'imiter pour rendre visite à Nathalie. Sans conviction, je me demande ce qu'elle peut bien avoir à me raconter. Peut-être qu'avec le verdict rendu sur l'exploitation des terres rares en Mesménie, le pays a été à l'honneur dans les médias cette semaine. Et par conséquent mon livre a encore connu un regain d'intérêt. Une sorte de chant du cygne. Assez ironiquement, maintenant que j'ai conscience de mes erreurs de traduction, je peux dire que ce livre est bien le mien. Si Nathalie ne m'avait pas parlé de bonnes nouvelles, j'aurais facilement pu penser qu'elle allait me demander des comptes sur cette traduction foireuse.

Plus j'y pense, plus je suis certain que Nathalie va me signer un gros chèque. Pour en avoir confirmation, je saute d'abord dans mon jean, puis ensuite dans le métro. La ligne de zéros que j'imagine ne suffit pourtant pas à me remonter le moral. Jamais je n'avais imaginé une vie d'où Sandrine serait absente. Ou plus exactement, je n'avais jamais imaginé une vie où je ne pourrais plus me tourner vers elle en dernier recours. Depuis que je la connais, je me suis toujours imaginé qu'elle était ma bouée de sauvetage, mon point d'ancrage, le port d'attache où je pourrais venir m'abriter en pleine tempête. Même quand je suis parti comme le dernier des salopards avec Mali, je n'avais pas remis en question cette certitude. Je me sens vide et creux sans elle. En un mot, je me sens seul.

Je n'ai pas envie de montrer mes états d'âme à mon éditrice. Je me compose donc une tête de joyeux luron avant de toquer à sa porte et de passer la tête par l'embrasure. En me voyant, elle pousse un cri enthousiaste.

— Thomas, entre ! J'allais te rappeler encore une fois. Où étais-tu passé ?

— J'étais en vacances, en quelque sorte. Alors, c'est quoi les bonnes nouvelles que tu voulais m'annoncer ?

— Tiens-toi bien, tu ne vas pas en croire tes oreilles. J'ai été contactée par une vraie maison d'édition en ton absence. À ce qu'il paraît, il y a une grosse demande pour les livres un peu zinzins dans le genre du tien en ce moment. Tu comprends, avec la crise, et tout et tout, les gens ont besoin de rire. En plus, ils me proposent un poste d'éditrice. Tu te rends compte ? Mais tout ça, c'est à la condition que tu écrives le deuxième tome des aventures de Maria et Chlobak. C'est génial, non ?

Encore une déception : elle ne m'offre pas la fortune que j'attendais. À la place, elle revient à l'attaque avec son sempiternel refrain sur un deuxième tome des aventures de Maria et Chlobak. Évidemment, maintenant que je suis certain de ne pas avoir la mafia balte aux trousses, cette publication pourrait être une bonne nouvelle si j'avais l'ombre d'une idée de ce que pourrait être la suite de l'histoire de mes deux héros. Mais de ce côté, je suis toujours autant à sec. Et je ne suis pas convaincu que Sergeï accepterait que je m'en prenne une nouvelle fois à sa grand-mère. Nathalie doit remarquer mon manque d'enthousiasme parce qu'elle fronce les sourcils.

— Quoi ? Qu'est-ce qu'il y a ? Tu n'es pas content ? Tu te rends compte que certains rêvent toute leur vie d'avoir une chance pareille ?

— Ben si, c'est super. Seulement, comme je te l'ai déjà dit, je n'ai pas l'ombre d'une idée pour écrire la suite...

— Enfin, Thomas, c'est facile ! Ils n'ont qu'à avoir un enfant et être obligés de repartir en Mesménie.

— Un enfant ? À soixante-dix ans ?

Évidemment, je ne peux pas lui dire que j'ai déjà envisagé cette hypothèse, et dans la vraie vie, qui plus est, aussi je me sens contraint de paraître choqué par cette suggestion.

— Qu'est-ce que tu peux être conventionnel ! Ce n'est qu'un roman, tu sais, et le premier déjà n'a ni queue ni tête, alors tu peux te permettre certaines libertés. Tu peux aussi imaginer qu'ils adoptent.

J'opine, pas très convaincu.

— Écoute, Thomas, il faut que tu y mettes du tien ! Secoue-toi un peu, là, c'est ton avenir et le mien qui sont en train de se jouer.

Elle a raison, bien sûr. Et je me souviens aussi que j'étais venu avec l'espoir de lui soutirer quelques billets, je dois donc me montrer positif.

— Entendu, je vais réfléchir et faire de mon mieux. Tu peux me faire une avance, en attendant ? De deux mille euros ?

De mauvaise grâce, elle sort son chéquier et inscrit la somme demandée. Au moins, je ne repartirai pas les mains vides. Je me lève pour prendre congé et elle contourne le bureau pour me faire la bise.

— Tu essaies de ne pas trop tarder, d'accord ? Ah, et au fait, j'ai le numéro du cinglé qui n'arrête pas de m'appeler pour te joindre. Tu veux que je te le donne ?

— Non, c'est inutile, je sais de qui il s'agit.

Une fois dans la rue, je pense à cet entretien. Je suis au pied du mur en quelque sorte, et je n'ai rien à perdre à essayer d'écrire la suite de ma mauvaise traduction. Il faudra simplement que je convainque Sergeï de ne pas le prendre personnellement. Je suis tellement perdu dans mes réflexions que je me heurte à un homme sur le trottoir en sortant de l'immeuble.

— Excusez-moi…

Je lève les yeux et je rencontre ceux d'Alain Minardeau, le dangereux psychopathe qui m'a envoyé son poing dans la figure pendant l'émission de télévision *Des livres et des lettres*. D'instinct, je recule d'un pas, je sais de quoi il est capable. Et l'idée me traverse l'esprit qu'il me suit, peut-être à la demande de Sergeï, peut-être pour les obscures raisons qui l'ont poussé à m'agresser en public. Un second coup d'œil me rassure un peu : il a l'air plus surpris que belliqueux, aujourd'hui.

— Oh, c'est vous...

— Que faites-vous ici ?

— Je... Je suis venu voir Alvizaar, au sujet de mon deuxième livre...

Du menton il me désigne la MNCB. J'avais oublié la proximité de cet endroit avec le bureau de Nathalie et son explication semble plausible. Il se dandine d'un pied sur l'autre, l'air embarrassé.

— Écoutez, jeune homme, je... je m'en veux encore pour notre bagarre. J'aurais dû vous recontacter pour m'excuser après ce désastre du plateau télé. Vous auriez cinq minutes pour qu'on en parle ?

26

Cinq minutes plus tard

Nous sommes installés dans le café du coin de la rue, ce café où j'ai remis ma traduction à Sergeï, il y a un siècle ou deux. En face de moi, Minardeau ne prononce pas une parole, absorbé qu'il est par son verre de bière. Je n'ai pas tellement envie de lui faciliter la tâche, mais j'ai autre chose à faire que passer ma journée en face d'un psychopathe apathique.

— Alors, vous allez enfin m'expliquer pourquoi vous m'avez agressé de cette manière ?

Il lève la tête, étonné.

— Je veux bien m'excuser de mon comportement comme me l'a demandé votre copine, mais de votre côté, ne jouez pas les hypocrites, d'accord ?

Il n'y a rien à dire, ce type est fort. J'avais une question à lui poser et, avec sa réponse, j'en ai maintenant trois. Je commence par la plus étonnante.

— Ma copine ? Quelle copine ?

— Une grande blonde, très jolie, d'origine mesmène, je crois.

Mali. Je n'aurais jamais pensé qu'elle était capable d'un tel acte de générosité. Je suis partagé entre l'émotion et le scepticisme, et j'ai besoin d'en savoir un peu plus.

— Mali est venue vous trouver pour vous demander des excuses ?

— Pas exactement, non. Elle est bien venue me voir, le lendemain de l'émission, mais c'était pour me demander de vous rencontrer dans une sorte de librairie qui vend aussi toutes sortes de produits mesmènes. Elle voulait que je m'explique avec vous devant des spectateurs et elle me laissait le choix de m'excuser ou de vider le fond de mon sac, quitte à vous frapper une fois de plus. À bien y réfléchir, c'était un peu curieux, car au début elle me demandait de m'excuser et puis, au fur et à mesure, il m'a semblé qu'elle aurait préféré que je vous colle un gnon. Enfin bref, j'ai refusé et elle est repartie furieuse.

Je comprends mieux. Encore une perfidie de l'amour de ma vie. Elle a fait exactement ce que je lui avais interdit de faire et c'est le refus de Minardeau qui m'a sorti de cette situation épineuse. Pour un peu je le remercierais presque. Mais je préfère en revenir à mes moutons.

— Tout ça ne me dit pas pourquoi vous étiez si furieux contre moi ni pourquoi vous me traitez d'hypocrite.

Il me regarde avec suspicion puis, petit à petit, il prend un air sincèrement étonné, presque consterné.

— Alors c'est vrai, vous ne savez vraiment rien ?

— Non. Mais puisque vous êtes là, vous allez m'expliquer.

— C'est simple. Il n'y a pas grand-chose à dire. C'est moi qui ai écrit *La Vie rurale en Mesménie*. Enfin, pas votre histoire. Un essai sur les paysans mesmènes. Alvizaar avait accepté de le publier, mais quand le livre est sorti, c'était un roman sans queue ni tête qui portait ce titre et votre nom était imprimé en couverture.

— Qu'est-ce qui s'est passé ?

— Je n'en sais rien. Alvizaar m'a parlé d'un employé indélicat et d'un prête-nom. Vous. En tout cas, il ne voulait plus éditer mon livre sous prétexte que deux bouquins sur la Mesménie à la suite, c'était trop. C'était avant les terres rares, la Mesménie n'intéressait personne. J'ai dû piquer une colère pour qu'il accepte de le republier, sous un autre titre. Et aussi le suivant, sur la gastronomie mesmène, à titre de compensation. C'est d'ailleurs pour ce second livre que je suis ici aujourd'hui.

Je commence à comprendre. La scène à laquelle j'avais assisté, à la MNCB, juste avant ma première rencontre avec Alvizaar, c'était sans doute ce coup de gueule. Pourtant, j'ai l'impression que Minardeau s'en était tiré à bon compte.

— Mais pourquoi m'avez-vous agressé sur le plateau ? Vous aviez deux livres publiés, c'était plutôt bien, non ?

— Entre-temps, il y a eu les terres rares et le succès de votre livre. J'étais persuadé que vous m'aviez volé ce qui m'était dû.

— C'était idiot. Un essai n'aurait jamais eu le même succès qu'un roman, même aussi mauvais que le mien.

Ma remarque lui arrache un sourire.

— Ça, vous pouvez le dire, il est minable votre bouquin. Mais vous avez sans doute raison, mon essai n'aurait pas fait autant de ventes. Mon amour-propre en avait pris un coup malgré tout et puis j'étais saoul, plus très rationnel… J'ai agi comme un imbécile et je vous dois des excuses officielles.

Un silence s'installe de nouveau et, de nouveau, c'est moi qui relance la conversation.

— Oh, laissez tomber. Je n'ai pas tellement de raison d'être fier moi non plus.

— Qu'est-ce que vous avez fait au juste ? C'est quoi votre rôle dans cette histoire ? J'avoue que j'ai du mal à saisir.

— Je n'ai rien fait de particulier, justement. J'ai répondu à une petite annonce pour faire une traduction, j'ai fait le boulot et j'ai été payé. Je croyais que l'affaire s'arrêterait là, mais vous connaissez la suite : le bouquin est devenu célèbre et tout le monde m'est tombé dessus.

— Si vous n'avez rien fait d'autre, vous n'avez rien à vous reprocher, il me semble.

— En fait… pour être tout à fait honnête, je crois que j'ai complètement foiré la traduction et je crois que c'est pour ça qu'Alvizaar et Sergeï sont furieux contre moi.

— Vous… vous avez foiré la traduction ? Mais comment ça ? Jusqu'à quel point ?

— Jusqu'à la dernière des virgules, j'ai tout foiré : le style, l'histoire, les personnages. Une chienne n'y reconnaîtrait pas ses petits.

Tête baissée, je lui retrace l'histoire originale et ce que j'en ai fait en inventant cette folle histoire de la vieille Maria tombant amoureuse du beau Chlobak. Au fur et à mesure de mon récit, j'entends une sorte de chuintement de plus en plus puissant en provenance de Minardeau. Je relève la tête, étonné, et je constate que mon interlocuteur est en pleine crise d'hilarité. Je ne sais pas comment le prendre et puis, tout à coup, le fou rire me prend moi aussi. Nous nous laissons aller jusqu'à ce que Minardeau reprenne le contrôle de ses zygomatiques.

— Allez, ne vous en faites donc pas, ce n'est pas si grave. Et je suis sûr qu'Alvizaar s'en moque complètement. Il était vexé de s'être fait avoir, il était fâché pour le fric, mais c'est du passé, maintenant, il est largement rentré dans ses frais et il est passé à autre chose.

Il se lève en laissant un billet de dix euros sur la table.

— Je dois y aller, maintenant. Je suis content que notre malentendu soit dissipé. À la prochaine.

Je le regarde sortir du café de son pas nonchalant. Il me serait presque sympathique, ce con. Cette conversation m'a fait du bien. Au moins, je commence à comprendre l'affaire dans laquelle j'ai été impliqué malgré moi. Il ne me reste plus qu'à avoir la version de Sergeï.

Mais avant tout, je dois résoudre la question de l'hébergement pour les jours à venir. Savoir traiter les problèmes en fonction de leur urgence et de leur importance, c'est ce que font les gens qui prennent leur vie en main et j'appartiens désormais à cette catégorie de la population. Je passe donc en revue mes maigres possibilités. Je ne peux pas rester chez Mali en attendant qu'elle revienne pour le liquider avec la boutique, et je ne peux pas non plus me payer le luxe d'habiter à l'hôtel pour les mois à venir. Tant pis donc pour mon ego blessé, je ne vois qu'une solution : les parents. Avant de me dégonfler en pensant à la scène qui m'attend, je dégaine mon portable.

— Allô ?

— Salut m'man, c'est moi.

— Tiens ! Un revenant. Tu t'es enfin rappelé du numéro de la maison ?

Pour une fois, je comprends sa colère. Je n'ai pas pris ses appels depuis des semaines.

— Oui, je sais. Je suis désolé. Écoute m'man, ça ne va pas très bien. Je viens de rompre avec Mali.

— Ta Mesmène ?

Ma mère se fait encore un point d'honneur à ne pas retenir le prénom de Mali. C'est aussi bien comme ça, elle n'aura pas besoin de l'oublier.

— Oui, ma Mesmène comme tu dis. Sauf qu'elle n'est plus à moi.

— Ah ! Qu'est-ce que tu vas faire, alors ? Tu vas retourner avec Sandrine ?

Si seulement la vie pouvait être aussi simple ! Je ne sais pas si elle pense vraiment qu'il me suffirait de sonner à la porte de Sandrine avec ma brosse à dents et mes slips sales pour reprendre la vie commune. Je ne veux pas le savoir. Je me contente de soupirer pour ne pas répondre à sa stupide question.

— Je voulais te demander si je pouvais venir dormir à la maison pendant quelque temps.

— Évidemment, tu peux. Mais ton père ne va pas être content.

Elle non plus n'est pas contente. Elle voudrait me voir établi avec boulot, femme et enfants. Elle ferait une excellente grand-mère.

— Je ne resterai pas longtemps. Quelques semaines, le temps de me retourner.

— Tu peux rester aussi longtemps que tu le veux, tu sais qu'on ne va pas te jeter à la rue quand même.

— Oui, je sais. Merci.
— Et tu as des projets ?
— J'ai des idées, c'est encore assez vague.
Je ne veux pas m'embarquer dans cette discussion avec elle.
— Bon. Et tu arrives quand ?
— Ce soir.
— Alors je prépare à dîner.
— Euh, non. Je dîne chez des amis. J'arriverai tard, c'est d'accord ?

Pas facile d'admettre son échec devant sa propre mère. Je vais devoir faire profil bas et écouter une tonne de reproches et de conseils pendant les semaines à venir, mais ce sera une punition pour toutes les mauvaises décisions que j'ai prises ces derniers temps. Je sors dans la rue pour prendre l'air, le portable encore dans ma main. J'ai un dernier coup de fil à passer. Celui qui va sans doute m'apporter les révélations finales, si ce n'est une autre raclée. J'entends la sonnerie à l'autre bout. Je n'ai pas à attendre longtemps. Ça décroche dès la première.
— Thomas ?
La voix de Sergeï. Il hurle presque dans le téléphone. Je ne sais pas s'il est en colère ou s'il est un peu sourd. Je n'avais pas noté ce détail, la dernière fois que je lui ai parlé.
— Sergeï ? Je crois que vous avez essayé de me joindre ?
— Pourquoi tu ne pas réponds à moi quand je t'appelle ?
— J'étais en voyage. Je n'ai pas eu vos messages plus tôt.
— Ah. Tu bien vouloir parler à moi, alors ?

— Oui, oui, sans problème.

— Moi préfère voir toi.

— Oui, bien sûr. Vous êtes où ?

— Je suis dans le moteur de la voiture. À le XXe arrondissement. Note, je donne l'adresse à toi.

J'inscris en vitesse les indications qu'il me donne sur un bout de papier qui traîne dans ma poche, je lui promets d'être là dans la demi-heure suivante avant de raccrocher et de me mettre en route. J'espère que je ne suis pas en train de me diriger vers un coupe-gorge.

L'adresse que m'a donnée Sergeï est celle d'un garage. Je comprends mieux pourquoi il parlait si fort au téléphone. Et il est vraiment dans le moteur de la voiture : quand je pénètre dans le garage, il a littéralement la tête enfouie sous le capot. Je m'approche et je lui tape sur l'épaule.

— Thomas ! Tu m'attendre là.

Il va parler à un de ses collègues tout en s'essuyant les mains. Il me désigne du menton en expliquant des choses que je ne peux pas entendre. Au bout de cinq minutes, Sergeï revient vers moi, me prend par le coude et fait un signe de remerciement à son copain.

— Nourmaï va faire les soins du garage et nous prendre le café en face.

Je le suis docilement. Nous nous installons, commandons deux cafés et dès que le serveur s'éloigne, Sergeï entre dans le vif du sujet.

— Pourquoi tu faire ça à moi ?

Il est à moitié accusateur, à moitié attristé. Devant son regard de chien battu, j'éprouve une sorte de malaise qui va certainement empirer.

— Si vous parlez de ma traduction foireuse et du tort que j'ai fait à votre grand-mère, je sais, oui.

Je vous présente mes plus plates excuses
honnêtement, sachez que je ne l'ai pas fait e
Pitoyable plaidoyer. Je me revois encore d
mon ordinateur, en train d'échafauder mes belles théories sur l'esprit de la traduction. Avoir le sens de la nuance et de la cadence, trouver les subtilités qui permettent de rendre dans sa langue les particularités de la langue d'origine, que je me disais. Je me gargarisais de grandes phrases et je n'ai même pas été capable de comprendre qui étaient les personnages principaux. Et là, face à Sergeï, j'ai tout à coup l'impression d'avoir été malhonnête et j'en ressens un bon gros vieux remords.

Loin de mon autoflagellation, Sergeï me regarde avec des yeux ronds.

— Comment, toi pas faire exprès ? Tu pas parler mesmène ?

— Si, enfin… non. Je le parle un peu, ce que j'ai appris à la fac. J'ai surestimé mes connaissances. J'avais des difficultés pendant que je traduisais, ça c'est vrai, mais je ne savais pas que j'avais autant… dévié de l'histoire originale. Ça, je vous jure que je n'ai pas fait exprès. Je voulais revenir sur le texte une deuxième fois, mais je n'ai pas eu le temps.

— Et pourquoi tu pas dire à moi que tu as difficultés pendant tu traduire ?

— Ben, j'avais besoin de cet argent. Et j'avais peur.

— Tu avais peur ? Peur de quoi ?

Je me sens ridicule d'avoir à lui avouer qu'il était l'objet de mes craintes. En même temps, maintenant que je passe aux aveux, autant y aller jusqu'au bout.

— De vous. De tous ces mystères que vous faisiez. Je me disais que vous aviez l'air louche, que ous apparteniez peut-être à la mafia ou quelque chose dans ce goût-là.

— La mafia ? Moi dans mafia ?

Il a l'air abasourdi pendant trois secondes puis il éclate de rire. Comme je pouvais m'y attendre son rire est gras, sonore. Il le ponctue par de grandes claques sur mon épaule en reprenant le mot « mafia » de temps en temps, ce qui renforce son hilarité. À la fin, je suis vexé.

— Avouez que vous étiez quand même étrange. Et puis vous ne me disiez pas ce que c'était que ce livre, je ne connaissais même pas le nom de l'auteur.

— C'était ma grand-mère.

Il est encore pris de hoquets rigolards et il continue de marmonner « mafia » à intervalles réguliers.

— Votre grand-mère ? C'est elle qui a écrit sa propre histoire ?

— Oui, et grand-mère pas dans la mafia. Grand-mère écrire romans d'amour. Beaucoup romans. Toute la famille écrire romans. Moi, Sergeï écrire roman, mais pas bon roman, pas doué comme grand-mère. Elle a donné à moi tous les livres sur son lit de la mort. Elle dit : « Sergeï, tu mon seul petit fils. Tu traduire romans, tu fais succès et tu deviens très riche. C'est la dernière voulue à moi. » Je jure de faire et elle morte avec ma promesse dans son oreille. Quoi je pouvais faire ? Je connus son histoire avec soldat ukrainien, quand elle vive encore en Mesménie et je savais son premier roman était sa souvenir de jeunesse. Elle venir de Mesménie avec soldat ukrainien, mon grand-père, et lui mort un mois avant la naissance de père à moi. Je savoir l'histoire, mais livre en mesmène et je pas parle mesmène.

Tous les romans de grand-mère en mesmène et elle pas voulu apprendre à moi. Quoi je pouvoir faire ? Quand je venir en France et je travaille à la Maison de la nouvelle culture balte, moi avoir la bonne idée.

— Vous avez proposé à Igor de traduire et d'éditer les romans ?

— Oui-oui-oui. Mais Igor pas publier roman, et Igor pas écouter moi. Lui éditer juste livres sérieux avec de la culture dedans. Moi juste secrétaire, tu comprends ? Je classe, je prépare paquets avec le nom auteur et le titre de livre, et je mettre dans enveloppes pour envoyer. Alors moi attendre livre mesmène, même taille que le roman de grand-mère. Quand je trouve, moi vole argent pour payer toi, publie annonce dans *20 Minutes*, et moi changer livre à envoyer.

— Et vous avez échangé avec le livre de Minardeau, c'est ça ?

— Oui. Moi je pense *La Vie rurale en Mesménie* bon titre pour livre de grand-mère alors moi garder titre et changer livre.

J'ai comme un doute sur la pertinence de ce choix, mais je garde ce commentaire pour moi.

— Mais pourquoi ne pas avoir mis le nom de votre grand-mère comme auteur ?

Il prend cet air fataliste que je commence à lui connaître.

— Moi être très, très stressé avant de donner le livre à ELL'M. Moi toujours pense si je sors livre du tiroir, Igor va arriver, voir et foutre moi à la porte. Alors moi pas faire attention petits détails. Juste prendre livre, mettre vite vite dans grande enveloppe et envoyer sans regarder. Moi pas savoir la petite-fille à Igor assez bête pour mettre ton nom avec auteur et traducteur. Moi je surpris quand je voir, mais je pense, tant mieux pour Thomas, lui mérite après tout son travail. Et puis après Igor quand même comprendre et mettre moi à la porte...

L'explication est donc aussi simple que ça. Sergeï a laissé mon nom sur la copie que je lui ai remise sans penser aux conséquences et, comme je le sais déjà, cette andouille de Nathalie ne s'est pas posé de questions. La seule chose qui m'échappe, c'est ce qu'a fait Sergeï pendant tout ce temps et pourquoi il ne m'a pas appelé plus tôt.

— Mais vous avez attendu plusieurs mois avant de me téléphoner ? Vous étiez où ?

— Oui, moi retourne en Estonie. Mais pas travail en Estonie. Alors moi revenir en France, depuis mois dernier. Moi venir travailler chez copain du garage. Travail noir.

Il met un doigt devant ses lèvres en faisant mine de regarder à droite et à gauche, puis il éclate de rire à nouveau.

— Comment avez-vous su pour ma mauvaise traduction ?

— C'est hasard. Nourmaï dire à moi gros succès alors moi content. Mais femme à Nourmaï lire le livre et dire à lui très rigolo, sur vieille femme qui va avec jeune soldat et Nourmaï dire à moi. Moi très furieux parce que je pense toi moquer moi.

— Je suis désolé. Je ne voulais vraiment pas manquer de respect à votre grand-mère, vous savez. Vous êtes toujours en colère contre moi ?

Il hausse les épaules, résigné.

— Tu pas fais exprès, qu'est-ce que je dire ? C'est destin.

Il prend appui sur la table pour soulever sa lourde carcasse.

— Bon, je dois retourner garage.

Une idée est en train de germer dans mon cerveau. Dans ce que Sergeï vient de me raconter, il m'a semblé comprendre que lui aussi était un romancier, comme sa grand-mère. Et un mauvais romancier, qui plus est. Exactement ce dont j'ai besoin pour répondre aux attentes de Nathalie.

— Ça vous dirait d'écrire la suite des aventures de Maria et Chlobak, avec moi ?

27

Une semaine plus tard

J'ai choisi le restaurant avec soin. J'ai écarté les endroits romantiques où on a l'impression d'être épié par le serveur, les brasseries bruyantes où on ne s'entend pas parler, les bistrots trop serrés où on entend les conversations des voisins, même quand on n'en a pas envie. Au final, je me suis décidé pour un restaurant indien qu'on fréquente depuis des années. Sandrine adore leur cuisine au tandoori.

Assis sur ma chaise à dossier droit, je suis tendu comme un premier communiant avant de recevoir l'hostie. Je n'ai pas peur du lapin qu'elle risque de me poser : Sandrine m'a assuré qu'elle viendrait et elle tient toujours parole. Ce n'est d'ailleurs pas elle qui est en retard, c'est moi qui suis en avance. Non, je pense sans arrêt au fait que mon avenir dépend de la conversation qui va venir. Je n'ai pas parlé à Sandrine depuis notre dîner à trois et je crève d'envie de la revoir en tête-à-tête, pour pouvoir enfin lui parler.

Lors de ce fameux dîner, le soir où j'avais revu Sandrine et Richard, dans l'appartement qui était le mien il n'y a pas si longtemps, j'ai constaté que ce salaud avait pris possession des lieux. Quand je suis arrivé, il m'a servi lui-même un whisky et il a ouvert un paquet de cacahuètes avant de s'installer confortablement au fond du canapé Ikea qui connaît par cœur la forme de mon cul. Pour me donner une contenance, j'ai entamé la conversation sur un ton que je voulais enjoué :

— Alors comme ça, vous vous êtes mis ensemble, tous les deux ?

Sandrine était encore dans la cuisine, donc je ne pense pas qu'elle ait entendu ma question. Par contre, Richard m'a regardé comme si je venais d'insulter sa mère.

— De quoi tu parles ?

— Ben de toi et Sandrine. Vous êtes ensemble maintenant, non ? En couple, quoi...

— Excuse-moi, tu as cru que... ? Non, mais tu me prends pour qui ? Pour qui tu prends Sandrine ? Tu crois vraiment qu'on se serait mis ensemble comme ça, juste après ta fuite ? Tout le monde ne fait pas dans la trahison, tu sais...

Je n'ai pas été dupe. Il avait joué au con par téléphone pour me laisser croire à l'existence de leur couple. Et là, installé dans mon canapé, il en profitait pour me mettre le nez dans ma propre trahison, comme il appelait mon départ. J'aurais pu lui faire remarquer la nullité de son stratagème, mais je me sentais trop soulagé pour lui en vouloir et j'ai fait de mon mieux pour réprimer le sourire qui me venait aux lèvres.

— Mais alors, pourquoi tu es ici, si tu n'es pas avec Sandrine ?

— Charlotte est partie en Angleterre et je n'ai pas voulu la suivre alors elle m'a largué comme une merde. C'est à la mode, ces temps-ci. Et comme je dois partir faire un reportage en Inde avec un copain pigiste, Sandrine a accepté de me prêter le canapé avant mon départ.

— Sympa.

— Ouais, sympa. Difficile de croire qu'un mec soit assez crétin pour laisser tomber une fille comme elle.

Je n'ai pas relevé non plus. Je connais Richard. Quand il est en rogne, il se met en mode lourdingue tendance agressif. De toute façon, je méritais chacun de ses sarcasmes alors je n'avais qu'à écraser en attendant un changement d'humeur. Ça devrait se produire dans un an ou deux, avec un peu de chance. Sandrine nous a rejoints à ce moment-là et elle nous a proposé de passer à table. Elle avait fait des T-bones avec des patates au four, un plat simple qui faisait partie de mes préférés. Mais comme c'était aussi le préféré de Richard, je ne pouvais rien en déduire.

Une fois à table, Sandrine s'en était tenue aux banalités d'usage, avec la politesse qu'on réserve aux invités qu'on connaît de fraîche date. Son attitude m'était encore plus douloureuse que celle de Richard. Lui, je le sentais piaffer d'impatience de dérouler la longue liste des récriminations qu'ils entretenaient tous les deux à mon égard et, franchement, j'aurais préféré qu'ils vident leur sac une bonne fois pour toutes. Mais Sandrine lui tenait la bride du regard, comme elle sait si bien le faire. Le nom de Mali ou même de Mesménie n'a pas été prononcé de tout le repas, comme si rien ne s'était passé, comme si nous n'avions rien à nous dire, comme si nous étions de parfaits étrangers. S'ils avaient décidé de m'inviter pour me torturer avec cette attitude, c'était réussi. Ce silence m'oppressait tellement qu'après le dessert, en revenant des chiottes, j'ai lancé une remarque anodine sur le fait que la chasse d'eau était enfin réparée, histoire de montrer que je me rappelais bien l'appartement. Richard m'avait trucidé sur place.

— Il suffisait de s'en occuper, ce que le connard qui vivait ici n'a jamais fait.

J'étais parti aussitôt après avoir avalé ma dernière goutte de café.

Après coup, il est facile de comprendre que ce repas était voué à échec. Je les avais pris par surprise avec mon coup de téléphone, et ils n'avaient pas eu le temps de préparer leur stratégie d'accusation. Car c'était bien de cela qu'il s'agissait ; ils voulaient faire mon procès et ils n'avaient pas tort : j'étais coupable. L'ennui, c'est que le tribunal n'était pas en phase. Richard, le butor agressif, ne pouvait pas s'entendre avec la patiente et diplomate Sandrine.

De mon point de vue, pourtant, j'avais obtenu une information importante et qui me laissait tous les espoirs : ils n'étaient pas en couple. Je devais donc parler à Sandrine seule à seul, pour m'expliquer, bien sûr, pour lui demander pardon de mon attitude dégueulasse envers elle, mais surtout pour savoir si notre couple pouvait survivre à ce gâchis.

Je ne voulais pas l'appeler en direct, de peur de la prendre par surprise encore une fois et d'essuyer un refus alors je lui ai envoyé un mail. Au moins, de cette façon, si elle refusait de me voir, elle l'aurait fait après y avoir réfléchi et j'aurais su que je n'avais plus rien à attendre d'elle. Je n'ai pas mis grand-chose à l'intérieur, juste une phrase qui disait « Sandrine, j'ai besoin de te parler » et elle avait mis presque une journée à me répondre « Que proposes-tu ? » Je ne savais pas quoi penser de ce long délai. D'ordinaire, Sandrine regarde son mail à longueur de journée et elle répond plus vite que son ombre. Sa lenteur était sans doute intentionnelle, pour me montrer que, de son côté, elle n'était pas pressée de me revoir. C'est à ce moment-là que j'ai cogité dur pour trouver le parfait restaurant pour notre rencontre au sommet. Je me retrouve donc là, assis sur ma chaise à dossier droit de notre restaurant indien préféré, en attendant son arrivée.

Et elle arrive.

Je la détaille de haut en bas. Ses rondeurs lui vont toujours aussi bien. Elle est passée chez le coiffeur depuis le repas raté et, avec son léger maquillage, je la trouve plus fraîche et jolie que jamais. Elle porte un léger manteau ouvert sur une robe gris perle avec une grosse ceinture rouge et des chaussures assorties. Je connais bien cette tenue parce que je la lui ai offerte il y a deux ou trois ans. Mon cœur fait un bond dans ma poitrine. Si elle a fait un tel effort, c'est sans doute que tous les espoirs me sont permis.

Quand elle se penche pour m'embrasser, je cherche ses lèvres avec les miennes, mais elle esquive et m'embrasse rapidement sur la joue avant de s'asseoir et d'entrer directement dans le vif du sujet.

— Alors, pourquoi avais-tu besoin de me parler, Thomas ?

— Tu t'en doutes, non ? Je voulais t'expliquer ce qui s'était passé.

— Ça, vois-tu, je crois que je l'ai compris.

— Tu ne sais pas tout, malgré tout. Je voudrais te raconter exactement comment les choses se sont passées.

— Eh bien, vas-y, je t'écoute.

Alors je plonge. Je raconte tout. Comment je me suis senti frustré, brimé quand elle ne m'a pas soutenu au moment de la traduction, comment je me suis senti acculé à accepter ce boulot stupide de vendeur de saucisses qu'elle m'avait mis sous le nez. Et puis le coup de fil surprise de Mali, l'échappatoire facile, l'impression de libération soudaine. Je passe sur l'aspect sentimental et sexuel parce qu'il ne faut pas pousser le bouchon. Mais je lui parle de la boutique de Mali, de la pression de Nathalie pour que j'apparaisse dans les médias, d'Alain Minardeau, des vieilles, du voyage en Mesménie et enfin de ma traduction foireuse.

Le serveur est venu prendre la commande pendant que je parlais et nous l'avons passée sans même ouvrir la carte que nous connaissons par cœur. Nos plats arrivent à la seconde où je termine mon déballage, comme si le serveur avait attendu le bon moment. Sandrine prend sa fourchette et commence à tripatouiller son plat en silence, sans me regarder, si bien que je craque malgré toutes mes bonnes résolutions.

— Écoute, Sandrine, je sais que j'ai été minable. Je ne vais même pas essayer de me trouver des excuses parce que je sais que je n'en ai pas, mais putain, pour une fois, lâche-toi ! Fais-moi une scène, traite-moi de dégénéré, d'irresponsable, de connard, de salaud, de ce que tu veux, mais dis quelque chose de méchant, hurle-moi dessus, fais un truc que je pourrais te reprocher, au moins, quand je me retrouverai seul comme un con avec mes insomnies !

Elle ne réagit pas, si bien que je suis sur le point de me lever et de quitter le restaurant quand enfin elle lève les yeux. Elle ne sourit pas, elle a les yeux secs et, quand elle me parle, sa voix est dure, presque coupante. Je la vois pour la première fois en colère, je crois, une colère froide qui me fait frissonner.

— Tu vois, Thomas, je ne t'en veux même pas pour cette fille. Ou peut-être un peu, mais j'aurais pu accepter. Ce pays, cette Mesmène, tu les avais en travers de la gorge avant même de me rencontrer. Tu étais comme bloqué à ce stade, sans rien réussir à construire et je désespérais de te voir dépasser cet obstacle. Cette fille, elle a toujours été ma rivale, je savais que tu fantasmais sur elle en secret et j'étais incapable de te délivrer d'elle. Alors quand tu as décidé de faire cette traduction, j'étais presque soulagée. Bien sûr, tu as raison, j'avais peur aussi et je ne voulais pas te soutenir, mais, au fond de moi, je me disais « ça y est, il passe à l'action, cette fois il va franchir le cap et tourner la page ». J'avais même envisagé qu'elle ressurgisse, elle aussi, quand j'ai vu le tabac que tu faisais avec ton bouquin. Tu vois, je ne suis pas si idiote, finalement. Alors oui, si tu m'avais simplement trompée avec elle, physiquement, en sachant que tu me trompais déjà avec elle en rêve depuis quatre ans, je suppose que j'aurais fini par te pardonner. J'aurais sans doute voulu savoir ce que c'était de vivre avec toi en l'absence du fantôme de cette fille. Tu vois, par curiosité.

Elle a un rictus amer que je ne lui connais pas puis elle s'arrête de parler quelques secondes, le temps d'avaler sans conviction une bouchée de son plat.

— Mais tu vois, ce que je n'ai pas pu digérer, c'est le petit mot que tu m'as laissé sur la table quand tu es venu prendre tes affaires. Ce petit mot où tu disais que je t'étouffais. Que je te tenais en cage dans ma petite vie étriquée. C'est con, hein ? Ce n'était peut-être rien pour toi, ce mot sans importance balancé sur un morceau de papier, mais tu ne peux pas savoir l'effet qu'il m'a fait. C'était du vitriol dans mes entrailles, ce mot. Moi, j'ai toujours cru que nous étions complémentaires. Tu veux que je te traite d'immature, d'irresponsable, d'inconséquent ? Eh bien oui, je pense que tu l'es parfois. Souvent, même. Mais tu me faisais rire, tu me sortais de ma routine, et tu savais tellement bien me consoler quand j'avais le cafard... Tu veux savoir pourquoi je te proposais des boulots débiles ? C'est juste parce que je n'ai aucune imagination, moi, je suis conventionnelle, j'étais incapable de trouver des solutions pour que tu te sentes bien. C'était toi, le moteur de notre couple avant... avant cette traduction...

Sa voix se brise et je vois les larmes briller dans ses yeux. Je lui prends la main.

— Sandrine...

Elle se dégage en secouant la tête.

— Non, Thomas, je n'ai pas besoin que tu me consoles. Tu ne peux pas comprendre ce que j'ai ressenti. Pendant quatre ans, j'ai cru que nous avions trouvé un équilibre, que je t'apportais la sécurité et j'attendais que tu dépasses ton obsession mesmène avant qu'on puisse continuer notre vie et voilà...

Sa voix se brise encore une fois, mais je ne fais plus un geste pour la toucher. De toutes les conneries que j'ai faites, elle me reproche simplement ce mot que j'avais oublié. Je me foutrais des baffes de l'avoir écrit. Parce qu'elle a raison. C'était un mot inutile et blessant où je rejetais sur elle la responsabilité de la rupture. Le silence s'installe pendant lequel nos plats refroidissent. Le serveur vient nous demander s'il y a un problème avec le poulet tandoori et on le rassure d'un signe de la tête. Je me risque à reprendre la parole.

— Pourquoi on n'a jamais parlé de ça ?

Elle s'étrangle dans un sanglot, déglutit et réussit à murmurer une réponse :

— Je n'ai pas dit que tu avais tous les torts...

Et le silence retombe. Je n'ai plus d'échappatoire, le moment est venu de poser la question pour laquelle on est ici.

— Tu crois qu'on a encore une chance tous les deux ? Que tu pourras me pardonner ?

Épilogue

Un an plus tard

Un an déjà. Il s'est passé tellement de choses cette année que je n'ai pas pu m'arrêter pour voir le temps défiler sous mon nez, comme j'avais l'habitude de le faire auparavant.

Plus personne ne parle des terres rares de Mesménie, maintenant. Elles restent enterrées au propre comme au figuré, tombées dans l'oubli le plus total. Et tout le pays a pris le même chemin. Je ne serais pas étonné qu'aujourd'hui plus personne ne sache le situer sur une carte. C'est terriblement injuste, mais c'est la dure loi des médias. Un jour, on est au sommet de la gloire et, le lendemain, on n'existe plus.

Heureusement, je n'ai pas partagé ce sort funeste. Sergeï et moi, nous sommes devenus le couple d'écrivains le plus célèbre de l'Hexagone. L'ancien garagiste et l'ancien serveur de chez McDo construisant ensemble une œuvre littéraire unique au monde, on peut dire que ça fait couler de l'encre et de la salive. Dès que notre premier livre commun est paru, il ne lui a pas fallu quinze jours pour être sur la liste des best-sellers français. Nous avons été invités sur les plateaux de télévision les plus célèbres : *On n'est pas couché, On est déjà debout, La Grande Librairie, La Petite Bibliothèque,* et bien d'autres dont je ne me souviens plus. Nous avons bien l'intention de continuer encore et encore.

Il y a quelques mois, par l'intermédiaire de ma maison d'édition, j'ai reçu une carte postale de Mali avec ces simples mots « Bons baisers de Mesménie ». J'ai naïvement cru à une marque d'amitié désintéressée jusqu'au jour où elle m'en a envoyé une autre dans laquelle elle me demandait la permission de traduire en mesmène *ma* version des aventures de Maria et Chlobak ainsi que toutes nos autres parutions. Mali sera toujours Mali, je suppose, et c'est avec un détachement amusé que j'ai donné mon accord.

En plus de notre travail littéraire commun, Sergeï m'enseigne l'estonien et je lui apprends à parler français correctement. En dehors des plateaux télé, il le pratique maintenant sans accent et presque sans faute.

J'ai pensé un moment à me perfectionner en mesmène, et puis j'ai réalisé qu'un tel apprentissage risquait de tuer la poule aux œufs d'or. Sergeï et moi avons dix-huit livres de sa grand-mère, dix-huit livres que je vais traduire dans mon style particulier et pour lesquels la maison d'édition de Nathalie est prête à nous faire signer un contrat. Bien sûr, ce sont des romans à l'eau de rose, des princes mesmènes tombant amoureux de veuves éplorées à peine nubiles, ou des jeunes gens refusant le mariage à leurs aïeuls sous prétexte qu'ils ont passé l'âge de faire des folies de leur corps. Avec un matériel de cette qualité, je ne me fais pas trop de soucis pour notre avenir professionnel, au moins dans les cinq ans à venir.

Je trouve notre succès bien mérité. Après tout, si je n'avais pas eu le courage de répondre à cette annonce parue dans *20 Minutes*, si je n'avais pas résisté aux tentatives de Sandrine pour me faire accepter n'importe quel boulot, je serais peut-être encore serveur chez McDo ou chef de rayon chez Auchan. J'ai sans doute fait quelques conneries mais, au final, j'ai suivi mon instinct, j'ai bossé comme un dingue, et je suis fier du résultat.

Sandrine m'a repris à l'essai après quatre mois de tractations serrées. Plus jamais elle ne se comportera comme ma mère, m'a-t-elle dit, et elle attend désormais que je me comporte en adulte responsable. J'ai promis tout ce qu'elle voulait que je promette. Je ne dois pas m'en sortir trop mal puisque nous envisageons maintenant d'acheter un appartement avec mes droits d'auteur.

La prochaine étape sera bien sûr d'avoir un enfant et, sur ce point, je serai intraitable. Ce gamin, on l'appellera Serge, pour rendre hommage à Sergeï. Même si c'est une fille.

Après tout, si le monde littéraire a accepté une George Sand, pourquoi rejetterait-il une Serge Lagrange ?

Remerciements

Toute ma reconnaissance va en premier lieu à mon amie Anna Declerck, membre des institutions anglaises *Institute of Linguists, Translators' Association* et *Society of Authors*. Sans elle ce livre n'aurait jamais été publié et j'espère qu'elle deviendra ma traductrice officielle. Je veux aussi remercier bien d'autres personnes : mon agent, Gregory Messina, pour sa persévérance et ses précieuses indications ; Jacques Feldmar pour sa présence, ses nombreuses relectures et son soutien actif ; mon frère Pascal pour sa vision graphique de la Mesménie, son aide et ses conseils dès la première version ; Jean-Luc Biondi, Denise Feldmar, Valérie Schaeffer et Jany Seytor pour leur relecture attentive, leurs corrections et leurs remarques pertinentes ainsi que tous mes proches et amis pour leurs rires et leurs encouragements. Enfin je veux aussi remercier Raphaëlle Liebaert, mon éditrice, qui m'a aidée à finaliser ce livre avec beaucoup de bienveillance.

Biographie de l'auteur

Fabienne Betting est née en Moselle en 1962. Après un DEA de mathématiques appliquées à l'informatique à l'École polytechnique (ce qui ne fait pas d'elle une polytechnicienne, précise-t-elle), elle s'est rapidement spécialisée dans le domaine de l'imagerie médicale en 3D. Ses écrits ont été primés dans différents concours de nouvelles (Prix de la ville de Verrières-le-Buisson, Prix de la nouvelle policière de Dôle, pour ne citer qu'eux.) *Bons baisers de Mesménie* est son premier roman. Inutile de préciser qu'elle maîtrise le mesmène à la perfection.

11618

Composition
FACOMPO

Achevé d'imprimer en Espagne
par CPI
le 5 mars 2017

Dépôt légal : avril 2017
EAN 9782290138298
OTP L21EPLN002152N001

ÉDITIONS J'AI LU
87, quai Panhard-et-Levassor, 75013 Paris

Diffusion France et étranger : Flammarion